PETER GERDES

Langeooger Dampfer

UNTER VOLLDAMPF Kurz vor Beginn der ersten Langeooger Dampfertage wird am Inselstrand ein Toter gefunden – brutal ermordet. Das Opfer, der junge Robin Seefeld, war als Linker und Umweltaktivist bekannt und längst nicht bei jedem beliebt. Sein Geld verdiente er sich nicht allein mit dem Verkauf von Kunstobjekten aus Strandgut, er handelte auch mit billig kopierten E-Zigaretten, sogenannten »Dampfern«. Inseljournalist Marian Godehau versucht zu ergründen, wer sich eine derart ungewöhnliche Mordmethode ausgedacht hat – und warum. Bei seinen Recherchen stößt er nicht nur auf historische Parallelen, sondern kommt auch schon bald Hauptkommissar Stahnke in die Quere. Ihre alte Rivalität flammt wieder auf. Und nicht nur die …

Peter Gerdes, 1955 geboren, lebt in Leer (Ostfriesland). Er studierte Germanistik und Anglistik, arbeitete als Journalist und Lehrer. Seit 1995 schreibt er Krimis und betätigt sich als Herausgeber. Seit 1999 leitet Peter Gerdes die »Ostfriesischen Krimitage«. Mit seiner Frau Heike betreibt der Autor die Krimi-Buchhandlung »Tatort Taraxacum« in Leer.

PETER GERDES

Langeooger Dampfer

Inselkrimi

GMEINER

Immer informiert

Spannung pur – mit unserem Newsletter informieren wir Sie regelmäßig über Wissenswertes aus unserer Bücherwelt.

Gefällt mir!

Facebook: @Gmeiner.Verlag
Instagram: @gmeinerverlag
Twitter: @GmeinerVerlag

MIX
Papier aus verantwortungsvollen Quellen
FSC® C083411
www.fsc.org

Besuchen Sie uns im Internet:
www.gmeiner-verlag.de

Im Ehnried 5, 88605 Meßkirch
Telefon 07575/2095-0
info@gmeiner-verlag.de

1. Auflage 2020

Lektorat: Claudia Senghaas, Kirchardt
Herstellung: Julia Franze
Umschlaggestaltung: U.O.R.G. Lutz Eberle, Stuttgart
unter Verwendung eines Fotos von: © peno – penofoto.de / stock.adobe.com und © Gouwenaar, https://commons.wikimedia.org/wiki/File:20180605_kop_met_drietand_door_Georg_Willms_en_museumschip_Prinz_Heinrich_Leer.jpg
Druck: CPI books GmbH, Leck
Printed in Germany
ISBN 978-3-8392-2666-7

Personen und Handlung sind frei erfunden.
Ähnlichkeiten mit lebenden oder toten Personen
sind rein zufällig und nicht beabsichtigt.

1.

»He, nein! Hör auf, ich bitte dich. Nein, Schluss jetzt. Lass das!«

Sie schlug seine Hand beiseite. Es war mehr ein Klaps als ein Schlag. Sie wollte ja nicht, dass er es wirklich sein ließ … nein, ganz und gar nicht. Nur eben jetzt und hier, da passte es nicht.

Schon wieder waren seine Hände überall. Verdammt, wie viele Hände hatte denn so ein Mann? Sie lachte kehlig. »Lass das, hab ich gesagt! Guck doch, die ganzen Leute.«

»Na und? Lass sie doch gucken, die ganzen Leute.« Seine Pranken lagen jetzt auf ihren Hüften, tasteten durch das locker geschlungene Seidentuch nach dem Gummibund ihres Bikinihöschens und zogen sie gleichzeitig näher an sich heran. Regte sich da etwa schon was in seinen Badeshorts? Der Bursche hatte auch überhaupt kein Timing!

Von oben stießen seine gespitzten Lippen herab wie der Schnabel einer Raubmöwe. Geschickt bog sie sich rückwärts, ließ ihn ins Leere schmatzen. »Echt jetzt mal. Doch nicht hier!«

»Was hast du denn?« Seine gerunzelte Stirn ließ vermuten, dass diese Frage ernst gemeint war. »Alle kleinen Kinder sind doch schon im Bett. Glaub nicht, dass hier irgendjemand schockiert ist! Höchstens neidisch.«

Sie entwand sich seinem Griff, hielt ihn mit dem Hüftknochen seitlich auf Distanz. Warum gab es nie einen Wasserschlauch, wenn man dringend einen brauchte!

Wenigstens stellte sie dabei fest, dass das da in seinen Badeshorts nicht das war, was sie befürchtet hatte. Sondern bloß seine E-Zigarette. Vielmehr seine Dampfe, wie jetzt alle sagten. Oder sein Dampfer.

Dieser Typ war ja ein ganz leckeres Kerlchen, fand sie. Recht groß, feste Disco-Muskeln, nicht allzu geschmacklos tätowiert. Alle Haare ab, soweit sie sehen konnte. Gefiel ihr gut. Konnte man direkt mal antesten.

»Komm, lass uns von der Höhenpromenade runter«, sagte sie. »Zu viele Spaziergänger, das kann noch stundenlag so gehen.« Sie griff nach seinem Handgelenk, zog ihn mit wie ein Riesenkind. »Gehen wir runter an den Strand, ja? Da ist jetzt nichts mehr los.«

»Du willst doch wohl jetzt nicht mehr schwimmen gehen?«, maulte er. »Wird schon dunkel, die Badeaufsicht ist längst weg.«

»Wer redet denn von schwimmen?«, erwiderte sie gurrend.

Sie dirigierte ihn den Strandzugang hinab, erst über die sandigen Planken, dann durch den feinen, tiefen Sand, der die Wärme des vergangenen Tages in sich trug. Ein herrlich heißer Sommertag war das gewesen; im Frühstücksfernsehen hatten sie Festländer gezeigt, die in den aufgeheizten Städten nach Kühlung lechzten. Hier an der Küste, auf der Insel, gab es Wasser und Wind, hier war alles wunderbar. Vor allem am Strand.

Das sahen auch andere so, stellte die Frau fest, als sie unterhalb der Randdünen angelangt waren. Überraschend viele Menschen trieben sich um diese Zeit hier herum, plaudernd, lachend, Frisbees werfend. Hier waren sie zu dicht am Ort, es war eindeutig zu viel los für das, wonach ihnen beiden der Sinn stand.

»Komm!« Sie dirigierte ihn nach Osten, weiter weg von den ortsnahen Gefilden. Sie kannte sich aus auf Langeoog, sie lebte schon eine Weile hier und wusste, dass es jenseits des Pirolatals am Strand deutlich ruhiger zuging, selbst tagsüber, wenn alle Strandkörbe besetzt und alle Beachvolleyballnetze umlagert waren. Noch ein paar Minuten Fußmarsch, schätzte sie, dann konnten sie ungestört zur Sache kommen.

»Wo willst du hin?« Der Typ schritt nicht so willig aus, wie sie sich das vorgestellt hatte. Wie hieß er überhaupt? Sie konnte sich gar nicht erinnern, ob er sich vorgestellt hatte. Dabei war er doch ziemlich flink mit der Zunge.

»Weiter da hinten hin.« Sie legte ihren Arm um seinen Oberkörper, schmiegte ihre Taille an seine Hüfte. Fühlte sich gut an, fand sie, und so ließ er sich noch besser dirigieren.

»Da hinten ist aber gesperrt«, wandte er ein. »Da sind Aufspülungen. Diese und nächste Woche noch, heißt es. Weil so viel Sand weggerissen worden ist letzten Winter. Da darf keiner hin, bis sich der neue Sand gesetzt hat. Ist viel zu weich im Moment.«

»Na und? Umso besser!« Sie schob und drängte ihn weiter. »Wenn da keiner hin darf, dann ist da wohl auch keiner. Und weich ist doch gut, oder?«

Der Osthimmel, auf den sie zugingen, war fast vollkommen dunkel; kein Mond, und aufziehende Wolken verhüllten mehr und mehr Sterne. Sie orientierten sich am Glitzern des Brandungssaums und an den tiefschwarzen Kernschatten der Dünen. Dann tauchten ebenso schwarze, bizarre Monster vor ihnen auf. Ehe sie erschrecken konnte, lief sie in eine weiche Sperre aus Flatterband.

»Ab hier ist Baustelle«, sagte der Mann, die Stimme unwillkürlich gedämpft. »Das da sind Baumaschinen. Komisch, so etwas auf einer autofreien Insel.« Er war wirklich gut informiert für einen Festländer.

Sie hob das Absperrband, lenkte ihn zum Fuß der Dünen. »Siehst du«, hauchte sie, »kein Mensch da.« Sie schob und drehte ihn sich zurecht, ließ ihre Finger über seine Haut, seine Muskeln wandern. Die Vorfreude ließ sie nach Luft schnappen.

Auch seine Hände waren wieder da, waren überall. Weg war das Tuch, das sie sich umgeschlungen hatte, um ihre Oberschenkel vor der Sonne zu schützen, weg war ihr Top. Und im nächsten Moment auch ihr Bikini. Himmel, wie viele Hände hatte dieser Mann?

Sie ließ sich in den Sand sinken, der so weich war wie vermutet, ahnte den Mann mehr über sich, als dass sie ihn sah. Wieder waren seine Hände überall. Oh, er kannte sich aus, er wusste, wie das ging!

Aber nein. So ging das nicht, das war zu schnell, das war noch nicht dran. Und außerdem – warum so kalt?

»Lass das!«, zischte sie. »Nimm deine Hand da weg!«

»Was? Wieso?« Er verharrte, die eine Hand auf ihrem Bauch, die andere an ihrer linken Brust.

Und die dritte, die eiskalte, an der Innenseite ihres Oberschenkels.

Verdammt, wie viele Hände …

Ihr schriller Schrei hallte von den Dünen wider. Er wollte kein Ende nehmen.

2.

»Abschuss!«

Ein breiter Schatten fiel vor Marian auf den Schreibtisch. Der Journalist fuhr erschrocken zusammen.

»*Abschuss*! Sag mal, geht's noch?«

Marian fühlte seinen Herzschlag stocken. Eine böse Ahnung überkam ihn. Doch nicht etwa …? Der Schweiß brach ihm aus.

»*Abschuss*kundgebung! Abschuss! Nun guck dir das bloß an! Wie konnte das denn passieren?«

Marian ließ seinen Bürostuhl herumschwingen. Gegen die Morgensonne war nur eine stämmige Silhouette zu erkennen, eine mit Schifferkrause und Schiffermütze, die ihm den einmaligen Blick auf die Randdünen verstellte. Den Ausblick, der einen der Pluspunkte seines Jobs darstellte.

Diese Silhouette war ein deutlicher Minuspunkt. Ein großer dazu.

Ein dicker Zeigefinger mit breitem Nagel stieß wieder und wieder auf die gerade ausgelieferte Ausgabe des »Langeooger Inselboten«, dass es knallte und das Zeitungspapier Risse bekam. In Höhe der Aufmacher-Schlagzeile. »Abschlusskundgebung der Umwelttage: Appell gegen Plastikmüll im Meer«, hatte Alleinredakteur Marian Godehau gestern Abend getextet.

Nein, hatte er nicht. Da stand tatsächlich »*Abschuss*kundgebung«.

»Das war auf den letzten Drücker«, stammelte Marian. »Du hast den Text sehr spät geliefert, da wurde es knapp mit dem Andruck.«

»Eine lahmere Ausrede hast du wohl nicht!«Ocko Onken, umtriebiger Insulaner, halbwegs des Schreibens kundig und damit Marian Godehaus wichtigster freier Mitarbeiter, ließ den zerknitterten »Inselboten« fallen, als wäre ein fauler Fisch darin eingewickelt. »Da notiert man sich alles und schreibt, bis einem die Finger abfallen, und was ist? Du legst mir solch ein Ei ins Nest! Weißt du eigentlich, wie peinlich das ist? Wie stehe ich denn jetzt da!«

Ja, peinlich, allerdings, dachte Marian, während er sich um einen zerknirschten Gesichtsausdruck bemühte. Peinlich, dass sein Zeilengeld-Etat dermaßen knapp bemessen war, dass er sich qualifiziertere Mitarbeiter als den alten Ocko Onken nicht leisten konnte. Dass er vielmehr froh sein durfte, wenigstens den zu haben, und ihn mit Samthandschuhen anfassen musste, um ihn nicht zu verlieren. Das war peinlich! Ein weiterer dicker Minuspunkt seines Jobs.

Plus und minus. Als Alleinredakteur war er stets und ständig auf sich allein gestellt, aber er war eben auch sein eigener Herr. Und solange sich Ocko Onken und ein paar andere freie Mitarbeiter seines Kalibers mit wenig Geld und vielen guten Worten zufrieden gaben und sich über Ego-stärkende Namenszeilen über belanglosen Artikeln auf hinteren Seiten zwischen fetten Anzeigen freuten, solange hatte er die Hände frei für Dinge, die ihn wirklich interessierten. Zum Beispiel die engagierten Umweltschützer, die ihre internationale Konferenz auf der Insel abhielten. Über die hatte er zwei schöne Hintergrundberichte verfasst. Die Abschlusskundgebung zum Thema Vermüllung der Meere war reine Formsache gewesen, deshalb hatte er Ocko Onken dort hingeschickt.

Vielmehr zur *Abschuss*kundgebung.

»Und wie willst du dich bei unseren Lesern für solch eine Panne entschuldigen?«, polterte Onken weiter. »Eine Richtigstellung ist wohl das Mindeste! Aber komm bloß nicht auf die Idee, dich mit Arbeitsüberlastung oder Zeitdruck rauszureden!«

Logisch, dachte Marian, das wäre zwar die Wahrheit, aber die geht ja keinen etwas an. Als ob die Arbeitszeiten eines Alleinredakteurs nicht jeden Tarif sprengen würden! Daran würde auch die geplante europaweite Arbeitszeiterfassung nichts ändern. Dafür gab es ja Kunstgriffe. Er konnte seine Chefredaktion auf dem Festland schon hören: »Zu dieser Veranstaltung wären Sie sowieso gegangen, das kann man nicht als Überstunden werten! Dafür gehen Sie doch nächstens wieder mal während der Arbeitszeit zum Friseur.« Na vielen Dank. Wann denn sonst? Etwa nach Feierabend? Dann hatte kein Friseur der Welt mehr geöffnet. Höchstens in Australien.

»Was grinst du so?«, fragte Onken.

»Ich dachte nur, ich verpacke die Richtigstellung in eine Glosse«, erwiderte Marian. »Glossen werden gelesen.«

»Damit's auch der Letzte mitkriegt«, grummelte Onken. »Und sonst? Womit willst du die Leser in der morgigen Ausgabe davon abhalten, uns ihre Abos vor die Füße zu werfen?«

»Polizeieinsatz bei Randaleparty in den Dünen«, referierte Marian. »Zwei Leichtverletzte bei Schlägerei vor dem ›Dwaarslooper‹. Und eine Anzeige wegen Zeigens mutmaßlich verfassungsfeindlicher Symbole.«

»Lauter Polizeimeldungen.« Onken schnaubte verächtlich. »Die könnte Lüppo Buss gleich selber schreiben! Etwa nichts Eigenes dabei?«

»Doch. Großer Vorbericht über die ›Langeooger Dampfertage‹.« Den Aufmacher hatte Marian sich längst zurechtgelegt: »Die ›Prinz Heinrich‹ erstmals im Langeooger Hafen. Spannende Geschichte über die bewegte Vergangenheit dieses Schiffs. Und darüber, wie eine Gruppe von Rentnern und anderen Freiwilligen in jahrelanger Arbeit aus einem Wrack ein seetüchtiges Schiff gemacht hat.« Er ließ eine Serie von Fotos über seinen Bildschirm laufen. »Zu diesem Thema fällt für dich bestimmt die eine oder andere Geschichte ab.«

»Soso.« Ocko Onken stampfte in der Redaktionsstube auf und ab und tat so, als mustere er die abgelegten Ausgaben des laufenden Jahres und den Inhalt des Posteingangskörbchens. Dann verabschiedete er sich mit einem Grunzen und rumpelte die Holztreppe hinab zur Geschäftsstelle und zur Anzeigenberatung. Von dort drang der verlockende Duft frisch aufgebrühten Kaffees zu ihm in den ersten Stock. Ob die Kolleginnen diesen Köder bewusst ausgeworfen hatten?

Marian ignorierte das Kaffeearoma und stellte sich ans halb geöffnete Fenster, sog die herrlich frische, leicht salzige Luft tief ein und genoss den geliebten Ausblick über die Dünen.

Über die Dünen und einen Teil der Straße. Die Bewegung dort unten drängte sich ganz automatisch in sein Bewusstsein. Was war denn da los?

Auf den ersten Blick nicht viel; ein Grüppchen Menschen, offenbar gerade am Bahnhof eingetroffen, eilte vorbei. Vier Männer, zwei Frauen, mit Taschen und Aluboxen. Keine Rucksäcke, keine Rollkoffer. Was aber wirklich ungewöhnlich war, waren die Mienen dieser Menschen: angespannt, verkniffen, entschlossen. So guckten keine Urlauber, und auch Leute, die aus dienstlichen Gründen auf die Insel kamen, standen selten so unter Stress – oder stellten ihn jedenfalls nicht so deutlich zur Schau. Das taten höchstens Insulaner zur Hochsaison. Und das da waren bestimmt keine Langeooger.

Schon waren sie verschwunden. Was tun, überlegte Marian – hinterher?

Das Telefon nahm ihm die Entscheidung ab. Lüppo Buss war dran. »Ich dachte, ich informiere dich gleich, ehe du es aus anderer Quelle erfährst«, sagte der Inselpolizist. »Und ehe die Blutblätter vom Festland ihre Geier schicken.«

Schnell anschwellender Lärm verschluckte seine nächsten Worte. Ein Hubschrauber dröhnte über die kleine Redaktion hinweg, so dicht, dass Marian unwillkürlich den Kopf einzog.

»Höhe Pirolatal. Du beeilst dich besser«, war das Letzte, was Marian hörte, als er wieder hören konnte. Dann beendete Lüppo Buss das Gespräch.

3.

Zuerst dachte Marian, der Inselpolizist wollte ihn heranwinken. Erst als er fast an der Absperrung war, erkannte er die Fliegenschwärme, gegen die Lüppo Buss mit seiner Dienstmütze ankämpfte wie Don Quijote gegen Windmühlen. Ebenso erfolglos.

Auch am frühen Vormittag hatte die Sonne allerhand Kraft, der Weg durch den weichen Sand war recht weit gewesen, der schwache Seewind kühlte kaum, und Marian war nicht der Fitteste. Sein Gesicht glänzte vor Schweiß, die Locken klebten ihm auf der Stirn, und von seinem struppigen Bart ging ein mörderischer Juckreiz aus. Unter seinen Achseln fühlte es sich heiß und glitschig an. Marian hatte das Gefühl, dass die beiden Frauen des Kriminalistenteams vom Festland ihn abfällig musterten.

Umso erfreuter reagierten die Fliegen auf seine Ankunft. Marian hatte seinen Notizblock eigentlich aus anderen Gründen gezückt, jetzt musste er als Klatsche herhalten.

Das wahre Objekt der Fliegenbegierde lag jedoch in einer Sandkuhle, von einem flüchtig aufgeworfenen Ringwall umgeben, der nach Kinderbelustigung aussah und doch alles andere war als das. Gebeugte Rücken in weißen Overalls umringten einen Leichnam. Einen männlichen, wenn Marian die rötlichen Fusseln an Kinn und Wangen richtig deutete.

Über all dem lag ein undefinierbarer Geruch. Eindeutig unangenehm, aber so schwach der Seewind auch war, er verhinderte, dass Marian den Geruch einordnen konnte. Vage bekannt – aber woher?

Noch mehr kam ihm bekannt vor. Seine erste Frage an Lüppo Buss blieb Marian im Halse stecken. »Wer ist – ich meine, ist das nicht … doch nicht etwa …«

»Robin Seefeld.« Der Inselpolizist setzte sich seine Dienstmütze auf, prüfte den korrekten Sitz des Mützenschirms mit der Handkante, um sich die Kopfbedeckung im nächsten Moment in den Nacken zu schieben. Der Mückenschwarm hatte sich wieder der Kuhle zugewandt.

»Verdammt.« Marian schlug sich den Notizblock gegen die Stirn, aber was er dort gespürt hatte, war keine Fliege gewesen, sondern eine Schweißperle. »Also deshalb. Und ich hatte mich schon gefragt …« Er verstummte.

»Was hattest du dich gefragt?« Lüppo Buss zog die borstigen Augenbrauen über der Nasenwurzel zusammen und fixierte den Journalisten scharf. »Los, raus damit! Irgendwas Sachdienliches?«

»Nee.« Marian schüttelte den Kopf und schluckte trocken. »Ich hatte mich nur gefragt, warum er gestern nicht dabei gewesen ist. Er als Grüner, ich hatte gedacht, da kommt er bestimmt hin.«

»Wohin? Was meinst du?«

»Na, zu der internationalen Umweltkonferenz gestern! Er war aber nicht dort. Und auf der Abschlusskundgebung auch nicht, sagt Ocko Onken.«

Der Inselpolizist lachte auf, überraschend und so laut, dass der Fliegenschwarm aufstob wie Rauch. »Du meinst wohl die *Abschuss*kundgebung!«

Missbilligende Blicke des Tatortteams beendeten Lüppo Buss' Heiterkeitsausbruch. Auch Marian schwieg betreten. Nur ein paar Möwen hoch über ihnen stießen unbeeindruckt ihre Schreie aus.

Robin Seefeld also. Noch keine 24 Jahre. Gebürtiger Langeooger, auf der Insel bekannt wie ein bunter Hund. Gewitztes Kerlchen, immer schon gewesen. Als Schüler hatte er angefangen, aus Strandgut Kunstobjekte zu fertigen und an Touristen zu verkaufen; die meiste Arbeit hatte er dabei darauf verwandt, sich fantasievolle Namen für die Fundstücke auszudenken. Später, als der Besuch des Internatsgymnasiums in Esens seine Anwesenheit auf der Insel einschränkte, hatte er jüngere Kinder dafür bezahlt, die Strände Langeoogs nach geeignetem Plunder abzusuchen. Gering bezahlt, gemessen an seinen Erträgen. Die hatten Neider auf den Plan gerufen; immerhin gab es Händler auf der Insel, die ähnliche Geschäfte professionell betrieben. Und Steuern zahlten. Wer von denen Robin Seefeld verpfiffen hatte, kam nie heraus. Vielleicht, weil Lüppo Buss die Anzeige verschleppte und Fusselbart Robin längst andere Einkommensquellen gefunden hatte. Nach dem Abitur hatte Seefeld ein Studium in Oldenburg aufgenommen. Was genau? Marian konnte sich nicht erinnern. Irgendwas mit Umwelt? Oder doch eher BWL, was all die studierten, die nichts mit sich anzufangen wussten? Obwohl, das traf auf Robin eher nicht zu.

Hatte nicht auf ihn zugetroffen, korrigierte sich Marian. Robin Seefeld war tot, dort drüben lag seine Leiche. Und stank. Ja, das konnte man riechen, deutlich sogar, wenn der Wind eine kleine Pause einlegte. Nicht nur als Fliege.

Marian hatte schon früher Leichen gerochen. Dieser Geruch war irgendwie – anders.

»Wie lange liegt er da schon?«, fragte er.

Der Inselpolizist zuckte mit den Achseln. »Ein bis zwei Tage, grob geschätzt. Auf die nähere Eingrenzung warte ich noch.« Mit einem Nicken deutete er auf eine der beiden weiß gekleideten Frauen. Sie hatte sich die Kapuze ihres Einwegoveralls so eng ums Gesicht geschnürt, dass selbst Unterlippe und Augenbrauen darin verschwanden. Unter ihrer Nase glitzerte es. Schweiß oder Heilpflanzenöl?

»Wurde er umgebracht?«, fragte Marian.

»Was denkst du denn?«, schnauzte Lüppo Buss. »Glaubst du, der hat sich selber im Sand verbuddelt?«

Oha, dachte Marian, kurze Zündschnur heute. Da war Vorsicht geboten, sonst setzte es einen Platzverweis. Wenn man Lüppo reizte, kannte der keine Verwandten. Und Freunde auch nicht.

»Könnte ja auch ein Unfall gewesen sein«, stocherte er trotzdem weiter.

»Nein.« Der Inselpolizist verschränkte die kräftigen Unterarme. Deren Muskelspiel wirkte bedrohlich.

»Und … wie … ist es passiert?« Marian setzte seine Worte behutsam und zögernd. Wie Schritte in einem Minenfeld.

»Erstickt«, sagte Lüppo Buss, unterbrach sich dann aber selbst, runzelte die Stirn, schüttelte den Kopf. »Offiziell sage ich nichts dazu. Schon gar keine Details. Täterwissen, du verstehst? Bei diesem Stand der Ermittlungen …«

Du bist gut, dachte Marian. Stand der Ermittlungen! Wohl mehr Stand als Ermittlung. Lüppo konnte froh sein, dass es hier keinen Treibsand gab.

»Apropos«, hakte der Journalist nach, »wer ermittelt denn? Leitest du selbst, oder schicken sie dir wieder einen?«

Die Miene des Inselpolizisten versteinerte. Seine Hände ballten sich zu Fäusten, die Muskeln seiner kräftigen Unterarme traten hervor wie Taue. Er schwieg, aber eine Antwort war auch gar nicht nötig. Natürlich bekam Lüppo Buss wieder einen vor die Nase gesetzt, einen Höherrangigen vom Festland, wie immer, wenn es um mehr ging als Diebstahl, Sachbeschädigung oder leichte Körperverletzung. Marian wusste, wie sehr Lüppo unter diesen ständigen Zurücksetzungen litt. Aber den Mut, einen Fall einfach an sich zu reißen und seine Vorgesetzten mit schnellen Ergebnissen vor vollendete Tatsachen zu stellen, hatte er auch nicht.

Noch schien dieser Außerinsulanische aber nicht vor Ort zu sein. Zu dem weißgekleideten Team, das aus den Kriminaltechnikern und der Ärztin bestand, gehörte er jedenfalls nicht.

Marian musterte die Strandszenerie. Was für eine riesige Baustelle! Die gewaltigen Rohrleitungen und die mächtigen Maschinen passten so gar nicht zum Image einer autofreien, erholsamen und familienfreundlichen »Insel fürs Leben«, wie Langeoog offiziell beworben wurde. Aber was sollte man machen? Die Herbst- und Winterstürme hatten der Insel stark zugesetzt, Strand und Dünen beschädigt und die wertvolle unterirdische Süßwasserlinse bedroht, von der die Wasserversorgung der Bevölkerung mitsamt den Massen geldbringender Touristen abhing. Da mussten Gegenmaßnahmen ergriffen werden, und das ging nur bei zuverlässig ruhigem Wetter. Also jetzt.

Dem Mörder schien das gut zupassgekommen zu sein, überlegte Marian. In diesem frisch aufgeschütteten, weichen Sand war eine Kuhle schnell gebuddelt. Vermutlich war der Täter davon ausgegangen, dass dieses Inselgrab mit weiteren Sandschichten überspült und dauerhaft versiegelt werden würde. Dann wäre es frühestens nach den nächsten schweren Winterstürmen entdeckt worden.

»Wer hat den Toten überhaupt gefunden?«, fragte Marian.

Wenn Oberkommissar Buss darauf hätte antworten wollen, dann wären ihm die Worte buchstäblich von den Lippen gerissen worden, denn wie aus dem Nichts dröhnte plötzlich ein Hubschrauber im Tiefflug über sie hinweg. Vermutlich wieder der von vorhin, dachte Marian, aber erkennen konnte er das nicht. Ehe er seinen Notizblock hochgerissen hatte, bekam er schon eine Ladung Sand in die Augen. Lüppo Buss verbarg sein Gesicht hinter seiner Dienstmütze.

»Diese Geier!«, schrie der Inselpolizist, als er sich wieder verständlich machen konnte. »Wundert mich, dass sie so lange gebraucht haben, um den Tatort ausfindig zu machen. Gibt doch Millionen von Amateurspitzeln, die für die arbeiten! Jetzt wissen sie jedenfalls, wo wir sind. Dauert nicht mehr lange, und sie fallen über uns her. Aber meine beiden Zeugen, die werfe ich denen nicht zum Fraß vor.« Lüppo Buss schnaubte Marian so wütend an, als könnte der etwas für seine Kollegen von der Sensationspresse: »Dir auch nicht! Schlag dir das aus dem Kopf.«

Ungerecht, dachte Marian. Er hasste Ungerechtigkeit. Hatte er sich nicht in all den Jahren seines Inselexils um Fairness bemüht, Anstand und Fairness gegenüber allem und jedem, die Polizei eingeschlossen? Und so wurde ihm das gedankt. Zack, hinein in denselben Topf wie die Schlagzeilenschmiede von der Blutzeitung. War das etwa fair? Nein, war es nicht!

Aber er hielt lieber den Mund. Beschwerden nützten gar nichts, das wusste er aus bitterer Erfahrung. Nicht, wenn Lüppo so aufgebracht war wie jetzt. Da hieß es warten. Launen kamen und gingen, vor allem bei einem aufbrausenden Charakter wie dem des Oberkommissars, und in einer Stunde oder so sah alles schon wieder anders aus.

Außerdem, dachte Marian, habe ich noch andere Quellen.

Eine Frage stellte er trotzdem: »Schon Tätervermutungen? Hatte Robin Seefeld Feinde?«

Wider Erwarten polterte der Inselpolizist nicht, sondern grinste Marian breit an. »Ein umweltschützender Grüner im tourismusintensiven Inselparadies? Mitten im höchst umstrittenen Nationalpark? Was sollte der wohl für Feinde haben? Wo denkst du hin! So einer wird hier doch auf Händen getragen.«

Sarkasmus, dachte Marian, muss Lüppo noch üben. Das hat er noch nicht richtig drauf. Vor allem sollte er die Hände still halten, wenn er von Händen redet. Und nicht so tun, als wollte er gerade jemanden erwürgen.

Er grüßte und wandte sich ab. Nicht mehr lange, und die Meute der Sensationsschreiber, Leichenknipser und Katastrophenfilmer würde den Sand zertrampeln. Ganz zu schweigen von den vielen gaffenden Handyschwingern, die sämtliche Netzwerke mit Voyeurs-Futter vollferkeln würden. Dann wollte er lieber woanders sein.

Nämlich an seinem Arbeitsplatz.

4.

»Kiek, dor is all weer so'n ollen Damper«, krächzte Klaas Reershemius mit angewidertem Gesichtsausdruck.

»Damper?« Harm Bengen reckte den dürren, faltigen Hals und ließ seinen Kopf ein paar Zentimeter höher als sonst wackeln. »Kannst du von hier aus doch gar nicht sehen!« Er rückte seine flaschenbodendicken Brillengläser zurecht: »Oder meinst du den Rauch?«

»Klar mein' ich den Rauch«, zickte Reershemius zurück, das spitze Kinn kampflustig vorgestreckt. »Oder vielmehr den Dampf. Heißt doch nicht umsonst Dampfer.«

»So'n Dampfer produziert ja nun beides«, mischte sich Bodo Schmidt ein. »Der Rauch kommt vom Feuer, und der Dampf – na ja, der irgendwie auch.«

»Sehen kann ich aber immer noch nix. Weder noch.« Harm Bengen zog seinen Hals zurück in den Kragen, was irgendwie an ein U-Boot-Periskop und an eine Schildkröte zugleich erinnerte. »Der Hafen ist von hier aus ja viel zu weit weg.«

»Himmel hilf!« Reershemius schlug sich mit der flachen Hand an die Stirn; es klatschte nicht, es raschelte. »Ich rede doch nicht von Dampfschiffen, ich meine diese Heinis, die neuerdings egalweg an ihren Apparaten nuckeln! Guck, da ist schon wieder so einer! Na, seht ihr den Dampf jetzt?«

Die Langeooger Inselbahn hatte gerade eine neue Ladung Feriengäste ausgespuckt; der erste Schwung von ihnen hatte sich auf den Weg ins Dorf gemacht, mit Rucksäcken beladen und quietschende Rollkoffer im Schlepp, die sie als Handgepäck deklariert und eigenhändig auf die Fähre und in den Zug gewuchtet hatten. Die übrigen Passagiere sorgten an der Gepäckausgabe für das übliche Chaos, aus dem ärgerliche Kommentare und wütende Schreie herausstachen. Ungehaltene Ordnungsrufe über die Bahnsteiglautsprecher verhallten unbeachtet. Diejenigen Touristen, die sich ihre Koffer erkämpft hatten, zogen in einem unregelmäßig plätschernden Strom an der Sitzbank der drei Rentner vorüber.

Kaum einer der Neuankömmlinge hatte eine Hand frei und überschüssiges Lungenvolumen für eine Zigarette. Nur ganz vereinzelt stiegen Rauchwölkchen auf. Und hier und da eine weit dichtere Wolke, eine, die überwiegend aus Dampf zu bestehen schien.

»Ach so!« Bodo Schmidt war gewöhnlich einigermaßen informiert, darauf hielt er sich viel zugute. »Du meinst die E-Zigaretten!«

»Zigaretten?« Der alte Reershemius kniff die Augen zusammen. »Das da ist doch keine Zigarette! Sieht eher aus wie – weet ick ook neet. Ein Adapter vielleicht?«

Harm Bengen lachte gehässig: »Adapter! Da hast du auch mal was aufgeschnappt, was? Seitdem ist alles, was du nicht kennst und was irgendwie elektrisch aussieht, ein Adapter! Ha!«

Reershemius zischte wütend und versuchte, mit seinem Krückstock nach Bengen zu schlagen. Das ging aber nicht, weil der dicke Schmidt zwischen ihnen saß. Also ließ er es sein.

»Was heißt denn elektrisch«, murrte er stattdessen. »Kann doch nicht elektrisch sein! Guck mal, der geht da mit dem Mund dran! Und dann saugt er. Mann, das hört man bis hier! Also wenn das elektrisch wäre, dann würde er einen gewischt kriegen.«

»Ist es aber«, intervenierte Bodo Schmidt. »Das Ding ist ein Verdampfer, der funktioniert mit Batterie. Das Zeug da drin, das sind Liquids. Gibt's mit oder ohne Nikotin. Soll ja viel gesünder sein, als sich den ganzen Teer durch die Lunge zu pfeifen.« Er nickte gravitätisch. Die Bahnhofsbank, auf der sie saßen, geriet in Schwingungen.

»Guck mal, jetzt füllt er nach!«, rief Reershemius aufgeregt. »Mit so einer Flüssigkeit. Von wegen Liquids!«

»Liquids *sind* flüssig!«, stöhnte Schmidt.

Reershemius hörte gar nicht zu. »Hat ja 'nen richtigen Tank, das Ding, wie ein Außenborder! Einer mit Benzin. Seid ihr sicher, dass das elektrisch ist?«

Ein junger Mann schlurfte vorbei, wohl ein Tagesgast, denn außer seinem kleinen Rucksack hatte er kein Gepäck dabei. Sein Kinn lag fast auf dem Brustbein, sein Blick hing an seinem Smartphone wie angetackert. Mit der linken Hand schob er sich eine Metallröhre zwischen die Lippen. Es röchelte und schlürfte.

»Drinkt de dar ut?« Reershemius verzog angewidert den zahnlosen Mund. »Watt'n Schwienkram!«

Bodo Schmidt seufzte und wechselte das Thema. »Wo ist Ocko eigentlich schon wieder?«

»Wor sall de denn woll weer wesen?« Harm Bengen seufzte übertrieben laut. »De sitt wall weer achter watt an! Weetst doch, he schrifft nu alltied vör't Blattje. Vör disse Marion.«

»Marian«, korrigierte Bodo Schmidt. »Ist doch ein Mann.«

»Ach ja?« Bengen zwinkerte hinter seinen dicken Gläsern. »Wo sall ick datt woll weeten? De mit sien lang Haaren!«

»Nun hör bloß auf!«, schnauzte der dicke Schmidt. »Lange Haare mag er ja haben, aber doch auch einen Bart!«

»Na und?« Auf diese Vorlage hatte Harm Bengen nur gewartet: »Een Bort hett Klaas sein Ollsche ook, un de is doch'n Wief, of watt?« Strahlenförmige Lachfalten erschienen rund um seinen Mund und ließen sein Gesicht aussehen wie eine eingeworfene Fensterscheibe. »Of seggst du dat blots so?«

Klaas Reershemius schnappte nach Luft; dieser Hieb hatte gesessen! Meistens nahm die Viererbande von der Bahnhofsbank, ob vollzählig oder nur zu dritt oder zu zweit, die Inselurlauber ins Visier und ließ kein gutes Haar an ihnen. Das hieß aber nicht, dass nicht auch alteingesessene Insulaner ihr Fett abbekamen. Und natürlich die Mitglieder der Viererbande selbst. Keinen Augenblick durfte man die Deckung sinken lassen! Genau das war dem alten Klaas nun passiert, und man sah ihm an, dass er auf Rache sann.

Dazu kam er aber nicht. Eine vierte Person ließ sich auf die Bank plumpsen, nahm den Platz des abwesenden Ocko Onken ein.

»Watt!«, ließ Reershemius den Anschnauzer heraus, der eigentlich für Bengen gedacht gewesen war. Dann jedoch stutzte er. »Watt denn – Kante? Mann! Sieht man sich auch mal wieder!«

Der Neuankömmling grinste und nickte in die Runde. Er war jung, sicher noch keine 30 Jahre alt, seine kurz gestutzten Haare waren ebenso blond wie sein dichter Vollbart, sein Mund war breit und seine Nase kräftig, die schmalen blauen Augen lagen tief in ihren Höhlen. Breite Schultern krönten einen durchtrainierten, trapezförmigen Oberkörper. Die kräftigen Oberarme, die aus einem rot-weiß geringelten T-Shirt ragten, waren tätowiert, links ein Herz mit Anker, rechts ein martialischer Adler. Die ganze Erscheinung dieses Mannes schrie »Seemann!«. Das machte ihn – rein äußerlich – zum perfekten Ersatz für den abwesenden Ocko Onken. Nur eben deutlich weniger als halb so alt.

»Well is dat?«, krächzte Harm Bengen und ruckelte an den Glasbausteinen seiner Brille.

»Das ist Karl Antes«, wiederholte Klaas Reershemius förmlich. »Alle nennen ihn Kante. Wir beide haben drüben in Leer die ›Prinz Heinrich‹ wieder fit gemacht. Ehemaliges Seebäderschiff, wunderschönes Ding! Perfekt restauriert. Wie neu!«

»Ihr beide?« Bengen wackelte mit dem Kopf, stärker als gewöhnlich. »Wie soll das angehen? Da glaub ich kein Wort von!«

Der Neuankömmling lachte. »Natürlich nicht wir zwei alleine«, korrigierte er. »Außer Klaas und mir waren viele weitere Ehrenamtliche beteiligt. Meist Rentner. Ich selber konnte zuerst gar nicht so viel helfen, wie ich wollte. War ja noch Schüler und hatte nur in den Ferien Zeit.«

»Bei uns Alten hat er mehr gelernt als in der dösigen Schule«, behauptete Klaas Reershemius. »Weil wir ja noch wissen, wie man alles selber macht! Die Mechaniker und Techniker heutzutage, die können ja nur noch Ersatzteile aus dem Regal nehmen. Nach Nummern! Und die bauen sie dann da ein, wo der Computer es ihnen sagt.«

Karl Antes lachte, Bengen und Schmidt jedoch nickten ernsthaft und beifällig. Sie besaßen ein fest gefügtes Weltbild, und was Reershemius da eben von sich gegeben hatte, war kein Witz, sondern Teil ihres Glaubensbekenntnisses.

»Damals bin ich ans Festland rübergefahren, so oft es ging«, erinnerte sich Reershemius versonnen. »Hat meiner Frau gar nicht gepasst, weil sich die Arbeiten so lange hingezogen haben. Wie viele Jahre waren das noch, zehn? Oder zwölf?«

Kante zuckte mit den breiten Schultern: »Keine Ahnung. Als ich eingestiegen bin, war die Sache schon länger am Laufen.«

»Wenn zwölf Jahre man reichen!«, krächzte Harm Bengen dazwischen. »Ging doch allerhand schief dabei, oder? Hab ich jedenfalls so gehört. Zog sich hin wie beim Berliner Flughafen! Irgendwann hieß der Dampfer nur noch *Prinz Peinlich*.«

»Ja, bei Klaas war das genauso!«, dröhnte Bodo Schmidt, der es ebenfalls nicht ertragen konnte, wenn andere im Mittelpunkt standen. »Da haben zwölf Jahre auch nicht gereicht zum Restaurieren! Und guck dir bloß das Ergebnis an. Das nenne ich peinlich!«

Reershemius schüttelte ärgerlich den Kopf. »Hör nicht auf die Döspaddel, Kante«, knurrte. »Erzähl mal lieber, wie ist es dir ergangen? Bist du Schweißer geworden? Das hattest du jedenfalls vor, das weiß ich. Schweißer auf der Leiner-Werft, große Schiffe bauen.«

»Schweißer ja, aber nicht auf der Werft.« Antes grinste breit. »Ich bin quasi die Stammbesatzung der ›Prinz Heinrich‹! Bin Decksmann und verantwortlich für alles, was so anfällt. Ist ja immer noch ein alter Dampfer, auch wenn er aussieht wie geleckt.«

»Klingt eher nach Hausmeister als nach Seemann«, meckerte Bengen. Aber er tat es leise, und die anderen überhörten ihn geflissentlich.

Im nächsten Moment stand der vermisste Ocko

Onken vor der Viererbank, die Wangen hektisch gerötet, die Brust pumpend, die Bartkrause zerzaust. Verwirrt schaute er auf seinen Platz auf der Bank und auf den jungen Mann, der ihn einnahm. Seine Lippen bewegten sich stumm.

»Wat is, Ocko?«, schnarrte Harm Bengen. »Du kiekst so vergrellt. Is een dood bleeven?« Er lachte meckernd. Und verstummte abrupt.

»Jo«, keuchte Onken. »Ein Toter. Ermordet.«

Alle stöhnten auf, Bodo Schmidt am lautesten. Dann rief er: »Schon wieder?«

5.

Lüppo Buss hatte kaum den Telefonhörer aus der Hand gelegt, als sich die Tür öffnete. Er wusste, wer da kam, und wappnete sich. Aber dann schaffte er es doch nicht, seine Gesichtszüge unter Kontrolle zu halten.

»Stahnke! Na, nichts los in Leer, dass sie dir schon wieder Erholung an der Seeluft verordnet haben?«

»Moin.« Der massige Mann schob sich in das Polizeibüro An der Kaapdüne, blickte sich um und verzog den Mund. »Hier könntet ihr auch mal streichen«, brummte er. »Wenn ihr schon sonst nichts zu tun habt.« Er griff nach dem Besucherstuhl und schlenzte ihn dichter vor den Schreibtisch mit der auf Hochglanz polierten Platte. »Und Tee gibt es wohl auch nicht mehr.« Ächzend ließ sich der Hauptkommissar auf den Stuhl sinken. Der ächzte zurück.

»Tee, ja?« Lüppo Buss schmunzelte. »Ich wusste doch, dass du nicht zum Arbeiten hier bist.«

»Ganz im Gegenteil. Tee gehört zum Arbeitsmodus. Ich bin Ostfriese, und Ostfriesen laufen auf Tee. Tagsüber jedenfalls.« Jetzt grinste auch Stahnke: »Solltest du doch wissen, alter Inselsheriff.«

Lüppo Buss' Drehstuhl hatte Rollen, so musste er sich nur kurz mit dem Fuß abstoßen, schon hatte er den kleinen Aktenschrank, der als Anrichte diente, in Reichweite. Der Wasserkocher war gefüllt, er musste nur die Taste drücken. Alles andere war ebenfalls vorbereitet.

Lüppo Buss war glücklich. Und das nicht etwa aus Vorfreude auf den Tee. Es war ihm richtig peinlich, aber als ihm die vorgesetzte Dienststelle vorhin mitgeteilt hatte, dass weder Aurich noch Wittmund ein Team entbehren konnten und man deshalb die Inspektion Leer/Emden um Amtshilfe gebeten hatte, da war es ihm warm den Rücken hinuntergelaufen. Hoffentlich Stahnke, hatte er gedacht, so inständig wie ein Kind vor Weihnachten. Und die Bescherung war gekommen.

»Bis das Wasser kocht, kannst du mich ja auf Stand bringen«, brummelte der breite, stoppelköpfige Mann auf der anderen Seite des Tisches. »Was habt ihr bis jetzt?«

»Robin Seefeld, 23 Jahre, engagierter Umweltschützer, Grüner, als Student in Oldenburg eingeschrieben. Sammelt Strandgut, produziert und verkauft Kunstobjekte. Überwiegend online.« Der Inselpolizist fasste zusammen. Das konnte er gut. Noch ehe der Wasserkocher zu summen und zu brodeln begann, war er mit seinem Abriss fertig.

»Beim Spülfeld also«, wiederholte Stahnke, was Lüppo Buss zum Fundort der Leiche referiert hatte. »Gefährliches Geläuf. Wer da nicht aufpasst, versinkt wie in Treibsand. Unfall ausgeschlossen?«

»Ja, allerdings. Hundertprozentig.« Der Oberkommissar goss das sprudelnd heiße Wasser über die Teeblätter in der bauchigen Kanne und stellte das Teesieb bereit. Beuteltee kam für ihn natürlich nicht in Frage. Kluntjes fielen klingelnd in die Porzellanbecher.

»Weil?«

Lüppo Buss setzte die Kanne heftiger als beabsichtigt auf das Stövchen; es schepperte, der Kannendeckel klirrte. Dann ließ er seinen Drehstuhl herumschwingen, bis er seinem Gegenüber direkt in die wasserblauen Augen schauen konnte. »Weil«, sagte er, »der Tote gefesselt war. Kabelbinder. Weil er eine Reihe von Verletzungen aufwies, alle prämortal. Weil er Würgemale am Hals hatte. Und weil …« Der Oberkommissar unterbrach sich; sein Husten klang unecht.

»Würgemale? Todesursächlich?«, fragte Stahnke. Er spielte das Spiel mit. Lüppo würde schon sagen, was zu sagen war. Alles zu seiner Zeit.

Der Inselpolizist schüttelte den Kopf. »Jemand hat dem Opfer etwas eingeflößt«, sagte er mit heiserer Stimme. Wieder hustete er. Dann schluckte er hörbar. Und schwieg.

Stahnke wartete. Dann fragte er: »Was macht unser Tee?«

»Ach ja.« Wieder schwang sich Lüppo Buss auf seinem Stuhl herum, griff nach Kanne und Sieb, füllte zwei Becher, die so gar nicht dem ostfriesischen Ritual entsprachen. Dafür knisterte es vorschriftsmäßig, als der heiße Tee auf die Kluntjes traf. »Sahne nimmst du dir selbst?«

Stahnke nickte. Es war nicht leicht, in solch einem Becher ein Sahnewölkchen entstehen zu lassen, aber er bekam es hin. Fasziniert blickte er auf das langsam rotierende Etwas. Sahne-Galaxis im Tee-Universum.

Der Hauptkommissar pustete in seine Tasse und zerstörte damit das Bild. »Etwas eingeflößt«, wiederholte er dann. »Was?«

Die Bürotür öffnete sich, und herein schwebte eine Gestalt, die nicht von dieser Welt zu stammen schien. Nicht einmal aus dieser Galaxis. Sahneweiße Haare, vom Inselwind zu einem Wölkchen zerwühlt, krönten ein hageres, braungedörrtes Gesicht, das zu Andy Warhol gepasst hätte, wenn der zu Lebzeiten jemals in die Sonne gegangen wäre. Der restliche Körper schien wahlweise zu einem unterernährten Marathonläufer oder zu einer Mumie zu gehören. Falls nicht zu einem Alien, so wie der Rest.

»Moin, Herr Doktor.« Stahnke betrachtete den Gerichtsmediziner mit der gleichen Faszination wie beim Erstkontakt, der Jahrzehnte zurückliegen musste. »Auch eine Tasse Tee? Sie sehen so aus, als könnten Sie eine Rehydrierung gebrauchen.«

»Mit Vergnügen, Herr Hauptkommissar«, hauchte Dr. Mergner. Seine geisterhafte Stimme schien ihren Ursprung noch eine Galaxis weiter weg zu haben.

Der Inselkommissar goss erst heißes Wasser in die

Kanne nach, ehe er einen dritten Porzellanbecher füllte. Dass Stahnke ihm die Gastgeberrolle entrissen hatte, störte ihn nicht. Wichtiger war, dass er durch Mergners Erscheinen eine weitere Rolle losgeworden war. Die des Berichterstatters.

Wie der Doktor es fertig brachte, den heißen Tee lautlos und ohne sich die Lippen zu verbrühen zu trinken, war für Stahnke ein weiteres Faszinosum. Er selbst schaffte das nicht. Andererseits, tröstete er sich, war es auch gar nicht sicher, ob dieses mumifizierte Gesicht überhaupt Lippen besaß. Sichtbare jedenfalls nicht.

»Dem Opfer wurde also etwas eingeflößt«, setzte der Hauptkommissar erneut an. »Was denn? Und war es todesursächlich?« Er nippte an seinem Tee.

»Eine zweiteilige Frage.« Der Gerichtsmediziner blickte über seine erhobene Tasse und die beiden Ermittler hinweg ins Unendliche. »Darf ich die dann auch in zwei Teilen beantworten? Danke.« Er senkte die Lider. »Die dem Opfer eingeflößte Flüssigkeit enthielt unter anderem Formaldehyd, Glutaraldehyd oder auch Pentandial, dazu Bronopol, Quat-Salze und Chlortriazin Adamantane.«

Stahnke prustete in seine Tasse. »Wie bitte? Was ist denn das für ein Giftcocktail?«

»Wart's ab.« Lüppo Buss zeigte einen gequälten Gesichtsausdruck. »Unter anderem, hat er gesagt.«

»In der Tat.« Mergner fixierte den Inselpolizisten streng: »Es gilt in unserer Kultur als unhöflich, über Anwesende in der dritten Person zu sprechen. Oder, wie es der Volksmund ausdrückt: *Er* steht im Stall.«

»Im Stall?« Der Oberkommissar brauchte einen Moment: »Ach so, das Vieh. Über das man in der dritten Person spricht. Verstehe.«

Stahnke war gedanklich schon weiter. Irgendetwas an dieser Chemikalienkombination kam ihm bekannt vor. Aber aus welchem Zusammenhang? Dienst, Arznei, Hobby, Freizeit?

Dann dämmerte es ihm. »Apropos Stall«, sagte er: »Bringt uns dieses Stichwort vielleicht der Sache näher, Herr Doktor?«

»In der Tat.« Mergner lächelte beifällig und nur eine Spur herablassend. »Obwohl ausgerechnet tierische Fäkalien nicht mit diesen Stoffen behandelt werden.«

»Sondern menschliche.« Stahnke nickte. »Es handelt sich um die Bestandteile einer Sanitärflüssigkeit, wie man sie zum Beispiel für Campingtoiletten verwendet, stimmt's?«

»Exakt.«

»Und diese Flüssigkeit wurde dem Opfer also nicht pur eingeflößt, sondern … äh …«

»Quasi nach Gebrauch«, bestätigte Mergner ungerührt. »Und in Mischung mit teils halbfesten Bestandteilen. Das genaue Mischverhältnis …«

Ein Knall unterbrach ihn. Lüppo Buss hatte seine Teetasse hart auf der polierten Platte seines Schreibtisches abgestellt. »Was für eine Sauerei. Eine Riesensauerei! Wer macht denn sowas?« Seine Gesichtsfarbe, sonst eine gesunde Mischung aus braun und rot, spielte ins Grünliche.

»Genau das müssen wir herausfinden«, sagte Stahnke ruhig, aber nachdrücklich. »Denn das ist unser Beruf.« Er fixierte seinen Kollegen unter zusammengezogenen Augenbrauen.

Der Inselpolizist ließ sich gegen die Lehne seines Drehstuhls sinken. Auch sein Blick senkte sich.

Stahnke wandte sich dem Gerichtsmediziner zu: »Sagt Ihnen der Begriff *Schwedentrunk* etwas?«

Dr. Mergner zuckte die Achseln. »Klingt nach Magenbitter. Nicht gerade meine Geschmacksrichtung.«

Stahnke schüttelte den Kopf. »Was ist bloß aus dem schönen *Studium generale* geworden? Ein Minimum an Geschichtskenntnissen steht doch jedem gut zu Gesicht, auch einem Mediziner.« Jetzt war er es, der leicht herablassend grinste: »Dabei waren Sie mit Magen doch schon auf der richtigen Fährte.«

Mergner war nicht halb so weltfremd, wie er aussah, und Kombinieren gehörte zu seinen Stärken. Er schnippte mit den Fingern. »Na klar, Schweden, protestantische Partei im Dreißigjährigen Krieg! Einem der grausamsten und verheerendsten Kriege aller Zeiten. Obwohl es doch angeblich ein Religionskrieg war. Unter Christen.«

»Vielleicht gerade deshalb«, warf der Hauptkommissar ein.

»Wie auch immer.« Der Mediziner winkte ab. »Jedenfalls praktizierten die Schweden seinerzeit eine neue Folter- und Tötungstechnik, indem sie ihre Gefangenen mit Jauche und Gülle vollpumpten. So entstand die Bezeichnung *Schwedentrunk*.Tja, ich muss sagen, die Übereinstimmung ist evident. Bis auf den beigemischten Chemiecocktail natürlich.«

»Ein Schwede?« Lüppo Buss hatte seine Übelkeit niedergekämpft. »Ein Mörder aus Schweden? Hier auf Langeoog? Ist das euer Ernst?« Er breitete die Arme aus: »Ich meine, in den Schwedenkrimis wimmelt es von wahnsinnigen Serienmördern der grausamsten Sorte. Aber das hat doch mit der Realität nichts zu tun, schon gar nicht bei uns!«

Der Hauptkommissar schüttelte unwillig den Kopf. »Nein, natürlich nicht. Aber das, was sich hinter dem Begriff verbirgt, ist allein schon ungewöhnlich genug. Mord mit Hilfe des Inhalts der Kassette eines mobilen Camping-WCs! Wer kommt denn auf sowas!«

»Genau das müssen Sie herausfinden«, sagte Mergner. »Denn das ist Ihr Beruf.« Seine Stimme klang betont ruhig, und seine Miene war undurchdringlich.

Stahnke war einen Moment perplex, aber der Inselpolizist sprang in die Bresche: »Apropos herausfinden: Wie haben Sie denn in der Kürze der Zeit die genaue Zusammensetzung dieser Sanitärflüssigkeit herausgefunden? Ich wüsste nicht, dass wir auf Langeoog ein entsprechend eingerichtetes Labor hätten.«

»Oh.« Der Gerichtsmediziner spitzte die Lippen: »Erwischt! Natürlich habe ich noch keine Analyse, sondern nur Beobachtungen. Der Geruch, nicht wahr, und die blaue Farbe. Kennt man. Ich habe schließlich auch eine Camping-Vergangenheit.« Er zückte sein Smartphone: »Die Liste der Inhaltsstoffe habe ich dann gegoogelt. Ist alles online zu finden.«

»Nicht nur online, sondern auch in der realen Welt.« Lüppo Buss verschränkte seine imposanten Unterarme. »Allerdings nicht hier auf Langeoog.«

»Nicht?« Stahnke schien noch einen Schluck Tee trinken zu wollen, zögerte jedoch und stellte die Tasse dann ab. »Wieso nicht? Dieser blaue Cocktail wird allgemein in Campingtoiletten verwendet. Und einen Campingplatz gibt es doch auf der Insel. Bei der Jugendherberge, richtig?«

»Richtig. Mit 150 Plätzen – aber ausschließlich für Zelte! Wer zeltet, geht aufs Gemeinschaftsklo, nicht auf die Chemietoilette. Das tun Wohnwagencamper oder Wohnmobilisten. Und die gibt es auf Langeoog nicht. Autofreie Insel, du erinnerst dich?«

Stahnkes Blick kreuzte den von Dr. Mergner. Der Mediziner deutete erneut auf sein Smartphone. »Wenn man Langeoog plus Wohnwagen googelt, bekommt man Bensersiel angezeigt«, sagte er. »Da steht jede Menge von den Dingern, keine 40 Fährminuten von hier entfernt.«

»Jeder Einzelne davon mit Chemietoilette«, ergänzte Stahnke. »Da kommt eine Menge von dem Zeug zusammen.« Er schob seine Teetasse weiter von sich weg.

»Und was schwebt dir jetzt vor? Rüberfahren und Proben nehmen? Von jeder verdammten Klokassette in Bensersiel? Um dann Gentests machen zu lassen und die Resultate mit dem Mageninhalt des Toten zu vergleichen?« Er schüttelte heftig den Kopf. »Also ehrlich! Ich weiß noch nicht einmal, ob das überhaupt möglich ist.«

»Ach, das ginge durchaus«, erklärte Dr. Mergner. »Zunächst müsste gesichert festgestellt werden, inwieweit der Chemiecocktail die Struktur des enthaltenen Genmaterials womöglich verändert. Was wiederum abhängig von Menge und Verweildauer im Mischungsverhältnis sein dürfte. Das ist echtes Neuland, damit kämen wir in die einschlägige Fachliteratur!« Der Mediziner lächelte beseelt: »Und was den Umfang solch einer Maßnahme angeht, die Unmengen von Arbeitsstunden für Polizei und Labore und die damit verbundenen Kosten – damit kämen wir todsicher in die Zeitung!«

»Die Zeitung!« Lüppo Buss sprang auf, so plötzlich, dass Stahnke, der zu einer Erwiderung angesetzt hatte, das Wort im Halse stecken blieb. »Na klar, die Meldung in der Zeitung! Hab ich doch selbst dorthin geschickt. Jetzt fällt es mir wieder ein.«

»Was?«, stieß Stahnke hervor.

Der Inselpolizist schaute auf seine Armbanduhr. »Wenn wir uns beeilen, schaffen wir die Inselbahn zur Fähre noch. Infos bekommst du unterwegs. Herr Doktor, Sie halten die Stellung! In ein paar Stunden sind wir zurück.«

Dr. Mergner bekam den Mund erst wieder zu, als die Tür längst hinter den beiden Kommissaren ins Schloss gefallen war. Er stemmte die Fäuste in die mageren Hüften und schüttelte missbilligend den Kopf. Dann aber stahl sich ein spitzbübisches Lächeln auf seine dünnen Lippen. »Hilfssheriff wollte ich immer schon mal sein«, murmelte er vor sich hin. »Aber einen Sheriffstern hätte er mir wenigstens dalassen können!«

6.

»Himmel nochmal, nun guck dir den an!« Bea Wulf stand breitbeinig vor dem Schaukasten mit Veranstaltungsankündigungen der Kurverwaltung. »Das ist doch mal was! Wird dir da nicht auch gleich ganz anders, wenn du den siehst?«

»Kann ich dir nicht sagen. Dazu müsste ich ihn ja erstmal sehen *können*.« Sina Gersema drängelte ihre Freundin etwas beiseite, um einen Blick auf das ausgehängte Plakat werfen zu können. Was nicht gerade leicht war, denn Bea Wulf war deutlich größer und breiter als sie; ihre walkürenhafte Weiblichkeit war raumgreifend und gewichtig.

Das Plakat zeigte fünf Kerle. Fünf nackte Kerle. Nackte Kerle in Seestiefeln. Und mit Matrosenmützen auf dem Kopf.

Sina zwinkerte. Nackte Männer in einem Schaukasten der Langeooger Kurverwaltung? Nicht möglich! Nicht einmal als Plakat. Das konnte doch nur ein schlechter Traum sein. Sie musste sich mal kneifen.

»Aua! He, was soll das?« Bea schubste ihre Hand weg, ganz leicht nur, aber Sina geriet dennoch ins Taumeln. »Wieso kneifst du mich?«

»Ach, äh, ich … aber hör mal: *Fünf nackte Männer*?«

»Mein Gott, Sinchen! Was bist du denn auf einmal so prüde? Das sind doch die ›Steamboat-Boys‹, diese Männer-Strip-Truppe, die demnächst im ›Haus der Insel‹ auftritt! Im Rahmen der 1. Langeooger Dampfer-Tage! Sowas ist doch schon lange kein Skandal mehr, die treten sogar im Fernsehen auf. Und außerdem – die sind ja nur *fast* nackt. Da, guck! Die entscheidenden Stellen sind bedeckt.«

Jetzt bemerkte auch Sina die knappen Tangaslips. Hautfarben, aha, war ja kein Wunder, dass man erst dachte … Außerdem betonten die Dinger eher, als dass sie etwas verbargen, fand sie.

»Sind doch bestimmt ausgestopft!« Bea knuffte Sina in die Seite; wieder hob es sie fast aus den Schuhen. »Muss auch. Solche Muskelberge züchtet man doch nicht ohne Steroide! Tja, und was an der einen Stelle schwillt, das schrumpft an der anderen. Die Götter geben und die Götter nehmen, so ist das nun mal.«

»Götter, sagst du? Na, das weiß ich nicht.« Unbemerkt war eine dritte Frau zu ihnen gestoßen. Eine ältere Frau, hochgewachsen und hager. Sina kannte sie gut.

»Moin, Gertrud! So hat Bea das nicht gemeint mit den Göttern«, erwiderte Sina. »Obwohl – also früher … Ich meine, diese nordischen Götter … sieht man ja jetzt viel im Kino, in diesen Actionfilmen. Da besteht schon eine gewisse Ähnlichkeit, finde ich.«

Gertrud Reershemius zog die dünnen Augenbrauen hoch. »Also, wenn das eine Anspielung sein soll, dann muss ich dich korrigieren: Auch in meiner Jugendzeit war Ostfriesland bereits christianisiert. *Soo* alt bin ich nun auch wieder nicht.«

»Oh, äh, Entschuldigung, das wollte ich nicht …« Sina schoss das Blut in die Wangen.

Bea Wulf lachte als Erste los, Gertrud Reershemius stimmte ein. »Ach, Sina, du liebes Schäfchen!«, dröhnte die Walküre. »Dich kann man immer so leicht auf die Rolle nehmen! Vergiss niemals, mit wem Gertrud verheiratet ist. Bei der musst du immer mit allem rechnen, genau wie bei ihrem Kerl.«

Jetzt lachte auch Sina mit, ein bisschen beschämt, aber vor allem erleichtert.

Gertrud hatte inzwischen ihre Lesebrille gezückt, die sie sonst nur trug, wenn sie die Etiketten ihrer Gläser mit selbstgekochter Sanddornmarmelade prüfte. »Mädels, guckt euch bloß mal diese Bauchmuskeln an«, rief sie. »Die sind doch nachgeschminkt, ganz klar! Wetten, die sehen später auf der Bühne nicht halb so definiert aus?«

Bea beugte sich vor. »Respekt, Gertrud!«, dröhnte sie. »Was du alles siehst! Dir macht keiner was vor. Aber wenn schon, wir helfen doch alle ein bisschen nach, oder?« Jetzt knuffte sie Gertrud, und Sina bekam Angst um die dünne alte Frau. Aber die hielt deutlich mehr aus als erwartet.

»Klingt ja so, als würdest du dir das tatsächlich ansehen wollen«, fuhr Bea Wulf fort. »Hätte ich gar nicht von dir gedacht. Was sagt denn dein Klaas dazu? Und teuer sind die Karten auch, Donnerschlag, weiß gar nicht, ob ich mir das leisten kann.« Die Wirtin des Restaurants »Veggie-Paradies« machte kein Geheimnis daraus, dass ihr Lokal alles andere als eine Goldgrube war.

»Klaas soll bloß seinen Rand halten, der glotzt doch nach jeder Touristen-Mieze, dass ihm die Augen rausquellen«, schimpfte Gertrud. Versöhnlicher fuhr sie fort: »Das Geld hab ich übrig, die Touristen sind richtig wild auf meine Marmelade. Komm doch mit, Mädel, ich lad dich ein! Und dich auch, Sina.«

»Ach, danke, aber ich weiß noch gar nicht, ob …«

Weiter kam Sina nicht, denn Bea schnitt ihr das Wort ab. »Aber sagt mal, wieso sind das denn nur fünf Kerle auf dem Plakat? Ich dachte, die wären zu sechst. Da fehlt doch einer.«

»Ja, allerdings«, bestätigte Gertrud Reershemius. »Und zwar ausgerechnet Marco Heidergott. Der, den alle Langeooger unbedingt tanzen sehen wollen. Natürlich vor allem wir Mädels, klar. Aber es gibt auch ein paar vom anderen Ufer, die wären da spitz drauf gewesen. Schade, dass sie nicht reinkommen werden. Guck, hier steht es: *Nur für Frauen.*«

»Marco Heidergott?« Bea schnappte nach Luft. »Doch nicht etwa der Sohn von Renko? Einer von hier?«

»Ja, genau, der Sohn deines Kochkollegen und ehemaligen Konkurrenten«, bestätigte Gertrud Reershemius. »Marco, der wilde Bengel, der seinem Vater nichts als Ärger bereitet hat. Ist ja auch nicht leicht, solch einen Jungen ohne Mutter großzuziehen. Und dann geht der los, zieht in die weite Welt und wird berühmt. Nicht zu glauben!«

»Ist ja schön, dass er so berühmt sein soll – aber warum ist er dann nicht mit auf dem Plakat?« Bea verschränkte die Arme, so gut ihre Oberweite das eben zuließ. »Ist er sich etwa zu gut dafür, uns auf seiner Heimatinsel etwas vorzutanzen? Mit so gut wie nix am Mors?«

Sina öffnete schon den Mund, konnte sich aber beherrschen. Dazu hätte sie etwas sagen können – aber sie wusste, dass sie das nicht durfte. Also presste sie ihre Lippen aufeinander.

»Nee, er hat sich verletzt«, sagte stattdessen Gertrud Reershemius. »Soll ein Unfall gewesen sein. Wie schlimm, weiß ich nicht, aber auf jeden Fall kann er nicht mit auftreten. Und überhaupt in nächster Zeit nicht, heißt es. Muss wohl was Ernsteres gewesen sein.«

»Ach, das ist ja schade«, sagte Bea; ihr Bedauern klang echt. »Den Marco hätte ich doch zu gerne nackig auf der Bühne herumhampeln sehen.«

»Ach, wirklich? Ist der Kleine nicht ein bisschen grün für dich? Du holst dir doch deine Männer sonst nicht aus dem Kindergarten!« Gertrud lachte derart schamlos, dass Sina stellvertretend gleich rot anlief.

»Nee, deswegen doch nicht!« Schallend stimmte Bea in das Gelächter ein. »Nee, wegen Renko, seinem Papa, dem alten Fischbräter! Dem wär es doch hochnotpeinlich, wenn sein Sohn sich zum nackten Affen machen würde! Auch wenn er seinen Laden letztes Jahr verkauft hat und jetzt in Esens wohnt. Die Peinlichkeit wäre auch bis dorthin gedrungen.«

Was für eine Hassliebe zwischen diesen beiden Gastronomen, dachte Sina, so verschieden und dabei doch so ähnlich. Und vielleicht hätte sie das auch ausgesprochen, wenn nicht im selben Moment ein Hubschrauber im Tiefflug über sie hinweg gedonnert wäre, dass ihr buchstäblich Hören und Sehen verging. Unwillkürlich duckte sie sich; die beiden anderen Frauen rissen schützend die Arme über die Köpfe.

»Der kurvt schon den halben Tag herum«, schimpfte Bea, sobald sie sich verständlich machen konnte. »Was ist da bloß los? Ein Krankentransport wird das ja nicht schon wieder sein. Und der würde auch nicht so bescheuert fliegen.«

Eine Gruppe Touristen stürmte an ihnen vorbei, die Augen geradeaus gerichtet, Handys in Bereitschaft. Einer der jüngeren Männer rempelte Gertrud Reershemius an. »He, pass doch auf, du blinde Bitch!«, pöbelte er und holte aus, als wollte er nach der alten Frau schlagen. Als er bemerkte, wie Bea ihre Fäuste ballte, ließ er das bleiben und eilte den anderen hinterher.

»Die rennen zum Strand«, sagte Bea. »Irgendwas ist da passiert. Bestimmt nichts Gutes.«

Eine junge Frau lief an ihnen vorbei. Sina drückte sich dichter an den Schaukasten, weil sie glaubte, es handele sich um eine Nachzüglerin der Pöblertruppe. Mit ihrer langen schwarzen Hose und dem rot-weiß geringelten T-Shirt wirkte sie jedoch geschäftsmäßig, nicht wie eine Touristin. Dann bemerkte Sina das verzerrte Gesicht und die verheulten Augen. Schlimm sah das aus, vor allem das verlaufene Make-up. Oder hatte die Frau ein blaues Auge? Schon war sie vorbei. Hinten auf ihrem T-Shirt prangte die Aufschrift »Prinz Heinrich«.

»Ich glaube, wir müssen uns dringend umhören«, konstatierte Bea und stapfte los, den Passanten hinterher. Gertrud Reershemius war ihr ein paar Schritte voraus. Sina eilte den beiden nach.

7.

Die Pressekonferenz im »Haus der Insel« fand Marian wenig ergiebig. Jedenfalls, was den Informationstransfer anging; er hatte nichts erfahren, das er nicht bereits gewusst hätte. Manches war bestätigt worden, aber längst nicht alles. Was nicht weiter tragisch war, denn für die morgige Ausgabe hatte er mehr als genügend Stoff.

Als eigenständiges Event dagegen gab die PK weitaus mehr her. Dieses Getümmel von Festlandkollegen jeder Couleur, die sich gegenseitig zu überschreien versuchten, dieses Gerangel von Fotografen und Kameraleuten, die um die besten Plätze rivalisierten! Trittleitern verschiedenster Längen kamen zum Einsatz. Einige trugen noch die Preisschilder der örtlichen Läden. Darüber ließe sich bestens schreiben, fand Marian. Eine bunte Geschichte, eine Art Sittengemälde – eines, auf dem die besseren Sitten durch Abwesenheit glänzten.

Aber das war etwas für die kommenden Tage. Jetzt ging es um das Aktuelle, um die Fakten und deren Einordnung. Mit der ihm eigenen Akribie hackte Marian den neuen Aufmacher in die Tasten, konzipierte dazu einen Infokasten und einen Extrabericht mit Stimmen von Augenzeugen und bedeutsameren Persönlichkeiten. Wie man das halt so machte. Gelernt war eben gelernt. Die Stimmen lieferte ihm überwiegend Ocko Onken, der ein Talent dafür hatte, Leute zum Reden zu bringen. Oder zum Schwätzen, dachte Marian, während ihm der alte Onken ein Bündel Notizen nach dem anderen neben die Tastatur legte, begleitet von Erläuterungen, die die bekritzelten Zettel fast überflüssig machten. Augenzeugen und Persönlichkeiten, repetierte Marian bei sich. Von wegen! Gaffer und Wichtigtuer waren das, nichts anderes. Aber was half es, solcherlei Anreicherungen wurden eben verlangt. »Namen sind Nachrichten, Menschen sind per se interessant«, lautete das gültige Journalismusprinzip. Schon als Volontär hatte Marian sich dagegen aufgelehnt: »Interessant sind doch nur *interessante* Menschen!« An die Abfuhr, die ihm das eingebracht hatte, erinnerte er sich heute noch.

Irgendwann war es geschafft, der letzte Artikel getippt, auf Zeile gekürzt und Korrektur gelesen, das letzte Foto elektronisch beschnitten und eingepasst, die letzte seiner Seiten fertig gebaut. Noch ein letzter Blick. Und noch ein allerletzter, damit es nicht wieder einen *Abschuss* gab. Dann klickte er auf »send«. So, das war's. Für heute jedenfalls. Morgen begann wieder alles von vorn.

Und jetzt? Draußen war es noch einigermaßen hell, und Marian war hellwach. Was tun? Mit ein paar Bieren Helligkeit und Wachheit dimmen? Oder mit ein paar Gläsern Wein? Das tat er in letzter Zeit häufig. Oder vielleicht bei Sina anklingeln? Bisschen zusammensetzen, vielleicht etwas essen, von alten Zeiten erzählen? Immerhin hatten sie mal gemeinsam die Redakteursausbildung im selben Zeitungsverlag absolviert. Und noch mehr hatten sie zusammen gemacht, viel mehr. Aber nein, Stahnke war auf der Insel. Marian hatte ihn bei der Pressekonferenz gesehen, in Aktion, wortkarg und ruppig wie immer. Was fand Sina bloß an diesem Klotz? Warum hatte sie ihn seinerzeit in die Wüste geschickt, nur um sich an diesen Kerl zu hängen, der so viel älter war als sie beide? Sie beide, die doch so viel besser zusammenpassten. Marian schloss die Augen und atmete tief durch. Solche Gedanken hatte er sich doch verboten! Mit dem Erfolg, dass Sina ihn immerhin als Freund akzeptierte und wieder an sich heranließ. Auf Armeslänge sozusagen. »Lass uns doch Freunde bleiben«, hatte sie nie gesagt. Aber nerven lassen würde sie sich nicht von ihm, das stand felsenfest.

Er schloss die Redaktion hinter sich ab und stieg die knarrende Treppe hinunter. Das mit den Bierchen war bestimmt nicht die schlechteste Idee. Aber vorher ein bisschen Bewegung, um Dampf abzulassen. War sowieso besser, denn mit dem Alkohol würde der Hunger kommen, und er fühlte sich mal wieder etwas zu schwer. Spazieren? Nein, lieber das Fahrrad. Das lag ihm mehr, und er liebte den Fahrtwind im Gesicht. Sein Trekkingrad liebte er auch. Es war extrem leichtgängig, durch die beiden Hörner seitlich am Lenker auch auf längeren Strecken sehr bequem und durch die Schaltung mit 21 Gängen sowohl ergonomisch als auch flott. Mancher hatte ihm schon »Elektrospinner« nachgerufen, wenn er ihn mit viel Speed überholt hatte. Dabei hatte das Rad gar keinen Elektroantrieb.

Wenn er so darüber nachdachte, dann waren die unfreundlichen Kommentare in letzter Zeit häufiger geworden. Und die Wortwahl deftiger. Pöbeln lag offenbar im Trend, selbst hier auf Langeoog, wo die meisten Menschen im Urlaub waren und eigentlich entspannt sein sollten! Woher kam das eigentlich? War das die allgemeine Verrohung der Gesellschaft, von der man las?

Marian hörte auf zu treten, ließ sein Rad ausrollen und richtete sich im Sattel auf. Ganz schön weit war er in den letzten zehn Minuten gefahren; er befand sich irgendwo im Niemandsland zwischen Inselbahnhof und Hafen.

Musste hier nicht der Golfplatz sein? Ach nein, da war ja der neue Reiterhof, wo man Großpferde und Ponys für Ausritte mieten konnte. Die Betreiber boten Kutschfahrten und andere Freizeitbeschäftigungen an, Lassowerfen und Bogenschießen zum Beispiel. Hatte erst letzte Woche in einer größeren Anzeige im »Inselboten« gestanden. Außerdem hatte er gehört, dass Landwirtschaftliches und Handwerkliches zum Angebot gehören sollten: Käseproduktion, Bier brauen, Holz- und Schmiedearbeiten und solche Dinge. Klang alles in allem nach einer Bereicherung der insularen Infrastruktur.

Zur Straße hin war das Hofgelände eingezäunt. Das breite Holztor der langen, schnurgeraden Einfahrt stand offen. Am Mast vor dem Wohn- und Stallgebäude flatterte eine Flagge. Die deutsche war das nicht. Die Grundfarbe sah nach Orange aus, darauf war ein schwarzer Kreis zu sehen mit etwas Geknicktem innen drin. Ein Ellbogen? Oder etwa ein Bumerang?

Ein Hund!

Nicht auf der Flagge, dafür in der Realität. Ein großer Hund, schwarz wie die Nacht. Und anscheinend schnell. Sein wütendes Knurren klang abgrundtief bis zu Marian herüber. Manche Hunde, so hieß es, wollten ja nur spielen. Dieser Hund spielte eindeutig nicht. Marian hob den Hintern aus dem Sattel. Die Pedale fühlten sich plötzlich an wie einbetoniert, und es dauerte einen Moment, bis er auf die Idee kam herunterzuschalten. Einen kostbaren Moment. Die Bestie hatte fast das offene Gatter erreicht, das drohende Grollen klang lauter und lauter.

Echte Radprofis konnten während voller Fahrt unter der eigenen Achsel hindurch nach hinten schauen, um die Konkurrenz im Auge zu behalten; Marian wusste das von den Tour-de-France-Übertragungen im Fernsehen. Als er das jetzt selbst versuchte, hätte er sich um ein Haar auf die Nase gelegt. Ein Blick zurück gelang ihm trotzdem: Die Zähne dieser Töle waren lang und blendend weiß.

Marian hatte Fahrt aufgenommen, schaltete hoch. Und gleich noch einmal. Viel schneller ging es nicht mehr. Noch ein Blick, diesmal oben über die Schulter: Es würde nicht reichen. Der Hund kam immer näher, und er schien wild entschlossen, seinen Angriff zu Ende zu bringen.

Zu Ende? Zu welchem Ende?

Früher, als Schüler, hatte Marian mal morgens Zeitungen ausgetragen, mit seinem alten Fahrrad. Ein riesiger Hirtenhund war ihm bellend auf die Pelle gerückt; Marian hatte sein Rad als Schild benutzt und das tobende Tier so lange auf Distanz gehalten, bis der verschlafene Besitzer ein Fenster geöffnet und gepfiffen hatte. Ob er das wieder versuchen sollte? Aber dazu müsste er zunächst mal anhalten und absteigen, und in den paar Sekunden hätte er das Biest garantiert am Bein hängen. Oder am Hintern.

Was also tun? Nach dem Tier treten, sobald es nahe genug heran war? Mit dem Sommerschuh samt ungeschütztem Knöchel mitten hinein ins Labyrinth dieser blitzenden Hauer? Außerdem müsste er dazu aufhören zu treten und konnte ins Schlingern kommen, dann war er geliefert. Oder schlagen? Aber womit? Er hatte nichts dabei, nicht einmal einen Regenschirm. Höchstens die Luftpumpe unten am Rahmen. Nur war die aus Plastik und federleicht, darüber lachte diese Riesentöle doch nur! Aber irgendetwas musste er tun. Also bückte er sich und angelte nach dem Ding, ohne dabei aus dem Tritt zu kommen, was nicht leicht war, denn die Pumpe war nicht eingehakt, sondern mit Lochbändern angelascht. Als er sie endlich gelöst hatte, war der Hund neben seinem Hinterrad. Marian spürte, wie die Angst alles in ihm zusammenkrampfte. Andeuten, dachte er, erstmal nur andeuten. Vielleicht lässt sich das Tier erschrecken. Muss ja nur ein bisschen auf Distanz bleiben. Irgendwann sind wir an seinem Territorium vorbei, dann wird es aufhören, mich zu jagen. Allerdings ließ ein Blick auf den schier endlosen Zaun keine nahende Grundstücksgrenze erkennen. Also hob Marian die Plastikpumpe und fuchtelte damit nach hinten, vor der Nase des Hundes vorbei. Überraschenderweise traf seine Finte auf Widerstand. Der Hund jaulte kurz auf, dann wurde sein Grollen lauter.

Und wurde von einem schrillen Pfiff übertönt. »Rasmus!«, rief eine Männerstimme. »Rasmus, hierher!«

Der Hund gehorchte, ohne zu zögern, ließ von Marian ab und rannte auf den Zaun zu. Dort, in Fahrtrichtung, stand ein Mann. Grüßend nickte er Marian zu, während er das Tier mit knapper Geste zum Sitzen aufforderte. Wieder gehorchte der Hund augenblicklich.

Keine Sekunde zu früh, dachte Marian. Er fühlte sich am Ende seiner Kraft. Seine Beine hatten das Treten eingestellt, ohne auf seinen Entschluss zu warten; sie brannten und schmerzten. Das Fahrtmoment trug ihn dennoch an dem Mann am Zaun vorbei. Aus den Augenwinkeln nahm er dessen Bild in sich auf: schwarzes T-Shirt, knielange schwarze Hose, derbe hohe Schuhe. Dunkle Haare, seitlich raspelkurz gestutzt, hinten zu einem kurzen Zopf geflochten. Dichter dunkler Vollbart. Der Mann trug etwas Länglich-Schmales in der Hand, einen Wanderstab vielleicht.

Sollte Marian sich bei diesem Menschen bedanken? Immerhin hatte der ihn durch sein Eingreifen – na ja, wenn nicht gerettet, so doch vor Schaden bewahrt. Andererseits wäre sein Hund der Verursacher dieses Schadens gewesen und damit quasi er selbst. Also wofür bedanken? Aber doch wenigstens grüßen, dachte Marian und hob die freie Hand. Zu spät fiel ihm ein, dass er die Luftpumpe darin hielt.

Der schwarze Mann lachte. Es klang weder böse noch spöttisch, sondern einfach nur heiter.

Im selben Moment wurde Marian etwas klar. Er bremste scharf und hielt an, stemmte ein prickelndes Bein auf den Boden und schwang sein Fahrrad herum. Jetzt stand der Mann in seinem Blickfeld, schwarz gekleidet, den schwarzen Hund neben sich sitzend. Und in der Hand dieses Ding.

Marian stieß sich ab, ließ sein Rad dichter an den Zaun heranrollen. Der Hund zeigte seine scharfen Zähne, aber nur beim Hecheln. Es sah aus, als ob er lachte.

Der Mann am Zaun tat das wirklich. »Clever, das mit der Luftpumpe«, rief er. »Sowas schnallt ein Hund natürlich nicht, dass sich solch ein Ding beim Zuschlagen verlängert. Woher soll er das auch wissen? Also weicht er nicht aus, und zack! Schon bekommt er eins auf die Nase. So verschafft man sich Respekt, ohne dem Tier allzu sehr wehzutun. Was, Rasmus?« Er rubbelte den Hals des Hundes, der daraufhin so heftig mit dem Schwanz wedelte, als gelte es, die ganze Wiese stoppelkurz zu mähen.

»Godehau«, keuchte Marian, immer noch um Atem ringend. »Marian Godehau. Tut mir leid, wenn ich Ihren Hund …«

»Petersen«, unterbrach ihn der Mann. Er mochte Mitte 30 sein, vielleicht auch jünger; die Fältchen in seinem hageren, sonnenverbrannten Gesicht konnten täuschen. »Sven

Petersen. Und Sie heißen also Godehau, ja? Ein sprechender Name, sehr interessant. Einer Ihrer Vorfahren war wohl ein angesehener Handwerker. Wissen Sie, was der gehauen hat? Holz oder Stein? Und was hat er hergestellt?«

Marian fühlte sich auf dem falschen Fuß erwischt. »Äh, nein, weiß ich nicht«, musste er zugeben. »Meine Mitschüler früher haben den Namen ganz anders interpretiert. Sie wollten immer, dass ich ihnen beweise, wie gut ich hauen kann.«

»Auch eine mögliche Erklärung.« Er grinste breit. Rasmus hechelte.

Marians Lächeln blieb schmal. Es ging diesen Petersen nichts an, dass er den Beweis guten Hauens schuldig geblieben war.

Lieber wollte er über das Ding reden, das der Schwarzgekleidete in der Hand hielt. »Ein Langbogen. Sie schießen? Auf diesem Gelände?«

»Ja, genau. Hier auf meinem Land.« Er hielt Marian den Langbogen hin; die Sehne war entspannt, weshalb der Bogen keine Krümmung aufwies und für einen unkundigen Betrachter wie eine Stange oder ein Stab aussah. Lediglich die Ledermanschette in der Mitte wies auf den wahren Verwendungszweck hin, ebenso wie die Kerben für die Sehne an beiden Enden.

»Sie sind auch Bogenschütze?«

»Ja, bin ich. Allerdings Recurve. Und ich bin schon ewig nicht mehr dazu gekommen.« Ehrfürchtig betrachtete er die geflochtenen Zierbänder ober- und unterhalb des Ledergriffs. Der Bogen selbst war etwa so lang wie sein Besitzer, vermutlich 1,80 Meter; er war völlig schlicht gehalten, das Holz war dunkel gescheckt, vermutlich mit einem kleinen Brenner geflämmt, und braun lasiert.

»Tja, das ist so eine Sache, wozu man kommt und wozu nicht. Ich sage immer, wo ein Wille ist, ist auch ein Weg.« Er wies hinter sich, quer über die Weide: »Hab mir meine eigene Strohscheibe aufgestellt, abseits der Schießbahn für Touristen, da kann ich trainieren, wann immer ich will.« Auf seinem ausgestreckten Unterarm zeichnete sich eine großflächige Tätowierung ab.

Marian konnte nicht erkennen, was sie darstellen sollte. Vielleicht war es auch nur ein Tribal, ein Muster aus einer anderen Kultur. Tja, dachte er, wenn man sein eigenes Land hat, dann ist der Weg vom Willen zur Zielscheibe natürlich nicht weit. Das behielt er aber für sich. Stattdessen nickte er anerkennend: »Haben Sie den Bogen selbst gebaut?«

»Ja«, sagte Petersen. »Aus Manau-Holz. War mein erster, da ist man mit Manau auf der sicheren Seite, das ist wie Rattan, hat keine Jahresringe. Das kann man bearbeiten, wie man will, ohne dass es bricht.« Spielerisch drehte er den Bogen in der Hand: »Inzwischen habe ich ganz andere Kaliber gebaut. Aber dem hier halte ich trotzdem die Treue.«

Jetzt erst entdeckte Marian die Sehne, ebenfalls geflochten, aus verschiedenfarbigen Strängen; auf der einen Seite war sie eingehakt, auf der anderen Seite mit der Schlaufe, Öhrchen genannt, über den verjüngten Bogenarm nach unten geschoben, sodass das Bogenholz entspannt und nahezu gerade war. Diese Technik hatte den Vorteil, dass solch ein Langbogen sekundenschnell schussbereit gemacht werden konnte: Man legte das eine Ende über den Spann des rechten Fußes, stieg mit dem linken darüber und bog das Holz über den linken Oberschenkel, bis sich das Sehnen-Öhrchen nach oben schieben und einhaken ließ. Fertig, schon konnte man … Apropos, wo hatte dieser Petersen eigentlich seine Pfeile? Am Gürtel, wo Marian immer seinen Köcher trug, baumelte bei ihm nichts.

Der Schwarzgekleidete tätschelte seinen Hund, beugte sich dabei leicht zur Seite. Aha, er trug einen Rückenköcher! Und zwar tief und eng, sodass die Pfeile hinter dem Oberkörper verborgen blieben. Die Haltegurte des Köchers waren ebenso schwarz wie Petersens T-Shirt.

Marian wandte sich Rasmus zu, hielt ihm den Handrücken hin; der Hund schnupperte neugierig, dann schlappte er darüber, ehe Marian zurückzucken konnte. Die Zunge war warm, weich und rau zugleich. Und natürlich nass.

Petersen lachte. »Na, jetzt habt ihr beide ja schon Freundschaft geschlossen! Da könnten Sie doch nächstens mal zum Schießen rüberkommen, oder? Oder darf ich Du sagen, Marian? Macht man doch so unter Sportkollegen.«

»Ja, aber klar, das ist nett.« Marian war ehrlich erfreut über die Einladung. Wäre schön, endlich mal wieder mit dem Bogen zu trainieren! Wär bestimmt auch gut für seinen gestressten Rücken und seine Haltung. »Wann wollen wir denn … ich meine, ich rufe am besten vorher an, oder?«

»Ja genau, mach das. Wir kommen bestimmt zusammen, terminlich. Die Nummer hast du ja, stand letztens in der Anzeige bei euch im Blatt.« Er zwinkerte Marian zu; offenbar war er bestens darüber informiert, wen er vor sich hatte.

Petersen musterte den Himmel, der nach und nach dämmerig wurde. »Ich hätte sonst gesagt, wir schießen gleich mal ein paar Passen mit meinem Bogen, aber das Büchsenlicht kommt uns abhanden. Also ein andermal.«

Marian verabschiedete sich, auch bei Rasmus, der ihm mit vollem Körpereinsatz nachwedelte. Unglaublich, wie schnell solch ein Tier sein Verhalten ändern konnte!

Langsam radelte er in Richtung Wasserturm. Jetzt noch ein Bierchen im »Dwarslooper«, dann war er endgültig reif fürs Bett. Trotz all der Aufregung, die der Tag gebracht hatte, würde er bestimmt gut schlafen.

Interessanter Mann, dieser Petersen, dachte Marian. Typ Waldläufer, aber auf eigenem Terrain. Und dass der auch noch Bogenschütze war! Vielleicht hatte er endlich eine verwandte Seele gefunden. Schöner Bogen, spannender Rückenköcher. Und diese Pfeile – irgendetwas an denen war ihm komisch vorgekommen. Ihm fiel ein, was. Es waren die Federn. Jeder Pfeil trug drei Federn an seinem Ende, gewöhnlich zwei gleichfarbige und eine in anderer Couleur, nämlich die Leitfeder. Damit man den Pfeil immer gleich richtig an der Sehne einnockte. Petersens Federn jedoch zeigten drei verschiedene Farben: Schwarz, weiß und rot. Merkwürdig. Aber auch nicht so wichtig, fand Marian und trat kräftiger in die Pedale.

8.

Inselbahn und Fähre waren nichts für Ungeduldige, das wusste Stahnke aus Erfahrung. Er war kein geduldiger Mensch. Gut, er konnte sich dazu zwingen, geduldig zu sein, wenn es sein musste. Das aber war eine rein rationale Angelegenheit. Von seinem Wesen her jedoch war er ein impulsiver Mensch. Tief in ihm drin brodelte ein Vulkan. Und der stand mal wieder kurz vor dem Ausbruch.

Noch in der Bahn hatte Lüppo Buss ihn aufgeklärt, worum es ihm ging und was ihn so eilig nach Bensersiel trieb. Während sie in der Schlange beim Abfertigungsgebäude darauf warteten, dass die Fähre sich endlich all der Urlaubermassen entledigt hatte und sie an Bord gehen konnten, hatte er ihm auf seinem Smartphone gezeigt, worauf er im Internet gestoßen war. Die Postings waren nur laienhaft anonymisiert. Stahnke hatte durch die Zähne gepfiffen: »Maik Schubert, aha. Mein lieber Mann, ganz schön heftig.« Der Inselpolizist hatte mit düsterer Miene genickt.

Die Fährtour zog sich dann hin, dass es körperlich schmerzte. Das erste Stück der Strecke ging ja noch; da ließ die dröhnende Maschine das Schiff vibrieren, da zerstampfte der Bug die Seegatt- und Wattenmeerwellen zu weißem Schaum und heller Gischt. Das gab ein gutes Gefühl, da kam man richtig voran.

Dann aber kam der Hafenschlauch. Das war das Stück der Fahrrinne, das zwischen Steindämmen verlief, damit das Fahrwasser nicht ständig vom nachdrängenden Schlick verstopft wurde. Je mehr die Flüsse vertieft wurden, um immer gewaltigere Containerriesen, Tanker und Kreuzfahrtschiffe aufzunehmen, desto mehr Schlick sammelte sich im Wattenmeer. Klar, dass man die Fahrrinnen davor schützen musste. Das Fahren in diesen Rinnen war nur in langsamem Tempo möglich. Und das zerrte gewaltig an den Nerven.

So richtig nervig jedoch wurde es, als sie endlich in Bensersiel angekommen waren und sich ausgeschifft hatten. Der Campingplatz war schnell gefunden – kein Problem, denn er war riesig. Was jedoch nicht zu finden war, war jemand, der ihnen die gewünschte Auskunft geben konnte. Wen immer sie auch zu fassen bekamen, kannte sich entweder nicht aus, hatte keinen Zugang zum Büro, kannte das Passwort für den PC nicht oder verstand schlicht kein Deutsch. Es war zum Verzweifeln. Vulkan Stahnke drohte jeden Moment auszubrechen.

Als sie endlich vor dem richtigen Wohnwagen standen, war schon der Abend angebrochen. Die Bewohner, nach denen sie gesucht hatten, waren anwesend. Und die des benachbarten Wohnmobils auch. Lauter junge Männer zwischen 25 und 30. Man hätte sie für Teile einer Fußballmannschaft halten können; was sich da unter den verblichenen Trikots wölbte, ließ jedoch eher auf Fußballfans schließen als auf Aktive. Ebenso die Tatsache, dass die zwei zusammengestellten Campingtische zur Abendbrotzeit mit vollen und leeren Bierdosen und Chips-Tüten bedeckt waren. Die Tischgespräche, laut und aggressiv geführt, verstummten augenblicklich, als die beiden Ermittler die Campingparzelle betraten. Kein Wunder, war Lüppo Buss doch wie stets in Uniform. Sechs Augenpaare starrten ihn und Stahnke an, die meisten blutunterlaufen.

»Guten Abend, die Herren«, grüßte der Inselpolizist betont korrekt. »Ich bin Oberkommissar Buss, das hier ist Hauptkommissar Stahnke. Wir würden gerne mit Herrn Schubert sprechen. Maik Schubert. Ich nehme an, das ist einer von Ihnen?«

Keine Antwort. Jedenfalls keine verbale. Dass sich Arme und Schultern anspannten, Augen zusammengekniffen und Unterkiefer vorgeschoben wurden, konnte durchaus als Antwort gewertet werden. Das Schweigen der Gruppe aber hielt an, und es wurde von Sekunde zu Sekunde bedrohlicher.

Was Lüppo Buss ganz betont ignorierte. Er zückte sein Smartphone und wischte kurz über das Display. »Maik Schubert, oder sollte ich sagen: MaityMaik?«, ergänzte er. »Ihr Profilbild zeigt zwar eindeutig eine Bulldogge, aber zum Glück haben Sie auch einige Partyfotos gepostet. Mit Begleittext. Demnach müssten Sie Maik Schubert sein, stimmt's?« Er nickte dem jungen Mann zu, der ganz rechts saß, die Ellbogen auf den Tisch und das Kinn auf die Fäuste gestemmt.

»Wer will das wissen?«, fragte der zurück. Seine Worte klangen verwaschen, was an seinem aufgestützten Kinn liegen mochte. Vielleicht auch an den leeren Bierdosen.

»Oberkommissar Buss und Hauptkommissar Stahnke. Wie schon erwähnt«, erwiderte der Inselpolizist freundlich lächelnd.

Oha, dachte Stahnke. Lüppo provozierte. Wenn das mal gut ging!

Ging es nicht. Der Angriff kam sogar schneller als erwartet, und er kam überraschenderweise von links.

Einer der Burschen, die den Ermittlern zunächst den Rücken zugewandt und sich dann zu ihnen umgedreht hatten, katapultierte sich förmlich aus seinem Campingklappstuhl hoch. Für einen Sekundenbruchteil nahm Stahnke ein hassverzerrtes Gesicht und gefletschte Zähne wahr, dann folgte der Schlag. Eine mörderische Rechte, unmöglich abzublocken.

Jedenfalls für ihn. Der Schlag jedoch galt nicht Stahnke, sondern Lüppo Buss. Vielleicht auch dessen Uniform. Der Kopf des Inselpolizisten zuckte im letzten Moment nach rechts; der Hieb verfehlte Kinn und Nase, streifte jedoch sein linkes Ohr und brachte den Inselpolizisten aus der Balance. Vom eigenen Schwung vorwärts getrieben, rauschte der Körper seines Gegners auf ihn zu, bestimmt zwei Zentner Muskeln im Speckmantel. Keine Chance mehr auf einen Konterschlag, registrierte Stahnke. Lüppo Buss drohte der Infight. Gegen solch ein Viech von einem Gegner kam das einem Glücksspiel gleich. Der Inselpolizist aber war kein Spieler. Im letzten Augenblick fuhr sein Kopf nach vorn, seine Stirn traf das Nasenbein des Angreifers. Mit unterdrücktem Schmerzgeheul taumelte der zu Boden, beide Hände auf sein Gesicht gepresst. Zwischen seinen Fingern quoll Blut hervor.

Die Reaktion der Tischrunde ließ nicht auf sich warten. Als Erster schoss der Mann rechts von Stahnke in die Höhe. Günstig, dachte der Hauptkommissar, trat einen Schritt vor und rammte ihm seinen Ellbogen gegen die ungedeckte Stirn. Diesmal gab es kein Geheul. Der Mann sackte stumpf und stumm zu Boden.

Stahnke musterte die verbliebenen vier Männer am Tisch. Sie saßen da wie erstarrt.

Der Hauptkommissar wechselte einen Blick mit seinem

Kollegen. Der hatte gerade sein Smartphone gezückt. Auf Stahnkes Wink hin stoppte er in der Bewegung, senkte seinen Daumen nicht auf das Anruf-Symbol. Fragend hob er die Augenbrauen.

Stahnke warf einen prüfenden Blick in die Runde. Die Doppelparzelle der Männerrunde war gut abgeschirmt, dichte Büsche und die Wände der umstehenden Campingmobile sorgten für Sichtschutz. Der allgemeine Lärmpegel um sie herum war hoch genug, um Kampfgeräusche und Schmerzlaute zu verschlucken. Bisher hatte offenbar niemand wahrgenommen, was sich hier abgespielt hatte.

»Also gut«, sagte Stahnke und fixierte dabei den Mann, der mutmaßlich Maik Schubert hieß. »Mein Kollege kann jetzt die 110 anrufen – oder die 112. In dem Fall haben die beiden Kollegen beim Bierholen nicht aufgepasst und sind mit ihren Klotzköpfen aneinandergerummst. Die anderen halten ihre versammelten Schnauzen, und wir drei Hübschen« – seine Handbewegung schloss Lüppo Buss, Schubert und ihn ein – »ziehen uns zurück und führen ein vertrauliches Gespräch. Mehr nicht, erstmal jedenfalls. Deal?«

Keine Reaktion. Die vier Männer am Tisch schienen dauerhaft eingefroren zu sein.

»Dann eben 110«, sagte Stahnke. »Dann weiß ich schon, wer heute Nacht härter schläft als sonst. Und wer weiß, vielleicht für länger.«

Der Mann mit dem gebrochenen Nasenbein richtete sich stöhnend auf, seine Augen über den blutverschmierten Fingern vor Schreck geweitet.

»Okay«, ließ sich Maik Schubert vernehmen. »Okay, einverstanden. Holen Sie den Krankenwagen, dann reden wir.«

Wie zur Bestätigung stöhnte auch der zweite Mann, der zu Boden gegangen war, und begann, sich hochzustemmen. Das dauerte eine Weile.

Stahnke nickte Lüppo Buss zu. Der drückte die Ruffunktion seines Handys und wandte sich ab.

»Ach, eine Sache noch, während wir warten«, ergänzte Stahnke. Er nickte zweien der jungen Männer zu, die sich bisher nicht am Geschehen beteiligt hatten. »Sie können mir noch etwas bringen.«

»Was?«, fragte einer der Angesprochenen. Ton und Haltung ließen keinen weiteren Widerstand erwarten.

»Die Klokassetten«, erwiderte Stahnke. »Die aus dem Wohnwagen hier und die aus dem Wohnmobil. Und ehe ihr fragt: Nein, ihr braucht sie nicht auszuleeren.«

9.

Der Mord an Robin Seefeld war Thema Nummer eins im »Dwarslooper« an diesem Abend. Längst waren die ersten Berichte in Funk und Fernsehen gelaufen. Da die Polizei sich partout nicht zur Art und Weise der Tötung äußern wollte, machten wilde Gerüchte die Runde.

»Bestimmt haben die ihn mit einem seiner Treibholz-Machwerke erschlagen«, tönte der dicke Schmidt, der in kleiner Runde das große Wort führte und beim Gestikulieren ständig Bier auf sein ohnehin schon fleckiges Hemd schüttete. »Was soll dieser Müll überhaupt darstellen? Ehrlich, da graust es doch den Kunstsachverständigen!«

»Und wer soll das sein, dieser Kunstsachverständige?«, fragte Ocko Onken scheinheilig. »Wohnt der hier? Bist du dem schon mal begegnet?«

»Immerhin hat Robin den Strand von dem angeschwemmten Zeug gesäubert. Das muss man doch anerkennen«, warf Klaas Reershemius ein. Er war schon im Gehen – vielmehr wurde er gerade gegangen, denn seine Gertrud schleifte ihn förmlich aus dem Lokal. Offensichtlich war sie der Ansicht, ihr Gatte hätte für heute genug gehabt, und ihre Ansicht war die, die zählte.

Sina nahm am Tresen ihr Alster entgegen und wühlte sich durchs Getümmel, weg von der ewig lästernden Viererbande, dorthin, wo sie Bea vermutete. An einem Abend wie diesem brauchte sie jemand Vertrautes. Stahnke war ja nicht hier. Und Marian konnte sie auch nirgends entdecken. In einer der Sitznischen nahm sie ein Pärchen wahr, das in ein intensives Gespräch vertieft war. Albern, diese Partner-T-Shirts, dachte sie und wollte sich weiter zwischen den anderen Gästen hindurchdrängeln. Dann fiel ihr ein, dass sie diese rot-weiß geringelte junge Frau heute schon gesehen hatte. Als die Frau sich vorbeugte, näher ans Ohr ihres Gesprächspartners heran, erhaschte Sina unauffällig einen Blick auf ihren Rücken. »Prinz Heinrich«, aha, alles klar. Das verheulte Mädel mit dem blauen Auge! Ihr Make-up hatte sie inzwischen restauriert, der dunkle Schatten rund um das Auge war nur noch zu erahnen. Und wer war dieser Kerl mit den breiten Schultern und dem trapezförmigen Oberkörper? Womöglich der, der ihr diesen Augenring verpasst hatte? Die beiden waren immerhin Besatzungsangehörige desselben Schiffes. Gehörte so etwas dort womöglich zum guten Ton? Unglaublich, wie vor hundert Jahren!

Jetzt legte der Typ seine Riesenpranke um den Hinterkopf des Mädels und zog sie zu sich heran. Wollte er sie etwa küssen? Ja, allerdings, und er tat es auch. Sie ließ es sich gefallen. Na ja, nicht so ganz, denn sie drehte ihr Gesicht so, dass der Kuss auf ihrer Wange landete. Aber echte Gegenwehr sah anders aus.

»Ach, die arme Tinka!« Unvermutet ragte Bea Wulf neben Sina auf, ein Weizenbierglas in der Hand. »Sie leidet natürlich doppelt.«

»Doppelt? Es ist aber doch nur das eine Auge, oder?« Sina verstand nur Bahnhof.

»Auge?« Völlig ungeniert musterte Bea die junge Frau in der Nische. »Stimmt, du hast recht! Ob Kante ihr eine gefenstert hat? Na warte, dieser Lump, dem sollte man …«

Sina kannte Beas aufbrausende Art ebenso gut wie ihren Beschützerinstinkt gegenüber Geschlechtsgenossinnen und schob sich ihr schnell in den Weg. Zum Glück beruhigte sich die Gastwirtin stets ebenso rasch, wie sie sich echauffierte. »Ja, schlimm, echt!«, stimmte Sina ihr zu. »Aber wieso denn eigentlich?«

»Wieso? Na, weil Tinka doch mit Karl zusammen ist!«

»Wer ist denn Karl? Und wieso ist das ein Grund?«

Bea stöhnte über so viel Uninformiertheit. »Karl Antes

ist Kante, der Typ da mit den Schultern! Mit dem ist Tinka zusammen, ein halbes Jahr schon. Aber ich weiß aus sicherer Quelle, dass sie außerdem nebenbei was am Laufen hatte.«

»Deswegen das blaue Auge, aha.« Sina verzog das Gesicht. Was waren das nur für Kerle, die Frauen als ihr Eigentum betrachteten! Oder als Leibeigene, die man züchtigen durfte. Unglaublich, in welchem Land und in welcher Epoche lebten die denn! Dann endlich dämmerte ihr etwas. »Nebenbei was am Laufen? Du meinst doch nicht etwa …«

»Doch, das meine ich.« Beas Miene verdüsterte sich. »Mit Robin. Robin Seefeld. Unserem kleinen grünen Umweltkämpfer Robin Hood.« Ein tiefer Seufzer dehnte ihre Brust; Sina musste ihr Glas eilig in Sicherheit bringen. »Ich hab die beiden mal beobachtet, ganz zufällig natürlich. Total süß waren die zusammen. Das hat echt richtig gepasst mit denen.«

»Ach herrje.« Sina wurde sich bewusst, dass sie Tinka und Karl seit Sekunden anstarrte. Zum Glück hatte Karl, genannt Kante, nur Augen für Tinka, und die hielt ihren Blick gesenkt. »Und was hat dieser Kante dazu gesagt?«

»Na ja, Kante ist kein Freund vieler Worte, auch wenn das im Moment ganz anders aussieht«, sagte Bea. »Und ein Schnellmerker ist er auch nicht. Ist ja auch so, dass er an Bord seines Dampfers viele Arbeiten gerade dann erledigen muss, wenn das Schiff nicht in Fahrt ist, sondern im Hafen liegt. Während Tinka als Servicekraft arbeitet. Wenn die Gäste von Bord sind, kann sie auch an Land. So hatte sie ein gewisses Zeitfenster.«

»Ganz zufällig hast du die beiden mal beobachtet, ja?« Sina konnte nicht anders, sie musste breit grinsen. »Ganz zufällig! Donnerwetter, dafür bist du aber sehr gut informiert.«

»Na ja, man interessiert sich eben für seine Mitmenschen.« Völlig unbeeindruckt trank Bea einen großen Schluck aus ihrem Weizenbierglas.

»Aber irgendwann ist Kante den beiden Süßen auf die Schliche gekommen«, kombinierte Sina. »Dann hat er Tinka verkloppt. Und jetzt sind die beiden trotzdem zusammen. Muss ich das verstehen?«

»Was soll ich sagen, Sinchen, der Mensch braucht eben jemanden zum Anlehnen, nicht? Weißt du doch.« Wieder seufzte Bea. Sie hatte niemanden zum Anlehnen, und zwar schon seit geraumer Zeit, das wusste Sina. Schnell senkte sie ihren Blick in ihr Alsterglas. Bea klopfte ihre Taschen ab. »Ich geh raus, eine dampfen. Kommst du mit?«

»Eigentlich rauche ich nicht mehr.« Sina gefiel der Gedanke, für ein paar Minuten aus diesem Getümmel herauszukommen. »Aber wenn du eine für mich hättest, so ausnahmsweise …«

»Ich sagte dampfen. Nicht rauchen. Mensch, Sina, ich rauch doch nicht mehr. Werde mir doch meine schöne Lunge nicht mit Teer zukleistern.« Sie zog ein Gerät aus der Jackentasche, das entfernt an einen Akku erinnerte – mit einem kleinen Sauger seitlich oben dran. Sina nahm einen fruchtigen Geruch wahr, mit Spuren von Lakritze.

»Du also auch?« Sina zuckte mit den Schultern. »Egal, ich komme trotzdem mit raus. Frische Luft ist auch etwas Feines.«

Im Hinausgehen warf sie einen letzten Blick auf das rot-weiß geringelte Pärchen in der Nische. Auf die kleine Tinka, die sich in Robin Seefeld verliebt und ihren Freund betrogen hatte. Und auf Karl Antes, ihren Freund, nicht ohne Grund Kante genannt. Er war Tinka auf die Schliche gekommen. Jetzt hatte sie ein blaues Auge. Und Robin war tot.

Bea konnte es anscheinend gar nicht abwarten, vor die Lokaltür zu kommen; sie pflügte durch die Menschentrauben wie ein Dampfer durch Schönwetterwellen. Sina folgte in ihrem Kielwasser.

10.

Stahnke legte sein Smartphone auf den Dinettentisch. »Ich zeichne unser Gespräch auf«, konstatierte er. »Nennen Sie bitte Ihren Namen und Ihren Wohnort.«

»Ist das überhaupt zulässig?« Maik Schubert saß breit auf der Polsterbank, die dicken Arme verschränkt. Sein Ton klang schon wieder ganz schön aufsässig. »Dürfen Sie das so einfach, mich verhören? Ohne meinen Rechtsanwalt?«

»Sie haben einen Rechtsanwalt?«, fragte Lüppo Buss zuckersüß. »Wie ist denn wohl sein Name und wo ist seine Kanzlei?«

Schubert zog einen Schmollmund. »Nee, hab ich nicht«, murmelte er.

Dabei hatte er mit seiner Frage vollkommen recht, dachte Stahnke. Für eine Befragung wie diese gab es Regeln! Sie hatte in einem geeigneten Raum der nächstgelegenen Dienststelle stattzufinden, und natürlich war dem Verlangen nach einem Rechtsbeistand umgehend nachzukommen. Das und vieles mehr war einzuhalten, oder die gewonnenen Erkenntnisse konnten in einem eventuellen Gerichtsverfahren nicht verwendet werden. Ganz egal, ob sich dieser Maik Schubert als Zeuge erwies oder als Beklagter.

Was sich hier abspielte, war aber alles andere als der Regelfall. Statt in einer Amtsstube saßen sie zu dritt in einem abgeranzten Wohnmobil, und draußen flickten gerade ein Notarzt und drei Sanitäter zwei Verletzte zusammen, die von Polizeibeamten Prügel bezogen hatten. Von Polizisten, die davon nichts in ihren Berichten erwähnen würden. Und die hofften, damit durchzukommen, weil sie die Betroffenen und deren vier Kumpels unter Druck gesetzt hatten. Mein lieber Mann, dachte Stahnke, wir sind auf ganz dünnem Eis unterwegs.

Ausgeschlossen, jetzt umzukehren.

Der Hauptkommissar deutete auf sein Mobiltelefon. »Aufnahme läuft«, sagte er. »Das – oder doch noch die 110.«

Schubert seufzte. »Okay«, sagte er gedehnt und genervt. »Was wollen Sie wissen?«

»Diese Gruppe hier, Sie und Ihre Kumpels da draußen – was ist das für ein Verein?«, fragte Stahnke.

»Wir sind ein Fußballguckklub«, erwiderte Schubert.

Stahnke blieb ruhig. Der will mich doch auf den Arm

nehmen, dachte er. Er schaute auf Lüppo Buss; der dachte offenbar dasselbe, keine Frage, und seine Miene blieb ebenfalls stoisch.

Maik Schubert seufzte; es klang enttäuscht, wohl wegen der überschaubaren Wirkung seiner Worte. »Wir treffen uns immer zum Fußball gucken«, erläuterte er. »Champions League, Länderspiele oder Bundesliga, je nachdem, was es gibt. Wir haben ja alle Sky.«

»Und das nennen Sie einen Klub?«, fragte Lüppo Buss.

»Na ja, nur so, zum Spaß. Immer da, wo wir gerade Fußball gucken, schmücken wir den Vorgarten mit Rum- und Colaflaschen. Und Whiskey. Und natürlich Wodka.«

»Natürlich.« Der Inselpolizist nickte so verständnisvoll, als wüsste er keinen besseren Platz für Leergut als einen Vorgarten.

Schubert zuckte mit den Schultern. »Wir arbeiten alle bei VW in Emden, am Band, in derselben Schicht. Und wir treffen uns regelmäßig im Fitnessstudio. Da brauchen wir einen Ausgleich.«

»Einen Ausgleich. Klar.« Stahnke nickte. Zum Ausgleich könntet ihr auch mal ein gutes Buch lesen, dachte er. Er schaute Maik Schubert ins Gesicht; schon bezweifelte er seinen eigenen Gedanken.

»Und das?« Seine Handbewegung schloss das Wohnmobil und den benachbarten Campingwagen ein. »Ist das auch Teil dieses Ausgleichs?«

»Na sicher.« Schubert nickte eifrig. »Wir wetten immer, auf jedes Spiel, das wir gucken. Spielausgang, klar, aber auch, wer die Tore schießt, wer vom Platz fliegt und so. Wenn's keiner richtig hat, kommt der Einsatz in die Kasse. Da kommt einiges zusammen! Und als es diese außerplanmäßigen Werksferien gab, wegen Absatzkrise und Dieselskandal und so, da haben wir uns gesagt, jetzt gehen wir campen und hauen alles schön auf den Kopf.«

»Zum Beispiel bei einer Dünenparty auf Langeoog«, warf der Inselpolizist ein. »So richtig schön.«

Schubert stemmte seine Ellbogen auf die Tischplatte. Deren Aufhängungen knackten bedenklich. »Es war so heiß an diesem Tag, wir waren nur am Schmoren, da hat Helmut gesagt, fahren wir doch rüber, auf der Insel ist immer schöner Wind. Baden können wir auch. Und so. Also sind wir zur Fähre.«

»Mit Rucksäcken voller Getränke«, ergänzte Lüppo Buss. »Dosenbier und Schnaps. Außerdem paketweise Grillwürste.«

»Na klar!«, ereiferte sich Schubert. »Wissen Sie, wie teuer da drüben alles ist?«

»Weiß ich«, sagte der Inselpolizist.

»Damit sind Sie über den Strand direkt in die Dünen gestiefelt«, sagte Stahnke.

Schubert nickte.

»Und haben da Ihre Fete abgezogen. Obwohl dort das Betreten aus Gründen des Natur- und Küstenschutzes streng verboten ist«, stellte Lüppo Buss fest.

»Konnten wir doch nicht wissen«, nölte Schubert.

»Weil da ja auch nirgendwo Schilder stehen. Oder Absperrungen.« Lüppo Buss lächelte unbeirrt, und Stahnke ahnte, dass er nicht der einzige Binnenvulkan in dieser Campingbehausung war.

»Als Erstes haben Sie ein Lagerfeuer angezündet«, fuhr Stahnke fort. »Wegen der Würstchen. Und weil Ihnen ja auf dem Festland so heiß gewesen war.«

»Feuer ist immer geil«, sagte Maik Schubert. »Und Holz lag am Strand genügend rum.«

»Dort, wo Sie feierten, lagen dafür sehr bald leere Dosen und Flaschen herum«, warf der Inselpolizist ein. Seine Stimme zitterte nur ganz wenig.

»Hätten wir ja alles wieder mitgenommen!«, brauste Schubert auf. »Ist doch Pfand drauf, oder etwa nicht? Jedenfalls auf den Dosen. Da hätte sich dieser Blödmann gar nicht so künstlich aufregen müssen.«

»Mit Blödmann«, sagte Lüppo Buss, »meinen Sie Robin Seefeld, richtig? Hersteller von Kunstgegenständen aus Treibholz, der bei der Suche nach neuem Material für seine Objekte auf Sie und Ihre Kumpels gestoßen war.«

»Der hat sich aufgeführt, als ob er was zu sagen hätte!«, ereiferte sich Schubert. »Von wegen Feuer verboten, Betreten verboten, Müll entsorgen verboten! Aufgespielt hat der sich wie 'ne Tüte Mücken. Wollte uns sogar fotografieren.«

»Hat er auch.« Der Inselpolizist hob kurz sein Smartphone. »Die Bilder hat er mir geschickt. Ganz schön groß das Feuer, nicht? Bloß für Würstchen?«

»Och. Feuer an der Küste machen, das hat doch Tradition.« Maik Schuberts Blick huschte zwischen beiden Ermittlern hin und her. Worauf war der aus – auf Zustimmung etwa?

»Hier ist ein sehr schönes Foto von den Scherben.« Jetzt war das Beben in Lüppo Buss' Stimme nicht mehr zu überhören. »Sie haben uns noch gar nicht erzählt, dass Sie ein Wettschießen auf die leeren Wodkaflaschen veranstaltet haben. Mit einer Luftpistole. Wer hatte die dabei? Sie?«

»Ja.« Maik Schubert schrumpfte ein wenig in sich zusammen.»Aber die ist ganz legal. Waffenscheinfrei, damit darf ich überall schießen.«

»Falsch«, korrigierte Stahnke. »Nur auf eigenem, umfriedetem Gelände, und auch nur dann, wenn dafür Sorge getragen ist, dass niemand geschädigt werden kann. Die Langeooger Randdünen gehören Ihnen aber nicht! Auch wenn Sie sich da so aufgeführt haben. Und transportieren dürfen Sie diese Waffe nur in einem geeigneten und verschließbaren Behältnis. Keinesfalls in einem Rucksack! Das bedeutet, Sie haben die Waffe in der Öffentlichkeit nicht transportiert, sondern geführt. Und das *ist* illegal.«

»Wollen Sie mir deswegen Ärger machen?« Schubert schmollte schon wieder. »Und alles nur wegen diesem Blödmann, diesem Meckerpott, Gutmenschen und Weltverbesserer!«

»*Meckerpott*?« Lüppo Buss wischte auf seinem Smartphone-Display herum, bis er gefunden hatte, was er suchte. Kein Foto offenbar. »Meckerpott ist neu. Sonst haben Sie allerhand nette Bezeichnungen für Robin Seefeld gefunden. *Arschgeige* und *Wichser* sind noch die harmlosesten.«

»Ach, ist doch wahr!«, platzte es aus Schubert heraus. »Was muss der sich auch ungefragt in alles einmischen! Wir haben doch ein Recht darauf, ein bisschen zu feiern. Schließlich arbeiten wir alle hart und zahlen Steuern. Und dann sowas! Nur wegen des Feuers und der paar Scherben hetzt der uns gleich die Bullen auf den Hals!« Anklagend glotzte er die beiden Polizisten an, empört wie die verfolgte Unschuld persönlich.

Stahnke wartete kurz. Aber vergebens, Schubert merkte nichts.

»Reden wir nicht über die Beleidigungen«, fuhr der Hauptkommissar fort, »reden wir über das, was Sie dann geschrieben haben. Auf Facebook. Und dann auf Instagram.«

»Das?« Maik Schuberts Augen wollten noch größer werden. Rosa Kreise wurden rund um die Pupillen sichtbar. »Ach Gott, das war doch nur … sowas ist doch … ich meine, da hab ich schon viel Schlimmeres gesehen, also online. Heutzutage ist das doch total üblich.«

»Ich darf zitieren.« Lüppo Buss räusperte sich. *»Ich stech dich ab, du Schwein. Ich schlitz dich auf. Ich stopf dir deine Eier in den Hals.* Ach ja, und das hier noch: *Du sollst Scheiße schlucken.*« Er zwinkerte Schubert zu: »Ganz normal, ja?«

»Na ja, vielleicht nicht ganz … aber ja. Ist doch typisch, dass der Kerl sich darüber so aufregt, dass er zu Ihnen läuft und sich ausheult. Anstatt das zu klären, wie es sich gehört, wie man das macht unter Männern.«

»Und wie macht man das so unter Männern?« Auch Stahnkes Stimme bebte.

Schubert zuckte mit den Schultern. »Ja wie. Reden?«

»Reden.« Stahnke schüttelte den Kopf. »Das kann der Herr Seefeld leider nicht mehr.«

Diesmal brauchte Maik Schubert nicht so lange, um zu kapieren. »Ach du Kacke«, murmelte er leise. »Deswegen also.«

»Ja, genau«, sagte Stahnke. »Deswegen.«

11.

Auf dem Gehweg vor dem »Dwarslooper« war kaum weniger los als drinnen. An einem warmen Abend wie diesem, nach einem derart ereignisreichen Tag hatten alle erhöhten Redebedarf – die Langeooger ebenso wie ihre zahlenden Gäste. Jedenfalls die Wiederholungstäter, diejenigen, die sich stark mit der Insel fürs Leben identifizierten. Genau die interessierten sich auch für einen gewaltsamen Tod auf Langeoog. Und es gab viel mehr von ihnen, als in eine Kneipe passten, selbst wenn die so groß war wie der »Dwarslooper«.

Seeseitig ragte der illuminierte Wasserturm aus den Randdünen, das allgemein anerkannte Wahrzeichen Langeoogs, das den auf dieser Insel fehlenden Leuchtturm optisch vollauf ersetzte. Viele Badegäste erkannten sowieso den Unterschied nicht. Oder er war ihnen egal.

Ein immer wieder faszinierender Anblick, dachte Sina, ganz egal, wie oft man ihn schon genossen hatte. An einem klaren Sommerabend genauso spektakulär wie bei wolkenverhangenem Himmel. Heute war es wundervoll klar. Eigentlich. Denn Wolken gab es auch, und zwar nicht zu knapp. Immer wieder schoben sich welche zwischen Sina und den Wasserturm und beeinträchtigten die Sicht.

Was war das jetzt – Himbeere? Oder Lavendel? Die Aromen waberten durcheinander. Im Moment dominierten verflüssigte Gummibärchen. War das ein Parfümladen für Teenager? Kaum zu glauben, aber Sina vermisste das vertraute Tabakaroma, vermischt mit schnödem Rauch. Gab es denn niemanden hier, der seine Lunge auf die althergebrachte Art malträtierte? Beteiligten sich alle an diesem großangelegten Freilandselbstversuch der Elektro-Liquid-Bedampfung? Bea auf jeden Fall. Immer, wenn sie eine Dampfwolke ausstieß, hüllte sich der leuchtende Wasserturm sekundenlang in eine Weichzeichnerwolke. Seenebel war kaum effektvoller! Beas Lungenflügel wiesen ein gewaltiges Fassungsvermögen auf. Noch, dachte Sina, als die E-Zigarette ihrer Freundin wieder einmal britzelte und blubberte. Welche Schäden mochte diese Art der Inhalation den Atmungsorganen auf Dauer zufügen? Keine, wurde behauptet – natürlich von interessierter Seite. Genau wissen würde man das sowieso erst in zehn oder 20 Jahren. Dann mochte es für manche Dampferpioniere zu spät sein.

»Das Teil war übrigens ein echtes Schnäppchen!«, erzählte Bea zwischen zwei Zügen. »Hab ich von Tammo gekauft. Der hat gute Quellen. So billig kriegst du die Dinger nirgendwo. Und die Liquids ebenso.«

»Tammo? Tammo wer?«, fragte Sina absichtslos. Sie hatte auf keinen Fall vor, sich ebenfalls solch ein Gerät zuzulegen. Zu einer herkömmlichen Zigarette allerdings würde sie nicht Nein sagen.

»Tammo Bruhns, du weißt schon, der Partner von Robin.«

»Von Robin Seefeld? Dem, der jetzt …« Sina hatte Robin gekannt, flüchtig nur, aber immerhin, wie man einander eben kannte in einem so überschaubaren Ort, vor allem, wenn man ähnlich tickte. Was mit Robin Seefeld geschehen war, ging ihr schwer über die Lippen.

»Von dem Ermordeten, genau.« Bea Wulf schien weniger zartfühlend zu sein. »Die haben zusammen diesen Internethandel aufgezogen. Waren ziemlich gut im Geschäft.«

»Ach ja? Ich dachte, der Robin hätte sich mit seinen Kunstobjekten finanziert. Die er aus Treibholz herstellt. Und so.«

»Kunst – ist ja schön, macht aber viel Arbeit.« Bea zitierte Karl Valentin, ohne je von ihm gehört zu haben. »Um von Kunst leben zu können, musst du in die Großstadtgalerien und die großen Auktionen kommen. So weit war Robin nicht, und ich kann mir nicht vorstellen, dass er sich in diesem Punkt Illusionen gemacht hätte. Treibholzkunst war für ihn nur ein Zubrot. Richtig Geld gemacht hat er online. Mit billigen Dampfern.«

»Mit den Dingern muss man aber aufpassen«, entfuhr es Sina.

»Ach nee, bist du wieder als Gesundheitsapostel unterwegs?«, höhnte Bea und nahm einen besonders tiefen Lungenzug. Der anschließende Dampfausstoß wollte gar kein Ende nehmen. »Ich kann dir tausend Untersuchungen zeigen, die beweisen, dass Dampfen total unschädlich ist. Viel gesünder als herkömmliches Rauchen sowieso. Das ganze Internet ist voll davon.«

Sina winkte ab. »Alles klar, glaub ich dir.« Sie biss sich auf die Zunge. Hatte sie die eiserne Regel vergessen, dass man nichts, aber auch gar nichts, was einen Patienten betraf, öffentlich ausplaudern durfte?

Quietschende Fahrradbremsen und radierende Reifen rissen sie aus ihren skrupulösen Gedanken. Wer bretterte denn da mit ungebührlich hoher Geschwindigkeit viel zu dicht an die Menschentraube vor dem Lokal heran?

Unwillige Kommentare waren zu hören, aber auch grüßende Rufe und freundliches Lachen. Anscheinend kein Unbekannter, der da angeprescht gekommen war.

Ach, Marian! Das hätte sie sich ja denken können. Er stellte sein Rad ab, grüßte nach rechts und links und kam direkt auf Sina zu. Gut sieht er aus, dachte sie, richtig aufgekratzt. Er leuchtet geradezu! Muss ein harter Tag für ihn gewesen sein heute; man sieht es ihm aber nicht an. Anscheinend lebte Marian wieder ganz für seinen Beruf, so wie damals, als sie zusammen die Journalistenausbildung in Oldenburg absolviert hatten. Seitdem hatte Marian sich verändert – gleich mehrfach. Zuletzt war er ihr wie ein von seinem Job frustrierter, zynischer Zeitabsitzer vorgekommen. Einer, der nur noch auf die Rente wartete. Unvorstellbar, dass sie mit so einem mal zusammen gewesen war!

Dieser Marian jedoch, der gerade auf sie zukam, souverän und strahlend, passte schon eher zu ihren Erinnerungen von damals. Auch wenn sie riechen konnte, wie verschwitzt er war. Saurer Büroschweiß, igitt! Aber angereichert mit frischeren Sekreten, vergossen bei körperlicher Anstrengung an frischer Luft. So mochte sie ihn schon eher riechen.

Trotzdem begrüßte sie ihn mit den Worten: »Du könntest auch mal wieder duschen.«

»Klar, gerne.« Er legte seine Arme um ihre Schultern und drückte sie kurz. »Bei dir?«

»Äh, bleib mir vom Leib, du Stinker.« Lachend schob sie ihn von sich weg. »Sonst muss ich gleich auch duschen.«

»Soll das eine Einladung sein?« Marian stemmte die Fäuste in die Seiten, legte den Kopf schräg und tänzelte auf der Stelle. »Zusammen duschen ist ökologisch vernünftig, das wird dir gefallen!«

Dieser süße Kindskopf, dachte Sina, der will nur spielen. In dieser Hinsicht hatte er sich kein bisschen verändert. Wie konnte ein einzelner männlicher Mensch in sich nur so verschieden sein! So – ungleichzeitig irgendwie. Manchmal schien er die Weisheit eines alten Mannes zu besitzen, dann wieder die Emotionalität eines Vorpubertären. Was sollte sie mit so einem anfangen? Vielleicht bekam er das ja mal in den Griff. Dann, ja, vielleicht …

Sina erschrak vor ihrem eigenen Gedanken. War das schon Verrat an Stahnke? Hatte sie das etwa im Sinn?

»Bier?«, fragte sie.

»Ja, Weizen.« Er nickte und leckte sich die spröden Lippen. »Lass mal, ich geh schon. Du auch eins?« Marian tauchte ins Getümmel vor der Kneipentür. Sein Elan schien nicht erschöpft zu sein.

»Na, Sinchen, Lust auf eine Zwischenmahlzeit?« Bea Wulf war aufgetaucht – oder war sie etwa die ganze Zeit dagewesen? »Sei nur vorsichtig, denk an Tinka Mertens!« Ausatmend hüllte sie Sina in eine Wolke aromatischen Dampfes.

»Als ob!«, gab Sina entrüstet zurück. »Und wieso vorsichtig? Glaubst du etwa, Stahnke würde mir auch ein blaues Auge verpassen? Oder er würde Marian um…« Erschrocken schlug sie sich die flache Hand vor den Mund.

»Vorsichtig, hab ich gesagt«, raunte Bea ihr ins Ohr. »Ganz vorsichtig! Glaub nicht, dass du die Einzige bist, die an sowas denkt. Aber sag's bloß nicht zu laut! Stell dir bloß vor, es wäre so, und Kante würde mitkriegen, was du erzählst. Na, kannst du eins und eins zusammenzählen?«

Sina musste schlucken. Ihr Hals wurde auf einmal so eng, als hätte Karl Antes seine muskulösen Hände bereits darum gelegt.

Da kam Marian wie gerufen – vor allem das Weizenbier, das er brachte. Sina trank gierig. Marian hatte seins schon auf dem Weg zur Hälfte geleert.

»Na, langer Tag gewesen?«, fragte Bea. Auch sie kannte lange Arbeitszeiten. Im Restaurantgeschäft war das üblich, mehr noch als im Journalismus. Dass Bea Wulf um diese Zeit in Ruhe ihren Feierabend genießen konnte, sagte nichts Gutes aus über ihren Laden. Immer noch lief das »Veggie-Paradies« nicht so rund wie erhofft. Eine gewisse Umsatzsteigerung hatte es zwar gegeben, das wusste Sina, denn wenigstens musste ihre Freundin nicht mehr morgens zusätzlich putzen gehen. Aber zufriedenstellend sah anders aus.

Marian nickte, dankbar für jede Anerkennung. »Morgen geht's gleich so weiter, das ist abzusehen«, sagte er. »Lüppo und Stahnke scheinen noch keinen Schimmer zu haben bezüglich Motiv und möglicher Täter. Da muss ich mich bestimmt durch einen ganzen Wust von Spekulationen arbeiten. Wird sicher heikel.«

Na klar, dachte Sina, für dich als Vertreter der alten Schule bestimmt! Viele andere würden schwelgen. Von den vielen Bloggern und YouTubern ganz zu schweigen. Jeden Verdacht einfach mal raushauen! Richtigstellen konnte man später immer noch, so nach dem Motto: uups! Interessierte dann bloß keinen mehr, weil längst die nächste Sau durchs Dorf getrieben wurde. Sorgfältige Arbeit, wie Marian sie betrieb, war im Zeitalter der »alternativen Fakten« längst aus der Mode gekommen. Wer mochte noch eine spannende Story durch übertriebenes Nachfragen totrecherchieren? Eine starke Behauptung verkaufte sich doch allemal besser als ein schwacher Beweis.

»Übrigens.« Marian wechselte das Thema: »Vielleicht komme ich in nächster Zeit endlich mal wieder zum Bogenschießen! Hab' vorhin einen interessanten Typen kennengelernt, der schießt auch. Und hat einen Schießstand auf seinem eigenen Grund und Boden.«

»Eigener Schießstand?« Beas Augen wurden schmal. »Wer hat denn auf Langeoog so viel Platz?«

»Na ja, Pferdeweiden halt! Der Mann scheint der Betreiber des neuen Reiterhofs zu sein. Er heißt …«

»Sven Petersen«, kam Bea ihm zuvor. »So, so, Bogenschießen macht der also auch.«

Sina registrierte den Unterton sofort. »Wieso, was denn noch? Schlachtet der Tiere, oder was?«

Bea schaute sie strafend an. »Keine Klischees, wenn ich bitten darf! Aber im Ernst, der Kerl ist nicht koscher, glaube mir. Taucht auf wie aus dem Nichts, keiner kennt ihn, aber er bekommt ein riesiges Gelände verpachtet, einfach so. Da müssen finanzstarke Bürgen dahinterstecken. Dabei hat er keinerlei Berufserfahrung. Das ist, als würde ich das Inselhotel pachten wollen, samt Gastronomie, ohne Ahnung von Business und ohne einen Cent in der Tasche – und man würde mir das einfach so geben. Ziemlich unwahrscheinlich, das kann ich euch sagen.«

»Woher weißt du das alles?«, fragte Marian zweifelnd. »Kennst du Sven Petersen?«

Bea schüttelte den Kopf. »Aber in der Reiterszene kenne ich mich aus. Hab mal Pferdewirtin gelernt, wisst ihr?«

Nein, das hatte Sina nicht gewusst. Aber mit Blick auf Beas kräftige Hände und Schultern glaubte sie das sofort.

»Und was sagt die Reiterszene nun über Sven Petersen?«, hakte Marian nach.

»Das will ich dir sagen: nichts! Gar nichts! Keiner kennt den, niemand hat je von dem gehört. Das ist für einen, der in entsprechenden Großbetrieben an verantwortlicher Stelle tätig ist, mehr als unwahrscheinlich. Die Szene ist nämlich gut vernetzt. Und verquatscht. Irgendwer weiß immer irgendwas. Und wenn da jemand kommt, über den keiner etwas weiß, dann ist das oberfaul.«

»Sag mal, Bea«, fragte Sina ganz vorsichtig, »warst du selber scharf darauf, den freiwerdenden Reiterhof zu pachten? Ich meine, so toll läuft dein ›Veggie-Paradies‹ ja nicht, stimmt's?«

Bea Wulf wurde rot. Dort, wo sie standen, war die Beleuchtung zwar nicht besonders, trotzdem war das gut zu erkennen.

Marian schüttelte den Kopf. »Bea, ich bitte dich! Das muss doch alles gar nichts heißen. Sven Petersen betreibt den Hof sicher nicht alleine, oder? Bestimmt hat er Partner und betreibt Arbeitsteilung. Vielleicht ist er vor allem für das Kaufmännische zuständig und andere Leute für die Pferde. Dann kennt ihn natürlich in Reiterkreisen keiner. Wetten, dass noch andere beteiligt sind?«

»Da halte ich sicher nicht dagegen«, erwiderte Bea grimmig. »Der Kerl ist gleich mit einer ganzen Corona aufmarschiert. Ganz merkwürdiges Volk, wenn ihr mich fragt. Komisch angezogen, irgendwie kostümiert. Wie die Beutegermanen. Und dann diese Flagge! Darüber gab es gleich Streit.«

»Was für eine Flagge?« Marian rieb sich das struppige Kinn. »Meinst du dieses schwarz-gelbe Ding mit dem Winkel im Kreis drauf? Wofür steht die überhaupt?«

Bea schüttelte den Kopf. »Das ist das Symbol der Identitären. Aber nee, ich meine die Reichskriegsflagge! Basierend auf den alten Farben des ehemaligen deutschen Kaiserreichs, also schwarz-weiß-rot. Die ist allgemein bekannt. Kaum waren die Typen auf der Insel, schon flatterte dieser Lappen am Mast. Klar, dass Robin sich gleich mit den Leuten angelegt hat.«

»Reichskriegsflagge?«, rief Marian aus. »Schwarz-weiß-rot?«

»Robin Seefeld?«, fragte Sina gleichzeitig.

»Ja«, bestätigte Bea Wulf. »Und nochmal ja. Der hat sich deswegen mit den Leuten auf dem Hof angelegt. Typisch für ihn! Angeblich hätten die ihm erzählt, die Flagge sei völlig legal. Und dann hätten sie einen schwarzen Hund auf ihn gehetzt. Angeblich sei er nur mit knapper Not vom Grundstück gekommen.«

Marian wurde blass, soweit sich das im schwachen Licht erkennen ließ. »War er verletzt? Bisswunden?«

»Nein, keine. Er sagte, der Hund sei gut abgerichtet gewesen. Hätte ihn umgeworfen und dann über ihm gestanden, die Zähne an seinem Hals. Der Besitzer hätte sich schön Zeit gelassen, ehe er ihn weggerufen hat. Aber so konnte er bei der Polizei natürlich nichts beweisen.«

»Robin war deswegen bei Lüppo?«, fragte Marian.

»Na klar! Er hat sich doch nie etwas gefallen lassen. Wollte Anzeige erstatten, hat Lüppo mir erzählt. Das hat er ihm aber ausgeredet, jedenfalls, bis er sich selbst ein Bild der Lage gemacht hätte.« Bea lachte: »Manchmal merkt man doch, dass unser Lüppo Beamter ist!«

»Und wie ist es ausgegangen?«, fragte Sina ungeduldig.

»Wie das Hornberger Schießen. Lüppo ist da hin, mit dem Fahrrad, der Hund war auch da, aber lammfromm.

Und am Mast keine Reichskriegsflagge, sondern gar nichts. Er hat mit dem neuen Betreiber gesprochen, erzählte er, mit dem Petersen, und der hätte einen vernünftigen Eindruck auf ihn gemacht. Also hat Lüppo die Sache auf sich beruhen lassen.«

Marian nickte. »Ja, den Eindruck hatte ich auch, dass der ganz vernünftig ist. Und den Hund hat er super im Griff. Der hört aufs Wort und tut nur, was Herrchen sagt.«

»Also eher gut abgerichtet als lammfromm«, stellte Sina fest.

Marian leerte sein Bierglas. »Ich glaube, eins darf ich noch, dann muss ich in die Falle. Morgen wird's bestimmt wieder lang. Ihr auch noch eins?«

Sina zögerte, ließ sich aber von Bea überzeugen. Durstig drängelte sich Marian zur Theke durch. Während er auf seine bestellten Biere wartete, ging er in Gedanken den morgigen Tag durch. Vielleicht ließ sich zwischendurch eine kleine Extrarecherche einschieben. Was es mit dieser komischen Identitärenflagge auf sich hatte, die er bei Sven Petersen gesehen hatte. Oder mit den schwarzweiß-roten Federn an seinen Pfeilen. Und ob sich nicht doch etwas über den Mann herausfinden ließ.

12.

Wie viele Langeooger leistete sich auch Lüppo Buss eine kleine Zweitwohnung auf dem Festland, falls ihm auf der Insel mal die Decke auf den Kopf fiel. Und auch ein Auto, das auf Langeoog nicht gestattet war, mit wenigen Ausnahmen wie etwa für Sanitäter und Feuerwehr. Beide Umstände, Zweitwohnung und Kraftfahrzeug, erwiesen sich als günstig, denn als die beiden Ermittler auf dem Campingplatz fertig waren, war die letzte Fähre längst weg. Und Lüppo Buss' Wohnung lag in Esens, also einige Kilometer landeinwärts.

Müde ließ Stahnke sich in den angebotenen Sessel fallen. Der Sessel knarrte bedenklich. Er stammte eindeutig aus einem großen schwedischen Möbelhaus und war schon vor vielen Jahren eigenhändig zusammengeschraubt worden. Die Wohnung war klein, lag im dritten Stock direkt unterm Dach und hatte sich tagsüber mächtig aufgeheizt. Der Hauptkommissar schwitzte im Sitzen.

»Alibi!«, stieß Lüppo Buss hervor, während er Mineralwasser eingoss. »Da kommt uns der Kerl mit einem Alibi. Dabei haben wir noch nicht einmal eine belastbare Auskunft zum Todeszeitpunkt.«

»Na ja, was dieser Maik Schubert uns anbietet, ist eher ein Permanent-Alibi«, erwiderte Stahnke und unterdrückte einen Rülpser. »Er und seine Fußballguckertruppe verbringen offenbar nicht nur die Tage, sondern auch die Nächte miteinander. Je drei pennen in einem ihrer Wohnwagen.«

Lüppo Buss schnaubte verächtlich. »So, wie die saufen, kriegen die doch nachts überhaupt nichts mehr mit. Da kann sich jeder von ihnen wegschleichen und stundenlang alles Mögliche anstellen. Sofern er es schafft, seine Trunkenheit nur vorzutäuschen.«

Stahnke wiegte nachdenklich den Kopf. »Das dürfte ihm nicht leichtfallen, denn die Typen saufen jeden Abend stundenlang. Jeder kennt die Trinkgewohnheiten der anderen. Und dann, wie kommt er nachts auf die Insel? Fähren fahren keine mehr. Und schwimmen wird schwierig, so mit der Toilettenkassette am langen Arm …«

Der Inselpolizist winkte ab. »Ein Boot mit Außenborder ist nicht so schwer zu besorgen und bereitzulegen, entweder am Bootsanleger oder auf einem Trailer. Wir hatten zuletzt fast windstille Nächte, der Mond schien auch – kein Problem, auf die Insel rüberzufahren.«

»Der Hafen liegt auf der Wattseite«, wandte Stahnke ein. »Die Leiche wurde jedoch in der Aufspülung am Seestrand gefunden. Auf der Nordseite. Das ist weit vom Hafen weg. Die Inselbahn fährt nachts auch nicht mehr. Wie soll Schubert das gemacht haben? Hat er etwa ein Fahrrad mitgebracht? Dann muss das Boot eine gewisse Größe gehabt haben. Oder hat er eins bereitgestellt, analog zum Boot? Das setzt eine ganze Menge Planung voraus.«

»Es sei denn«, erwiderte Lüppo Buss, »der Mord wäre gar nicht auf der Insel geschehen.«

»Sondern?« Stahnke wurde hellhörig. »Etwa hier? Also in Bensersiel, meine ich? Auf dem Campingplatz oder in der Nähe?«

»Ganz genau.« Der Inselpolizist nickte eifrig. »Das würde alle Fragen nach Wegen und Transport beantworten. Die Leiche könnte per Boot zur Nordseite der Insel transportiert und dort verscharrt worden sein. Fertig und Schluss.«

»Ein Mord auf dem Campingplatz oder in dessen Nähe? Bei so vielen Zeugen?« Stahnke zweifelte stark. »Zudem müsste die Leiche bis zum Hafen transportiert worden sein. Und auf das Boot verladen. Dann das Gleiche auf der Insel. Wie sollte Schubert das alleine …« Der Hauptkommissar verstummte und starrte seinen Kollegen mit großen Augen an.

»Genau«, sagte Lüppo Buss. »Gemeinschaftlicher Mord! Begangen in einem der Campingwagen, unter Verwendung der vorhandenen Klokassette. Am besten gleich in dem Wohnmobil, das ist fahrbereit, dann musste die Leiche nicht einmal umgeladen werden. Kurze Fahrt zum Hafen, den Toten gut verpackt ins Boot mannen – mit sechs Leuten ist das leicht zu machen.«

»Danach bringt einer das Wohnmobil zurück zum Platz. Oder auch zwei, die anschließend dafür sorgen, dass keiner dort die Gruppe zu lange vermisst. Die anderen fahren rüber und entsorgen die Leiche am zuvor ausbaldowerten Ort.« Stahnke rieb sich die Bartstoppeln am Kinn. »Die Aufspülung haben die Typen bestimmt während ihres Inseltrips bemerkt. Trotz ihres Dauersuffs. Auffällig genug ist die Baustelle ja.«

»Klingt logisch für mich.« Lüppo Buss begann, sich an seiner eigenen Idee zu berauschen. »Robin Seefeld hat sich schließlich nicht nur mit Maik Schubert angelegt, sondern mit der ganzen Gruppe, als er sie wegen Umweltfrevels und anderer Delikte zur Anzeige brachte. Die Morddrohungen im Internet hat zwar nur Schubert ausgestoßen, aber er sprach damit bestimmt für die ganze Gang. Davon können wir ausgehen.«

»Aber können wir das beweisen?« Stahnke musste natürlich Wermut in den süßen Lösungsansatz seines Kollegen träufeln. »Sechs mutmaßliche Täter, die einer dem anderen Alibis geben? Und von denen alle gleichermaßen schuldig sind? Wie willst du aus solch einer Mauer einen einzelnen Stein herausbrechen?«

»Du sprichst von einer Mauer aus fußballguckenden Biersäufern«, korrigierte Lüppo Buss. »Da lässt sich doch bestimmt etwas herausbröseln. Würde mich nicht wundern, wenn bei dem einen oder anderen jetzt schon etwas bröselt.« Er ließ seinen Zeigefinger in Höhe der Schläfe kreiseln.

»Apropos.« Stahnke stellte sein Wasserglas ab. »Ich finde, wir haben für heute genug gearbeitet. Willst du uns etwa komplett trocken herumsitzen lassen?«

Während sich der Inselpolizist gehorsam erhob und ein paar Flaschen »Ostfriesen-Bräu« aus dem Kühlschrank angelte, summte Stahnkes Smartphone. Ah, das kam von Sina! Der Hauptkommissar lächelte, als er die Textnachricht öffnete.

Aber je länger er auf die Zeilen starrte, desto tiefer wurden die Falten auf seiner Stirn.

13.

Einen von ihnen traf man morgens fast immer beim Großen Schlopp. Manchmal auch zwei oder drei. Dass sich jedoch sämtliche Mitglieder der Viererbande vor dem Frühstück an diesem Langeooger Binnensee einfanden, war die Ausnahme. Ein Anlass, der gebührend gewürdigt werden musste.

»Wohl alle nix zu tun hier, watt?«, stimmte Klaas Reershemius das Mecker-Ritual an.

»Wer hat nichts zu tun?«, knurrte Ocko Onken zurück und hob drohend sein langes Messer. »Ich hab zu tun! Löwenzahn schneiden für meine Karnickel. Was du wohl meinst!« Er bückte sich und schwang die Klinge, die in der Morgensonne blitzte.

»Und ich tu auch was«, krächzte Harm Bengen, der auf einem hölzernen Hocker saß, der fast ebenso alt war wie er und genauso wackelte. »Aale angeln ist eine hohe Kunst! Kann nicht jeder. Darf man keine falsche Bewegung bei machen, sonst fängst du nie einen.«

»Ihr denkt doch nur ans Fressen!«, motzte Reershemius unbeeindruckt. »Der eine ist scharf auf Karnickelbraten, der andere auf Räucheraal! Und das wollt ihr mir als Arbeit verkaufen. Euch ist doch nichts heilig!«

»Aber dir, was?«, keuchte Bodo Schmidt. »Du hast doch schon mit 63 die Brocken hingeschmissen. Also vor 30 Jahren, grob geschätzt.« Als einziger der vier war Schmidt in dauerhafter Bewegung. Die Kreise, die er dabei zog, waren allerdings klein genug, um in Gesprächsdistanz zu bleiben. Am mobilsten schien sein enormer Bauch zu sein, der bei einem zeitlupenhaft angedeuteten Dauerlauf in seinem knallengen lila Sportdress auf und ab wogte.

Reershemius trippelte einen Viertelkreis um seinen Krückstock herum, auf den er sich mit beiden Händen stützte, und peilte sein neues Ziel an. »Sach mal, Bodo, was soll das eigentlich werden?«, höhnte er. »Willst du mit dieser Schau die Touristinnen von unserer schönen Insel verscheuchen? Wäre ja ein gutes Werk, aber dann musst du das nicht hier machen, sondern auf der Bühne im ›Haus der Insel‹!«

»Nee, Klaas, das hat mit der Damenwelt nichts zu tun«, warf Harm Bengen ein. »Das macht er, weil ihm jetzt erst aufgefallen ist, dass der Laden, wo er seine Unterhosen kauft, gar kein Herrenausstatter ist, sondern einer für Campingbedarf!« Er lachte meckernd wie ein Ziegenbock.

Ocko Onken stimmte ein; seine Nebelhornlache passte zu seiner Schifferkrause und der verbeulten Kapitänsmütze. Reershemius ließ ein Rasseln hören, das klang, als schüttle jemand einen Beutel gedörrter Knochen.

Beleidigt presste Bodo Schmidt die Lippen zusammen. Seine Wangen nahmen den gleichen Farbton an wie sein Jogginganzug.

»Aber sag mir eins, Klaas«, sagte Onken, kaum dass er sein Nebelhorn abgestellt hatte, »was hast du eigentlich zu tun? Wenn ich das richtig sehe, bist du doch der einzige von uns vieren, der dem lieben Gott seine Zeit stiehlt. Gegen dich sind wir anderen doch die reinsten Schwerstarbeiter. Ich sowieso, weil ich ja meinen Job bei der Zeitung hab.« Er klopfte sich auf die Gesäßtasche, aus der ein zusammengefalteter Notizblock herauslugte.

»Ach, geh mir weg, dumm Tüüch schreiben für unser Käseblatt!«, schnarrte Reershemius. »Als ob das was mit ehrlicher Arbeit zu tun hätte! Lügenpresse, sag ich nur, das hört man doch jetzt immer.«

»Ja, aber nur da, wo es ganz dunkel ist in den Birnen«, gab Onken zurück. »Außerdem, schreiben muss man können, und da bist du raus aus dem Spiel. Wir nehmen dazu heute nämlich Buchstaben und nicht mehr Runen wie zu deiner Zeit.«

»Der lenkt doch nur ab«, keuchte Schmidt dazwischen. »Und zwar von seiner Faulheit! Faul, stinkend faul, zu faul zum Stinken – so geht doch die Steigerung. Und riecht ihr etwa was?«

Dazu wollte Bengen etwas sagen, aber Reershemius kam ihm zuvor. »Nix mit Faulheit! Ich bin im Dienst, dass ihr's wisst. Bin auf Erkundung, für Gertrud. Gute Sanddornvorkommen ausbaldowern. Ihr wisst ja, das orangene Gold, aus dem sie all die leckeren Sachen macht. Marmelade vor allem. Und Likör.«

»Likör!« Bengen leckte sich die dünnen, trockenen Lippen.

»Hier gibt's aber keinen Sanddorn«, stellte Onken ebenso trocken fest.

»Genau. Und das weiß ich jetzt.« Klaas Reershemius' Lachen war mit Abstand das trockenste.

Bodo Schmidt keuchte immer noch, obwohl er sein Zeitlupenjogging schon vor zwei Minuten eingestellt hatte. Ohne dass die anderen den Unterschied bemerkt hätten. »Hör mal, Ocko«, stieß er mühsam hervor. »Bist du da dran an der Sache mit dem Mord? Weißt du, wer das war, der Robin Seefeld unter die Erde gebracht hat?«

»Unter den Sand«, präzisierte Reershemius.

»Mit Gülle aus dem Chemieklo«, ergänzte Bengen. Dieses Detail hatte sich inzwischen auf der Insel herumgesprochen.

Ocko Onken schüttelte den Kopf. »Nee, den Fall bearbeitet der große Chef natürlich selbst«, erklärte er missmutig. »Ich darf dafür den Lückenbüßer spielen. Eine Geschichte über das Dampfertreffen schreiben. Bisschen was über die ›Prinz Heinrich‹, vor allem über die Besatzung.« Er zuckte mit den Schultern. Wirklich unglücklich sah er aber nicht aus.

»Ach, dann schreibst du ja was über meinen jungen alten Kumpel Karl Antes!«, krähte Klaas Reershemius. »Soll ich ihn von dir grüßen? Ich sehe ihn nämlich. Ihn und seine kleine Freundin, wie heißt sie gleich?«

»Tinka Mertens«, erwiderte Onken prompt. »Den Namen hat mir Marian heute Nacht auf Band gesprochen. Und den von Karl Antes auch.«

»Kiek an«, ließ Harm Bengen sich vernehmen. »Wer weiß, Ocko, dann bist du vielleicht doch nicht so weit von der Mordgeschichte weg, was? Die Tinka, die hat ihren Freund Karl doch mit Robin Seefeld betrogen. Der hat ihr dafür ein blaues Auge verpasst. Tja, und wer weiß, was er sonst noch so gemacht hat.«

»Was soll das denn heißen!«, brauste Reershemius auf. »Der Kante, der haut doch keinen tot! Wobei – na ja, wenn's wenigstens Totschlag wäre, dann würd ich ja gar nichts sagen. Aber so, mit Gülle und Chemie, also nee, sowas macht der nicht!«

»Ist bloß ein Schnack von Harm.« Onken winkte ab. »Wie ich so höre, tippen die meisten darauf, dass es einer aus der Sauftruppe war, die in den Dünen randaliert hat, bis Robin dazwischengegangen ist. Oder sogar alle zusammen! Gedroht haben die ja genug. Stand sogar im Internet.«

»Ach, Hunde, die bellen.« Bodo Schmidt war wieder zu Atem gekommen. »Wer ist denn so blöd und kündigt im Netz an, dass er einem ans Leder will? Also ich denke, dass es einer von diesen Neuen war, einer von den Zugezogenen, die auf dem Reiterhof hausen. Habt ihr euch die mal angeguckt? Sehen aus wie Rocker. Oder welche aus einem Wikingerfilm! Und die Weiber, die da rumlaufen, tragen lange Röcke und dicke Zöpfe. Die sind mir nicht geheuer.«

»Lange Röcke und dicke Zöpfe? Was ist damit? Die gab's in meiner Jugend auch«, rief Klaas Reershemius. »Damals war ja nicht alles schlecht! Meine Gertrud trägt immer noch lange Röcke. Bloß keine Zöpfe mehr. Hat die Haare kürzer, weil sie meint, das wäre besser wegen der Marmelade.«

»Ja, genau«, sagte Bodo Schmidt. »Ich schätze, das denken die auch, dass damals nicht alles schlecht war. Darum ja auch die Reichskriegsflagge. Und darum der Streit mit Robin Seefeld.«

»Gibt es eigentlich einen auf der Insel, mit dem sich dieser Fusselbart nicht angelegt hat?«, fragte Harm Bengen.

»Hm. Keine Ahnung«, antwortete Ocko Onken.

»Wüsste keinen«, krächzte Klaas Reershemius.

»Keinen außer uns«, ergänzte Bodo Schmidt.

Harm Bengen schrie auf. »Kiek, ich hab einen!« Einer seiner Schwimmer hatte zu zucken begonnen. Vor Aufregung wackelte Bengens Kopf dermaßen auf seinem dürren Hals, dass seine Brille mit den flaschenbodendicken Gläsern zu verrutschen drohte. Seine drei Kumpane bauten sich hinter ihm auf; es hagelte nur so gute Ratschläge. Alles andere war vergessen.

14.

Wunderschön war es, im Frühsommer morgens auf Langeoog Fahrrad zu fahren, fand Sina. Wärmende Sonne, lauer Wind, Vogelzwitschern, Möwengeschrei. Da könnte selbst der Weg von zu Hause zur Arbeit Freude bereiten. Tat er aber nicht. Denn jedes Mal, sobald Sina ihren Drahtesel von ihrem Hinterhausanbau durch den Garten auf die Hafenstraße geschoben und sich auf den Sattel geschwungen hatte, war sie stinksauer. Sauer auf ihren Ex-Vermieter, der ihr die schöne Etagenwohnung im Ortskern gekündigt hatte. Eigenbedarf, die Kinder werden groß, was will man machen? Bloß, dass diese großen Kinder dann zwar eine der vier Wohnungen selbst bezogen, durchaus, die anderen drei jedoch als Ferienwohnungen vermieteten. Ganz mieser Trick, um Dauermieter rauszubekommen und Reibach zu machen.

Sauer war Sina aber auch auf sich selbst. Was hatte sie unternommen, nachdem sie die miese Tour dieser Vermieterbrut durchschaut hatte? Etwa Klage eingereicht? Immerhin gab es Gesetze. Oder vielleicht Lüppo Buss einen Tipp gegeben? Wozu hatte sie denn diesen kurzen Draht zum Arm des Gesetzes! Oder gleich Stahnke Bescheid gesagt, da war der Draht noch kürzer. Wenn Stahnke sich auf jemandes Fußmatte aufbaute, dann überlegte es sich der doch zweimal, ob er frech werden wollte – oder frech bleiben. Aber nein, all das hatte Sina nicht gemacht. Teils, weil sie ein friedfertiger Mensch war und es hasste, unfaire Vorteile auszuspielen. Teils aber auch, weil sie zwischenzeitlich eine neue Bleibe gefunden hatte. Nach nur sechs Wochen Suche! Das war kurz für Langeooger Verhältnisse. Viele, die hier arbeiteten, wohnten inzwischen auf dem Festland, rückten morgens mit der ersten Fähre an und fuhren abends mit der letzten zurück. Wo immer es ging, wurde Wohnraum zu Ferienunterkünften umgewidmet. Das brachte mehr ein als jede noch so überhöhte Dauermiete. Nicht mehr lange, und auf Langeoog herrschten Verhältnisse wie auf Sylt.

Umso glücklicher war Sina gewesen, als sie trotzdem ein bezahlbares Angebot bekommen hatte. Klar, ein Palast war es nicht, vielmehr ein flacher Anbau, hinten an ein Wohnhaus geklatscht, dessen Zimmer der Besitzer im Sommer für Feriengäste frei machte, indem er mit Sack und Pack in den Keller zog. Die Lage war auch nicht toll, irgendwo im Niemandsland zwischen Dorf und Hafen, unweit der Bahngleise. Und die Mängelliste dieser anderthalb Zimmer mit Kochecke und Duschklo war erheblich gewesen. In diesem Punkt jedoch hatte sich der Vermieter kulant gezeigt und schnelle Abhilfe zugesagt. Tja – leider nicht schriftlich. Und so hatte er, seit Sina den Vertrag unterschrieben hatte, noch nicht einen Handschlag an dem völlig verwohnten Gemäuer getan. Völlig verwohnt, weil auch dieser Anbau jahrelang an Touristen vermietet worden war, bis die Gemeinde eingeschritten war und dieses Angebot aus dem Zimmernachweis gestrichen hatte. Wegen Unzumutbarkeit und allgemeiner Rufschädigung Langeoogs. Für einen arbeitenden Menschen wie sie aber war eine derartige Behausung gut genug! *Das* fand sie unzumutbar. Deshalb war sie auf ihren neuen Vermieter sauer. Und manchmal auch auf den Rest der Welt.

Gewöhnlich änderte sich ihre Stimmung schnell, wenn sie unterwegs war, selbst wenn die Sonne nicht schien. Sina arbeitete gerne als Psychotherapeutin in der Nordseeklinik. Früher hatte sie dort als Angestellte gearbeitet, jetzt unterhielt sie im selben Gebäude eine selbstständige Praxis, kooperierte dabei nach wie vor mit sämtlichen Abteilungen und bekam ausreichend Patienten überwiesen. Solange das so war, verdiente sie besser als zuvor. Klar, jetzt trug sie selbst das Risiko, aber das war eben der Trend. *Outsourcing* und *Lean Management* und so. Kein Problem für sie, solange sie jung und leistungsfähig war und ihre Dienste gefragt waren. Und später – ach, das kam später.

Auch heute änderte sich Sinas Stimmung schnell, allerdings wechselte sie von Ärger zu Sorge. Ihr neuer Patient, mit dem sie erst zwei Sitzungen absolviert hatte, war nicht einfach. Eine derart verletzte Psyche erforderte maximales Fingerspitzengefühl … Verletzt war in diesem Fall nicht nur die Psyche. Klare Ursache-Folge-Relation. Allein der Gedanke daran jagte ihr Schauer über den Rücken, den wärmenden Sonnenstrahlen zum Trotz.

Sie war früh dran, hoffte darauf, sich noch ein paar Minuten in ihrem Büro vorbereiten zu können. Aber als sie den hellgelb gestrichenen Gang entlang eilte, an dessen Ende ihr Name an einer dunkelroten Tür prangte, saß ihr Patient schon im Wartebereich, die Beine lang von sich gestreckt, die Fingerspitzen aneinandergelegt, den Blick erwartungsvoll auf die Therapeutin gerichtet. Sina konnte gar nicht anders, als ihn gleich hineinzubitten. Mehr als die Hälfte seines Gesichts war von einem dicken Verband verhüllt, der auch Ober- und Unterlippe bedeckte. Anscheinend hatte wieder eine Hauttransplantation stattgefunden. Sina war dankbar dafür. Dankbar, dass die Heilung der körperlichen Schäden voranging, aber auch dafür, dass sie nicht so tun musste, als mache ihr der Anblick nichts aus.

»Nehmen Sie doch bitte Platz, Herr …«

»Wir wollten uns doch duzen.« Seine Stimme klang gedämpft; die überstehenden Mullbinden flatterten ein wenig in seinem Atemstrom.

»Ja, natürlich.« Sina spürte, dass sie zu erröten begann. Duzen mit einem Patienten, das war unprofessionell. Und das auch noch zu vergessen, das war … echt blöd. »Nimm doch bitte Platz, Marco.«

Der Mann war groß, seine Beine, die er wieder ausstreckte, waren lang und ebenso wie seine Arme sehr muskulös, worüber die enge Jeans und das knappe T-Shirt keine Zweifel aufkommen ließen. Auch, dass der Oberkörper von den enormen Schultern bis zum flachen Bauch perfekt modelliert war, war gut zu erkennen. Und die Muskelstränge, die rechts und links am Hals emporwuchsen, schienen nicht von dieser Welt zu sein. Die Haut darüber sah extrem straff aus und war unter der Sonnenbräune rosig durchblutet.

»Du hast wieder trainiert, stimmt's?«, fragte Sina.

Marco zuckte mit den breiten Schultern. »Ich darf ja nicht. Ärztliches Verbot, wegen der Operationen, ist ja klar.« Er deutete flüchtig auf seinen Gesichtsverband.

»Was dich aber natürlich nicht gehindert hat.« Sina bemühte sich um einen neutralen Gesichtsausdruck.

Marcos Gesichtsverband verzog sich; offenbar versuchte er zu lächeln. Das musste sehr wehtun. »Ich muss wenigstens ein bisschen was machen«, verteidigte er sich. »Kann mich doch nicht völlig verkommen lassen. Mein

Körper ist mein Kapital! Keiner lässt sein Kapital sinnlos rumliegen.«

Sina konnte nicht anders, sie musste ihren Blick über Marcos Körperkapital wandern lassen. Aber echt, wenn einer ein Kapitalist war, dann er! Bisher hatte sie sich ihre Freunde und Lebenspartner nie danach ausgesucht, ob sie ein perfektes Sixpack hatten und einen bestimmten Bizeps-Umfang. Marian und Stahnke waren gute Beispiele dafür, jeder auf seine Weise. Trotzdem ließ sie dieses Filetstück von einem Kerl nicht kalt. Obwohl er sich gar nicht so aufführte, wie man es von solch einem Testosteronbolzen erwarten mochte. Oder vielleicht gerade deshalb? Marco gab sich weder männlich-aggressiv noch abweisend-verschlossen, im Gegenteil; wie er so dasaß, ganz offen, quasi ohne Visier, präsentierte er sich wie ein unverbindliches Angebot. Du prüfst die Ware, du entscheidest! Was für ein Rollentausch, dachte Sina. Es fehlte nur noch das einladende Lächeln.

Und das lag nicht etwa unter dem Verband, das gab es nicht mehr. Daran würden auch noch so viele Hauttransplantationen nichts ändern können.

»Dein Körper ist also dein Kapital«, wiederholte Sina. »Bleiben wir ruhig bei dieser Metapher. Produktivkapital bringt Mehrwert. Hat sich dein Kapital denn bisher angemessen ausgezahlt?«

Marco brauchte einen Augenblick. »Oh ja«, erwiderte er dann, »aber hallo! Natürlich nicht gleich von Anfang an. Die Bühnenauftritte sind gut und schön, aber Technik und Management verschlingen das meiste, was an Kohle reinkommt. Richtig interessant wurde es erst, als wir unsere Comedy-Variante fürs Fernsehen entwickelt hatten. Vor allem für Amerika. Quietschig-sauber natürlich, damit wir ins Vorabendprogramm kommen konnten. Hat super geklappt. Von da an haben wir richtig abgeräumt.«

Sieh einer an, dachte Sina, er kontert! Komme ich ihm mit Semantik und politischer Ökonomie, kommt er mir mit US-Medien-Fachjargon. *Squeaky clean* hatte sie zum Glück schon mal gehört. So sauber, dass es quietschte und keiner der bigotten und in den USA so mächtigen TV-Prediger etwas daran auszusetzen fand. Jedenfalls oberflächlich. »Ihr wurdet also witzig und habt die Hosen angelassen«, fasste sie zusammen.

»Ja, genau!« Marco nickte, so gut es ging. Seine Augen blitzten über die Mullbinden hinweg. Sina fühlte sich an einen Mumien-Horrorfilm erinnert.

»Und das kam gut an.«

»Das kam hervorragend an! Wir hatten ständig Gastauftritte in allen möglichen Shows. Und auch in TV-Serien. Das hat uns richtig bekannt gemacht, und wenn wir danach auf die Bühne gegangen sind, dann in den richtig großen Hallen. Sogar Stadien! Es war unglaublich. Und erst die Tourneen! Durch die USA, dann Südamerika, schließlich Europa. Zwischendurch Japan und Korea. Ich kann dir sagen, da rasten die Mädels richtig aus.«

Marco hatte seine relaxte Position beibehalten, aber allein die Spannung beim Reden und das leichte Gestikulieren sorgten für ein unglaubliches Muskelspiel unter der engen, dünnen Kleidung. Sina wollte woanders hinschauen, nicht auf die breit gewölbte Brust, die geäderten Arme, den quergestreiften Bauch und die ausdefinierten Oberschenkel. Schon gar nicht auf die Beule dazwischen. Aber dann guckte sie doch. Er bot sich ihr doch so freundlich dar! Und er war so stolz auf sich, auf das Resultat seiner unendlich vielen Trainingsstunden. Warum sollte sie ihm den Gefallen nicht tun? Das war doch praktisch Teil der Therapie.

»Da hast du also eine richtige internationale Karriere gemacht«, konstatierte sie. »Du, ein echter Ostfriese, ein Langeooger Jung. Gehst hin und eroberst die Showbühnen der Welt. Wie hast du das eigentlich weggesteckt? War das nicht sogar ein … ein gewisser Schock?«

»Nö. Wieso? Wir waren ja ein Team, eine Mannschaft. Die ›Steamboat-Boys‹. Waren gut vorbereitet, super trainiert, immer gut betreut. Egal, wo wir waren, wir haben unser Ding gemacht, und zwar gut. So wie Fußballer, die kommen auch von sonst wo her, Provinz, Unterschicht, Slum oder Gosse, und stehen dann im Rampenlicht. Oder die ›Scorpions‹, die kamen aus Hannover.«

Die unbefangene Gleichsetzung der niedersächsischen Landeshauptstadt mit einer ostfriesischen Nordseeinsel mit weniger als 1.800 Einwohnern amüsierte Sina. Ihr Lächeln fand sofort ein Echo auf Marcos verhülltem Gesicht, spiegelte sich in seinen Augen wider. Kein Zweifel, der Junge liebte, was er tat, sah darin seine Erfüllung. Vielmehr, was er getan hatte. Sinnlos, ihm das ausreden zu wollen.

»Toll, solch ein Erfolg«, setzte sie neu an. »Dabei habt ihr bestimmt gut verdient, oder? Ich nehme an, du hast dein Geld gewinnbringend angelegt? Gut investiert, für … später?«

Marco zog die Füße unter den Stuhl, richtete seinen Oberkörper auf, verschränkte die mächtigen Arme. Lehrbuchmäßig, wie er dichtmacht, dachte Sina. Die Spur ist also richtig. Aber wo führt sie hin?

»Das meiste von dem Geld haben wir gar nicht gesehen«, antwortete er, den Kopf gesenkt, die Stimme vom

Verband gedämpft und verwischt. »Management und so, das sagte ich schon. Und die Einnahmen waren nicht immer gleich hoch. Mal mehr, mal weniger, es gab Monate, da lief nicht so viel. Da liefen die Kosten trotzdem weiter. Hotels und so.«

»Also kein eigenes Haus in Florida? Oder Kalifornien?«

»Ach nee. Wer braucht denn sowas?« Betont lässig winkte Marco ab.

Ob du es brauchst oder nicht, jedenfalls hast du es nicht, dachte Sina. Warum nicht? Was hast du stattdessen mit dem Geld gemacht? Oder haben euch die Manager wirklich abgezockt? Wäre ja nicht die erste Boy-Band, der sowas widerfährt. Bloß, dass die »Steamboat-Boys« nicht singen können … aber das konnten einige von den anderen ja auch nicht.

»Nee, stimmt. Braucht man nicht, wenn man ein Haus auf Langeoog hat.« Sina ließ einen Versuchsballon steigen.

»Ja. Das ist richtig.« Marco senkte die Augenlider. Jetzt war es so, als hätte er sich komplett hinter seinen Gesichtsverband zurückgezogen.

»Denn wenn man keins besitzt, schlagen die Mieten ganz schön zu Buche. Ich weiß, wovon ich rede.« Sie lächelte, aber es kam kein Lächeln zurück.

Kein Wunder. Sina hatte spioniert. In ihrem früheren Beruf hätte man das Recherche genannt, das klang seriöser, war aber für Psychotherapeutinnen nicht vorgesehen. Trotzdem hatte sie Marcos Anschrift überprüft. Es war nicht die des früheren Hauses seines Vaters; das war verkauft und längst unterteilt und umgebaut zum Urlaubsdomizil. Die Adresse auf der Krankenakte war ihr seltsam bekannt vorgekommen. Marian hatte einmal erwähnt, dass einer seiner freien Mitarbeiter dort wohne und er eine Chipkarte abholen müsse, weil es Probleme mit der Übertragung von Bildern gebe. Das Haus in der Straße, die *Gerk-sin-Spoor* hieß, war klein, und es stand auch nur ein Name auf dem Türschild: Ocko Onken.

Wenn diese Adresse tatsächlich die von Marco war, wohnte er vermutlich zur Untermiete. Für einen Inselbewohner nichts Ungewöhnliches – für einen Hausbesitzer aber sehr wohl. Vermutlich war Marco Heidergott also keiner. Wo war nun sein ganzes ertanztes und erstripptes Geld hin? Verschleudert für Drogen und Riesenmengen Alkohol? So sah der Mann nun wirklich nicht aus. Spielsucht? Klischee, Klischee. Aber wohin dann?

»Wie sieht es mit deiner Altersvorsorge aus?«, platzte Sina heraus. Keine wohlüberlegte Frage. Wie war sie darauf gekommen? Über den Rentner Ocko Onken, der sich im Alter etwas dazuverdiente? Der besaß immerhin ein eigenes Haus.

»Altersvorsorge? Na hör mal, wieso das? Ich bin doch noch jung!« Marcos Verständnislosigkeit war absolut. Immerhin hatte er seine Blockadehaltung aufgegeben. »Ich werde noch jahrelang Geld verdienen, viele Jahre lang. Bin ja kaum 30!«

33 immerhin, dachte Sina. Noch schien körperlich alles topp zu sein, aber in dem Beruf reichte die kleinste Schwäche … Sie konnte nicht anders, sie musste auf seinen Verband starren.

»Hast du dir mal überlegt, dass du dir einen anderen Beruf suchen musst? Mit großer Sicherheit?«, fragte sie.

Er starrte sie fassungslos an, wie erstarrt, sekundenlang. Dann füllten sich seine Augen mit Tränen. In zwei Strömen versickerten sie in seinem Gesichtsverband.

Na toll, dachte Sina. Super gelaufen! Vielleicht bin ich diejenige, die sich lieber einen anderen Beruf suchen sollte.

15.

Stahnke saß auf Lüppo Buss' Stuhl an dessen Schreibtisch und vor dessen PC. Er hatte ihn bereits gestartet, als der Inselpolizist das Büro betrat, frisch geduscht und adrett uniformiert. Weder der lange Abend in Esens noch das frühe Aufstehen und die Tour mit der ersten Morgenfähre waren ihm anzusehen.

Der Hauptkommissar war sich seiner Übergriffigkeit bewusst, aber auch seiner Sonderstellung. »Immer noch dasselbe Passwort?«, fragte er, ohne aufzublicken, und tippte, ohne die Antwort abzuwarten.

Ja, es war noch dasselbe. Nicole, der Name seiner Verflossenen. Wie viele Jahre war das nun her? Das ließ ja tief blicken, dachte Stahnke. Aber dorthin wollte er gar nicht gucken.

»Aha, hier.« Der Obduktionsbericht von Dr. Mergner war eingetroffen. Mit routiniertem Blick überflog er das bereits Bekannte. »Montagnacht also«, murmelte er. »Vielmehr in der Nacht von Montag auf Dienstag.« Völlig überflüssigerweise schaute er auf den Wandkalender: Es war Donnerstag. In der Nacht auf Mittwoch war die Leiche gefunden worden.

»Richtig, das Pärchen, das beim Liebesspiel am Strand auf den Toten gestoßen ist!«, erinnerte sich Stahnke. »Ha, beinahe buchstäblich. Die beiden wollten wir noch befragen. Eigentlich schon gestern. Die sind hoffentlich nicht abgereist?«

Lüppo Buss schüttelte den Kopf. »Nee, sind sie nicht. Und befragt hab ich sie schon.«

»Ach ja?« Stahnke hob die Brauen. »Wann denn? Vorhin, beim Frühstück?«

»Ja«, erwiderte der Inselpolizist. Sonst sagte er nichts. Das war selbst für seine Verhältnisse sehr einsilbig.

»Und?«

Achselzucken: »Nichts, was wir nicht schon wüssten.«

Stahnkes Brauen blieben oben, ihr Besitzer aber wandte sich dem Bildschirm zu. »Gravierende Abwehrverletzungen«, las er vor. »Auch gegen die Fesselung hat Robin Seefeld sich heftigst gewehrt; da sind nicht nur Hautverletzungen, sondern richtige Fleischwunden. Hat ihm aber nichts genützt, anscheinend war ihm der Angreifer körperlich überlegen.«

»Oder es waren mehrere«, warf der Inselpolizist ein.

Der Hauptkommissar nickte. »Todesursache war Ersticken, okay. Zur Vergiftung durch die Chemikalien kam es nicht mehr. Trotzdem weist einiges auf einen längeren Todeskampf hin.«

Die beiden Ermittler schwiegen sekundenlang. Was immer ihnen zur Art und Weise dieses Todes durch die Köpfe ging, sie behielten es für sich.

»Am Montag waren unsere Fußballgucker seit zwei Tagen auf dem Campingplatz in Bensersiel«, sagte Lüppo Buss dann. »Am Sonntag haben sie die Grillparty in den Dünen veranstaltet und hatten den Zusammenstoß mit Robin Seefeld. Na ja, und mit mir. Dann sind sie zurück aufs Festland. Der Mord geschah etwa 30 Stunden später. Perfekter Zeitraum, um die Tat zu planen, vorzubereiten und durchzuführen.«

»Der Tatzeitpunkt liegt aber in dem Zeitraum, für den sich unsere Strategen gegenseitig Alibis geben können«, wandte Stahnke ein.

»Und wenn schon! Die sind als Gruppe dringend tatverdächtig. Da haben gegenseitige Alibis vor Gericht nicht viel zu sagen.«

»Vor Gericht! Tja, dahin müssen wir erst einmal kommen. Noch ist unsere Tathergangsvermutung sehr hypothetisch.« Er stutzte: »Eigentlich ist es ja deine.«

»Sag ruhig unsere«, erwiderte der Inselpolizist lächelnd. »Jedenfalls, solange sie nicht bewiesen ist.«

»Dazu wäre es hilfreich, die angenommenen Transportmittel aufzuspüren«, fuhr Stahnke fort. »Das Wohnmobil ist vorhanden, aber was ist mit dem Boot? Existiert das überhaupt?«

»Lässt sich herausfinden. Soll ich die Wittmunder um Amtshilfe ersuchen?«

Stahnke nickte. Das könnte er selbst erledigen, aber für Lüppo Buss würde das ein innerer Vorbeimarsch sein.

»Das Wohnmobil muss erkennungsdienstlich untersucht werden«, fuhr der Hauptkommissar fort. »Falls der Tote darin transportiert wurde, müssten sich Spuren finden lassen, ganz egal, wie oft und wie gründlich die Gruppe alles geputzt hat.«

»Vermutlich haben sie eher alles vollgesaut«, knurrte der Inselpolizist. »Aber du hast recht, irgendwas findet sich immer.«

Stahnke machte sich über Mergners Bericht her. »Keine Anhaltspunkte, ob der Fundort der Leiche der Tatort war oder nicht«, stellte er fest. »Es gab keinen nennenswerten Blutverlust, daher konnte man im Sand nichts finden. Und eventuelle Transportspuren sind verwischt worden, entweder bewusst oder ganz natürlich, durch den Wind. Kann so oder so gewesen sein.«

»Na dann.« Lüppo Buss klatschte in die Hände. »Konzentrieren wir uns auf die versoffenen Fußballgucker, richtig?«

»Nicht ganz.« Stahnke zückte sein Smartphone. »Vergiss Sinas Mail nicht!«

Lüppo Buss stöhnte unwillig. »Ach Mensch, meinst du nicht, dass das nur Inselklatsch ist? Wusste ich alles schon. Wegen der angeblichen Reichskriegsflagge bin ich sogar aktiv geworden. War aber nichts dran, da hatte sich Robin Seefeld wohl verguckt. Und dass die kleine Tinka sich mehr als nur gut mit ihm verstanden hat, das hat so mancher mitbekommen. War nur eine Frage der Zeit, wann ihr Freund das rauskriegt und ihr eine schallert.« Er nickte mehrmals, ehe er nachschob: »Nicht, dass du denkst, ich würde so etwas billigen. Oh nein, Gott bewahre.«

»Natürlich nicht«, log Stahnke und nahm sich vor, dieses Thema bei anderer Gelegenheit anzusprechen. »Trotzdem, wir haben es mit Eifersucht und Gewaltbereitschaft zu tun, und dass diese Kombination zu einem Mord führen kann, muss ich dir wohl nicht buchstabieren, oder? Und dieser andere, dieser … Sven Petersen, richtig? Vielleicht war das ein Irrtum, eine falsche Anschuldigung. Vielleicht auch nicht. Jedenfalls will ich das genau wissen.«

»Na gut, dann also getrenntes Vorgehen. Ich schlage vor, dass ich mich um die Camper kümmere. Und wen von den anderen nimmst du dir zuerst vor?«

»Ich denke, ich fange mit dem von dem Dampfer an«, sagte Stahnke. »Wie heißt dieser Bootsmann? Ach ja, Karl Antes. Genannt Kante, sehr witzig.« Er stemmte sich aus Lüppo Buss' Schreibtischstuhl.

»Dann musst du dich aber beeilen«, sagte der Inselpolizist. »Die ›Prinz Heinrich‹ macht heute nämlich eine Tour mit zahlenden Gästen nach Helgoland. Im Rahmen des Dampfertreffens. Ausgebucht, soviel ich weiß. Die Abfahrt ist …« Er schaute auf seine Armbanduhr.

Der durchdringende Ton einer Dampfpfeife scholl über die Insel und fand seinen Weg ins Polizeibüro An der Kaapdüne.

»Genau jetzt«, beendete Lüppo Buss seinen Satz.

16.

Ungläubig starrte Marian auf seinen Bildschirm. Das war er doch, eindeutig! Die Frisur war etwas anders, aber das Gesicht war unverkennbar. Und auch die Tätowierung auf dem erhobenen Unterarm stimmte.

Nur der Name stimmte nicht. »Tjark Dubbert«, murmelte Marian vor sich hin. »Warum hat er sich so genannt? Oder vielmehr – warum nennt er sich jetzt Sven Petersen?«

Das Tischtelefon riss ihn aus seinen Gedanken. Er kam gar nicht dazu, sich zu melden, da dröhnte schon das Organ des Regionalchefs vom Festland in sein Ohr. Himmel, sein Vorgesetzter, so kurz nach Dienstbeginn! Das konnte nichts Gutes bedeuten.

Irrtum. Mit hängendem Unterkiefer hörte Marian sich an, wie sein Chef ihn für die heutige Berichterstattung lobte. Über den grünen Klee! »Aufmacher Seite eins, Austauschversion für die Partnerausgaben, Lokales Fenster, breiter Hintergrund, dazu die Fotos – alles perfekt! Weiter so, kann ich nur sagen, weiter so!«

Marian glaubte an kein höheres Wesen, also pries er nicht Gott, sondern Ocko Onken für die gute Zuarbeit und die gelungenen Fotos, die genügend von dem tragischen Geschehen vermittelten, ohne voyeuristisch zu sein oder jemanden bloßzustellen. Und er ließ die Deckung sinken, die er sich in den letzten Jahren im Umgang mit Ranghöheren angewöhnt hatte. Schon hatte er die erwünschte »nochmalige Steigerung« für die kommende Ausgabe zugesagt, ebenso wie das Nachholen der zwangsläufig geschobenen Berichterstattung über das große Dampfertreffen. Letzteres konnte er immerhin guten Gewissens tun. Dank nochmals, Wiederhören, aufgelegt. Puh.

Und jetzt? Seine Gedanken irrten zurück zu Sven Petersen. Alias Tjark Dubbert. Warum, wieso? Zuerst hatte er online nach Sven Petersen gesucht. Das hatte nichts Einschlägiges erbracht, dafür einen Zufallsfund: Auf einem der Fotos neben dem Bericht über einen ganz anderen Sven Petersen hatte im Hintergrund eine Flagge geflattert, die ihn an die von gestern Abend erinnerte. Also hatte er nach diesem Motiv gesucht. Und war fündig geworden.

Die Identitären also! Und dieser Dubbert war einer von ihnen. Tjark Dubbert, auf Langeoog ansässig als Sven Petersen. Marian gab den Namen Tjark Dubbert in die Suchmaske ein. Ganz oben bekam er die Homepage eines Reiterhofs in Mecklenburg-Vorpommern mit dem Namen »Freya« angezeigt, dessen Leiter dieser Dubbert angeblich war. Vielmehr gewesen sein sollte, denn der nächste Eintrag enthielt einen Zeitungsartikel, der von dem unrühmlichen Niedergang und Ende dieses Reiterhofs berichtete. Erschlichene Kredite, verschleierte Bilanzen, letztlich die nackte Pleite. Der Hauptverantwortliche Dubbert nicht mehr auffindbar, vermutlich untergetaucht. Strafverfahren anhängig, fast 20 Arbeitsplätze verloren.

Marian suchte nach einer Fortsetzung vor Gericht, fand jedoch nur ältere Berichte. Positive über schöne Jugendfreizeiten auf dem Reiterhof Freya, kritische über seltsame Mitarbeiter, die Gäste aus dem Westen verschreckt hätten. Das dazugehörige Foto zeigte Balken statt Gesichter, dafür muskulöse Oberkörper, Zöpfe an Männerköpfen und geflochtene Bärte. Auch Tattoos an Unterarmen, aber die Auflösung der Bilder war zu schlecht für Details. Und im Hintergrund flatterte die Flagge der Identitären.

Marian lief es kalt den Rücken herunter. Er war ein friedfertiger Mensch, aber wenn es um Nazis ging, war er zu Hass fähig. Diese Haltung hatte er zwar nicht mit der Muttermilch eingesogen, dafür jedoch mit dem Ostfriesentee, den er bei seinem Großvater getrunken hatte, sobald seine Eltern das erlaubt hatten. Was ziemlich früh gewesen war – natürlich mit heißem Wasser und Milch verdünnt und mit einem extra dicken Kluntje. Ansonsten hätte ihm die dauerhafte Entstellung seines Gesichtserkers gedroht, das jedenfalls hatte seine Mutter steif und fest behauptet: »Vom Teetrinken kriegen Kinder eine schlappe Nase!«

Bis heute konnte Marian nicht an diesen Spruch denken, ohne sich an die Nase zu fassen. Die recht wohlgeformt und erfreulich stabil war.

Wie kam er jetzt darauf? Richtig, sein Großvater. Als Nazi-Mitläufer von der SA direkt in die Wehrmacht gewechselt und dann den Zweiten Weltkrieg vom ersten bis zum letzten Tag mitgemacht. Seine Erlebnisse hatten ihn vom Glauben abfallen lassen – von jeder Art Glauben. »Ein Gott, der so etwas zulässt, interessiert sich entweder nicht für uns oder ist ein Monster«, hatte Opa immer gesagt. »Oder aber es gibt ihn gar nicht.«

Gleiches galt für den Führerkult der Nazis, die Nazis selbst und jede Art von Rassismus. Wieder und wieder hatte sein Großvater ihm das eingeimpft. »Du musst wachsam sein, Marian, immer!«, hatte er gefordert, solange er lebte. »Eines Tages kommen sie wieder. Sie werden anders aussehen und sich anders nennen. Aber du musst sie trotzdem erkennen. Das ist die Kunst.«

Dann war der Opa gestorben, und Marian hatte lange gedacht, dass er sich geirrt hätte. Denn es gab zwar neue Nazis, durchaus, aber die sahen den alten ziemlich ähnlich und waren leicht zu erkennen. Gefährlich waren sie schon, irgendwie, aber: Gefahr erkannt, Gefahr gebannt. Inzwischen hatte sich vieles geändert. Es gab eine Partei, die anders hieß und sich anders gab, die von Nazis durchsetzt war, das aber schamlos verleugnete. Und die massenhaft gewählt wurde. Dazu gab es eine Menge anderer neuer Rechter, die sehr individualistisch auftraten und doch ein regelrechtes Netzwerk bildeten, welches das ganze Land durchzog. Oder war es eher ein Krebsgeschwür?

Dazu gehörten die Identitären. Marian hatte von ihnen gehört, sie aber bisher ignoriert. Hatte sie für ebenso bekloppt gehalten wie die Reichsbürger, die die deutsche Demokratie leugneten und den Staat negierten. Und ja, da gab es Übereinstimmungen. Aber es gab auch Unterschiede. Im Prinzip waren die Identitären vor allem Rassisten wie alle anderen Rechten auch. Volks- und Abstammungsgemeinschaft wurden biologisch begründet. Was dazu diente, aus der eigenen angeblichen Höherwertigkeit einen Führungsanspruch abzuleiten. Nicht anders als einst Rudyard Kipling in »The White Man's Burden«. Bedingung war natürlich die Reinhaltung der eigenen Ethnie. Äußere Einflüsse, gar Einwanderung wurden als fremd und feindlich definiert. Vermischung war Bedrohung.

Okay, dachte Marian, hab ich euch erwischt! Hinter dem neuen Namen verbirgt sich doch nichts als die alte Denke. Und dass das neue Symbol aussieht wie ein Bumerang in einem Kreis statt wie ein Hakenkreuz, ändert auch nichts. Opa hatte recht.

Solch einem Typen, einem Identitären, war er also gestern begegnet. Hatte ihn nicht gleich durchschaut, sondern ihn interessant gefunden. Verdammt, er durfte niemandem trauen. Vor allem nicht sich selbst. Fast wäre er auf diesen Petersen, der in Wahrheit Dubbert hieß, hereingefallen. Hätte sich mit ihm zum Bogenschießen getroffen und sich womöglich anschließend mit ihm zusammengesetzt. Wäre ins Plaudern gekommen, bei einer Tasse Tee vielleicht. Automatisch betastete er seine Nase. Was für ein blöder Reflex! Bloß gut, dass ihn keiner dabei beobachtet hatte.

»Moin!« Ocko Onkens Schritte dröhnten über den Dielenboden, seine Pranke landete schwer auf Marians Schulter. »Alles klar mit dem journalistischen Spürnäschen? Du wirst mir doch keinen Schnupfen kriegen, mitten in der Großkampfzeit! Nachher muss ich mich noch selber an den PC setzen und die Seiten alleine zusammenferkeln!« Er lachte schallend.

Marian lachte guten Gewissens mit. Die Vorstellung, dieser seit Langem verrentete Kapitänsdarsteller könnte mit dem modernen Redaktionssystem Zeitungsseiten konzipieren und bis zur Druckstufe fertig bauen, war wirklich zum Lachen. Und seinen anerzogenen Reflex hatte Onken glücklicherweise fehlgedeutet.

Der freie Mitarbeiter brachte sein Material persönlich vorbei; eine alte Angewohnheit, denn tatsächlich schickte er alles vorab online. Was hätte Marian auch mit betippten Papierseiten und Fotoabzügen oder -ausdrucken anfangen sollen? Seine Miniredaktion verfügte weder über einen Setzer noch über einen Reprografen. Trotzdem ging Onken auf Nummer sicher und lieferte die Hardware ab. Dabei ging es ihm, wie Marian ihn einschätzte, weniger um die Sicherung der nächsten Zeitungsausgabe als um die seines Honorars. Onken war eben ein echter Insulaner. Und ein Mitglied der Viererbande. Die vier waren bekannt dafür, immer und zu allem ihren Senf dazuzugeben. In diesem Fall zu den Gerüchten rund um den aktuellen Mordfall, die um die Insel schwirrten wie Fliegenschwärme um einen Misthaufen. Innerhalb von wenigen Minuten fand sich Marian auf den neuesten Stand gebracht.

»Ein Besatzungsmitglied der ›Prinz Heinrich‹?« Marian legte die Stirn in Falten. »Jetzt sag nicht, dass der in deiner Geschichte über das Dampfertreffen vorkommt!«

»Aber natürlich.« Onken strahlte. »Ich hab sogar ein Bild von ihm und seiner Freundin gemacht. Das blaue Auge kann man sehr gut sehen, obwohl sie Puder drauf gemacht hat oder wie das Zeug heißt. Bring das ruhig! Wenn sich nachher rausstellt, dass er es war, können wir sagen, dass wir das Bild des Täters als Erste im Blatt gehabt haben.«

Marian konnte sich ein Grinsen nicht verkneifen. Der Alte mit der Schifferkrause hatte eine sehr unverbildete Ansicht vom Zeitungmachen! Bei diesem Boulevardblatt mit den großen Buchstaben hätte er damit sicher Karriere machen können. Oder bei einer Regionalzeitung auf dem Festland, die mit allen Mitteln ums Überleben kämpfte. Aber beim »Langeooger Inselboten« ging es deutlich seriöser zu.

»Und diese Partytruppe vom Campingplatz Bensersiel ist verdächtig?«, fragte er.

»Für unseren Lüppo stehen die Typen ganz oben auf der Liste«, wusste Onken zu berichten. »Sie haben sich mit Robin gestritten, sie waren richtig sauer auf ihn – und der eine hat im Internet Morddrohungen ausgestoßen, frag nicht, wie! Und vor allem: Sie hatten Zugriff auf das passende Mordwerkzeug.«

Das musste er Marian erklären, und das tat er ausführlich und mit unverkennbarem Behagen. Anschließend bedauerte der Inselredakteur, gerade heute besonders reichlich gefrühstückt zu haben.

»Deswegen also dieser Geruch!«, platzte er heraus.

»Ja, der ist nicht ohne! Kann ich ein Lied davon singen. Ich war mal auf einem Campingplatz in Meck-Pomm, da gab es eine Wellblechhütte für die Entsorgung, da war nichts drin als ein offenes Rohr, das führte senkrecht in einen unterirdischen Sammeltank. Was glaubst du wohl, wie es da …«

Marian streckte ihm beide Handflächen entgegen. »Ja, schon gut, schon gut, hörst du? Genug! Sag mir lieber, warum einer sowas macht! Einen umzubringen … mit dem Schwedentrunk.«

»Nee, nicht Schweden«, korrigiert Onken. »Mecklenburg-Vorpommern. Obwohl, früher, im Dreißigjährigen Krieg, damals hatten sich die Schweden dort tatsächlich breitgemacht. Meintest du das?«

Marian atmete tief ein und aus. Vielleicht ließ sich sein Magen ja noch besänftigen. »Irgendwie schon«, sagte er. »Doch, das kommt ziemlich genau hin.« Er rieb sich Stirn und Augen. »Was ist denn dein Tätertipp? Setzt du auch auf die Dünen-Griller-Gang?«

Onken verzog Mund und Bartkrause. »Da spricht wohl was dafür. Aber andererseits: ein Mord mit sechs Mann? Geplant und durchgezogen, nur weil man sich über einen Typen geärgert hat? Ich meine, wenn die den Robin in vollem Brass und mit duhnem Kopp totgeschlagen hätten, so aus dem Affekt, dann würde ich sagen: klare Kiste. Aber so? Zu viel Aufwand. Und einer quatscht immer.«

»Also wer dann?«

Onken wand sich. »Also, auf Karl Antes würde das passen«, presste er hervor. »Der ist nicht der Hellste. Als der mitkriegt, dass sein Schätzchen mit Robin was hat, da weiß das schon das halbe Dorf. Klar, dass er wütend wird. Und mit der Selbstbeherrschung hat er es nicht so, das zeigt schon Tinkas Auge. Danach rennt er los, Robin suchen. Findet ihn auch, stellt ihn zur Rede. Robin war gut einen Kopf kleiner als Kante, aber feige war der nicht. Vielleicht hat er dem Kerl die Meinung gegeigt, dass er für Tinka nicht der Richtige wäre und so. Kante sind die Worte ausgegangen, also hat er die Fäuste genommen. Und sich verschätzt. Tja, so kann's kommen. Dann wusste er sich nicht anders zu helfen, als den Toten im weichen Spülsand zu verbuddeln.«

Ocko Onken hatte die Fäuste geballt; sie zitterten. Fühlte er etwa mit diesem Karl Antes?

Marian hob fragend die Augenbrauen, wie er es bei Stahnke abgeguckt hatte.

Onken schluckte hart. »Ist nur blöd, weil … dieser Karl Antes ist ein Freund von Klaas, verstehst du? Klaas Reershemius. Könnte sein Enkel sein, aber sie haben früher zusammen an diesem Dampfer gearbeitet, der ›Prinz Heinrich‹, Klaas als Rentner, Karl als Schüler. Das würde der olle Klaas schwer verkraften, wenn Karl Antes sich als Mörder entpuppt. Aber zum Glück passt das in Wirklichkeit nicht zusammen. Das Ersticken mit der Chemiegülle, warum sollte Karl das machen? Und wo sollte er das Zeug herhaben?«

Das wusste Marian auch nicht. Historische Dampfschiffe hatten doch wohl keine Chemieklos, oder? Früher wurden Toiletten einfach nach außenbords abgepumpt, ab in die offene See. Heute war das nicht mehr erlaubt. Alle Schiffe, selbst Jachten, mussten inzwischen über Fäkalientanks verfügen. Hm …

»Klaas und Karl haben immer noch einen guten Draht zueinander«, fuhr Ocko Onken fort. »Deswegen hat er ihn ja auch auf diese Fahrt eingeladen.«

»Eingeladen? Wer wen? Auf welche Fahrt?«

»Mit der ›Prinz Heinrich‹. Die macht heute eine Tagestour nach Helgoland. Total ausgebucht, aber Karl hat Klaas trotzdem eingeladen mitzufahren. Für alte Verdienste und so.« Onken lachte: »Der kleine Schrumpfkopp nimmt ja auch nicht viel Platz weg.«

»Und wann kommt der Dampfer zurück?«, fragte Marian.

Onken zuckte mit den Schultern. »Gegen Abend. So genau weiß man das nie bei so einem alten Schiff.«

Marian überlegte. Abends, das hieß nach Redaktionsschluss. Ob er mal am Hafen spazieren gehen sollte? Andererseits war da Sven Petersen alias Tjark Dubbert. Eigentlich wollte er sich ja mit dem befassen. Auf gemeinsames Bogenschießen hatte er allerdings weniger Lust. Außerdem hätte er vor dem nächsten Direktkontakt gerne ein paar Details mehr gewusst.

»Weißt du was«, sagte er zu Ocko Onken. »Ich hätte einen neuen Auftrag für dich.«

17.

Sina hatte sowieso eine längere Mittagspause eingeplant, und als ihr letzter Vormittagstermin anrief und sich wegen Erkältung abmeldete, wusste sie gar nicht, wohin mit all der freien Zeit. Klar, Akten nacharbeiten, das wäre vernünftig gewesen. Oder Buchhaltung machen. Ein großer Nachteil der Selbstständigkeit, wie sie das hasste! Vor dem Fenster lockte herrlichstes Frühsommerwetter. Ich kann ja allem widerstehen, dachte Sina, nur der Versuchung nicht. Schon fiel die Bürotür hinter ihr ins Schloss. Eine Minute später saß sie auf ihrem Rad.

Und jetzt? An den Strand? Aber ein Sonnenbad würde sie müde machen, außerdem hätte sie erst nach Hause fahren müssen, Bikini und Badelaken holen. Vielleicht ein Eis? Dumm, dass sie sich heute früh auf die Waage gestellt hatte – Eis oder Mittagessen, beides ging nicht! Und ohne vernünftiges Mittagessen würde sie den ganzen Nachmittag hungrig und unleidlich sein. Das konnte sie ihren Patienten nicht zumuten. Als wäre sie heute früh nicht schon unzumutbar genug gewesen.

Zum Mittagessen wiederum war es eindeutig zu früh. Sie radelte langsam und ziellos, trieb dahin in den Urlauberstrudeln, wich instinktiv rennenden Kindern und Zickzack laufenden Schaufensterguckern aus und hatte bald den Ort durchquert. Vielleicht sollte sie doch abbiegen, wenn schon nicht zum Strand, dann vielleicht zur

Höhenpromenade? Ein halbes Stündchen auf einer Bank in der Sonne sitzen wie ein Badegast …

Gedacht, getan. Sie fand sich in der Straße Gerk-sin-Spoor wieder. Was für ein Zufall! Da war das Haus, da die Haustür. Sie öffnete sich genau in diesem Moment, und ein älterer Mann trat heraus, einer mit Schifferkrause und zerbeulter Kapitänsmütze. Er wandte ihr den Rücken zu, weil er hinter sich abschloss, aber sie erkannte ihn natürlich trotzdem.

Keine Frage, das musste ein Zufall sein.

»Moin, Ocko! Schon wieder in Hundjedrafft?«

Ocko Onken drehte sich überrascht zu ihr um, dann musste er lachen. »Immer wieder lustig, wenn du versuchst, Plattdeutsch zu sprechen, Sina!«, rief er ihr zu. »Aber du hast recht, ich bin wirklich in Eile. Unser gemeinsamer Freund Marian kommt wieder nicht ohne mich aus.«

»Ach, musst du in die Redaktion?« Sina hatte angehalten, ein Bein auf den Boden gestemmt. Vielleicht sollte sie ihn begleiten, auf ein Schwätzchen mit Marian? Obwohl das im Redaktionsalltag meistens kein Vergnügen war.

»Nee, nicht Redaktion. Muss auf Recherche.« Er winkte vage in Richtung Südwestteil der Insel. »Ich hol schnell mein Rad. Wohin bist du unterwegs am heiterhellen Tag? Machst du Hausbesuche?«

»Sollte ich wohl machen, dann könnten meine Patienten nicht so einfach absagen«, erwiderte sie lachend. »Nee, ich hab nichts vor, wollte mich ein bisschen bewegen.«

»Und ich dachte immer, wir Rentner hätten nichts zu tun.« Er zwinkerte ihr zu. »Fahr doch ein Stückchen mit mir zusammen, dann hast du Bewegung, und ich hab jemanden zum Quatschen.«

»Klar, wenn du Geleitschutz brauchst.« Sie schaute ihm nach, als er um die Hausecke verschwand. Was gab es da, einen Fahrradschuppen? Oder vielleicht einen zweiten Eingang? Sina konnte wenig erkennen, alles war zugewuchert. Sollte sie absteigen und ihm nachgehen? Aber ehe sie sich dazu durchgerungen hatte, war Ocko Onken wieder da, ein altes rostbraunes Fahrrad schiebend. Das Gartentörchen kickte er hinter sich zu, dann schwang er sich erstaunlich behände in den Sattel.

»Quietscht ja gar nicht«, stellte Sina nach wenigen Metern fest. »Und ist auch flotter, als ich dachte.«

»Tja, so is dat mit oll Reef«, gab Onken zurück. »Musst nur Hand dran halten, dann hast du da lange etwas von.« Er tippte sich an die Brust: »Das Rad und ich, wir erleben gerade zusammen unseren dritten Frühling.«

Sina wusste, dass Onken Witwer war, und das schon lange. Falls er wirklich so überzeugt war von seiner eigenen Physis, so stellte er diese offenbar nicht auf die Probe.

»Schönes Häuschen übrigens«, lobte sie, während sie den Polderweg entlang radelten. »Aber der Garten macht bestimmt viel Arbeit, oder?«

»Och, aber nicht mir«, erwiderte Onken. »Da hab ich einen für, der erledigt das für mich.«

Richtig, der Rasen im Vorgarten hatte frisch gestutzt ausgesehen. Aber: »Die Büsche müssten zurückgeschnitten werden, sonst kommst du mit dem Rad bald nicht mehr durch.«

»Von wegen! Das soll so. Will doch nicht, dass mir jeder neugierige Hühnermors bis nach hinten durchgucken kann.«

Aus den Augenwinkeln sah Sina, wie Onken griente. Musste sie sich ertappt fühlen? Aber wenn schon. Hier auf der Insel gehörte Neugier zur Grundausstattung. Und zu Onkens Frauenbild passte sie bestimmt hervorragend.

»Wieso denn?«, bohrte sie weiter. »Was treibst du denn da hinten, was keiner sehen soll? Illegal Schnaps brennen? Oder liegst du nackig in der Sonne?«

»Och Mädel, geh mir los! Was du wohl denkst!« Onken trat kräftiger in die Pedale. »Nun muss ich mich aber beeilen. War nett, mit dir zu quatschen. Mach's gut, schönen Tag wünsch ich dir!«

Überrascht guckte Sina auf Onkens Rücken, der sich über den Lenker krümmte. Natürlich wäre es ihr ein Leichtes gewesen, mit ihm mitzuhalten, aber die Abfuhr war eindeutig gewesen. Sie war zu weit gegangen mit ihrer Ausfragerei. Dabei lag alles klar auf der Hand. Onken verdiente sich gerne etwas dazu, das war allgemein bekannt; selbst ein kleines Haus kostete allerhand in der Unterhaltung, und auch ein Gartenhelfer hielt die Hand auf. Also verdiente sich der Alte durch Untervermietung etwas dazu. Und zwar inoffiziell, um Steuern und Abgaben zu sparen. Deshalb der üppige Bewuchs, der den Hintereingang tarnte. Wo Marco Heidergott wohnte. So musste es sein. Völlig harmlos.

Onken gewann schnell an Vorsprung, hielt das erhöhte Tempo aber nicht sehr lange durch. Schon bald richtete sich sein gekrümmter Rücken auf. Sina folgte ihm nicht bewusst, sondern eher aus Mangel an Ideen, wohin sie sich stattdessen wenden sollte. Als sie den Alten an einer Abzweigung aus den Augen verlor, war sie beinahe erleichtert. Aber einige Minuten später fuhr er vor ihr, zwar in gehörigem Abstand, aber wegen seiner Mütze doch gut zu erkennen. Jetzt erkannte sie, wohin er wollte.

An genau den Ort, an den es sie unbewusst auch gezogen hatte.

Das breite Tor zur Auffahrt des Reiterhofs stand offen, der Flaggenmast war heute kahl, vor dem Stallgebäude herrschte allerhand Betrieb. Aufsteigender Rauch und Hammerschläge ließen auf einen Schmied schließen. Wurden da Pferde beschlagen? Vielleicht hielt jemand einen Schmiede-Workshop ab. Sie erinnerte sich dunkel, eine entsprechende Ankündigung gelesen zu haben. »Handwerk in guter deutscher Tradition.« Was, bitteschön, war am Schmieden wohl deutsch? Gingen die Pferde anderer Nationen etwa auf nackten Hufen? Von »Workshop« mal ganz zu schweigen. Deutsch, von wegen!

Onken war abgestiegen, blickte sich suchend um. Dann hob er grüßend die Hand und schob sein Rad weiter die Auffahrt hinauf. Ein jüngerer Mann kam ihm entgegen, einen schwarzen Hund neben sich. Undercut mit dunkler Haarinsel und Flechtzopf, Hipster-Vollbart, schwarzes Existenzialisten-Shirt, halblange Hosen, Doc-Martens-Treter. Das musste dieser Petersen sein. Aus welchem Klischee-Magazin war der denn entsprungen?

Der Hausherr schüttelte Onken ausgiebig die Hand und machte eine einladende Geste in Richtung Wohngebäude. Im Gehen legte er Onken sogar den Arm um die Schultern. Der schwarze Hund umtänzelte die beiden Männer. Dass dieses Treffen verabredet worden war, war überdeutlich. Eine kritische Reportage würde das bestimmt nicht werden!

Sina wartete, bis die beiden mitsamt Vierbeiner im Haus verschwunden waren, dann traute sie sich näher ans Geschehen heran, blieb dabei jedoch auf der öffentlichen

Straße. Neben ihrem Rad blieb sie stehen, eine Hand am Lenker, eine an der Gangschaltung, als gäbe es da etwas einzustellen, und beobachtete verstohlen. Auf dem Reiterhof war wirklich viel los, das war ein richtiges Getümmel! Offenbar mischten sich dort gerade verschiedene Gruppen: Reiter, die ihre Tiere untergestellt hatten, und solche, die welche für einen Ausritt mieten wollten, außerdem Fahrgäste, die nach und nach eine Kutsche bestiegen, während zwei schwere Kaltblüter angespannt wurden. Dazu kamen die Workshopteilnehmer; Sina erkannte welche mit rußgeschwärzten Händen und andere mit Hobelspänen an Schürzen und Overalls. Da lief eine Menge parallel ab. Sah nach einem florierenden Betrieb aus. Sina erkannte, wer Gast oder Kunde war und wer zum Betrieb gehörte. Die Männer, die auf dem Reiterhof arbeiteten, mochten alle zwischen Ende 20 und Anfang 40 sein; regelmäßiges Workout schien Pflicht zu sein, denn alle präsentierten schwellende Muskeln an Armen und Oberkörpern. Die Haare trug man entweder wikingerhaft lang und geflochten oder aber soldatisch kurz bis rasiert. Bei den Bärten herrschte Vielfalt, aber ein bartloses männliches Gesicht war unter den Aktivisten nicht zu erkennen. Und die Frauen? Schwer zu unterscheiden, fand Sina, denn viele der Gäste waren weiblich und trugen die unterschiedlichsten Outfits zur Schau. Sie hielten sich vor allem rund um Stall und Kutsche auf; beim Handwerk gaben Männer den Ton an. Sicher, dass sie zum Hof gehörten, war sich Sina nur bei zwei Frauen, die mit Körben herumgingen und Getränke und Brezeln anboten. Beide trugen lange Röcke und zu Schnecken gesteckte Zöpfe, beide gingen barfuß. Ihr Auftreten hatte etwas Unterwürfiges. Sina fühlte Übelkeit in sich aufsteigen.

»Wen haben wir denn hier? Mata Hari, die Chefspionin?«, raunte ihr plötzlich eine dunkle Stimme ins Ohr, von hinten und aus nächster Nähe. Gleichzeitig griff eine starke Hand nach ihrem Oberarm.

Sina reagierte blitzschnell. Mit der rechten Hacke trat sie heftig nach hinten aus, traf irgendetwas, ließ das Rad los und riss ihren rechten Ellbogen hoch. Dieser Stoß allerdings ging ins Leere. Egal, sie nutzte den Schwung, drehte sich um ihre eigene Achse und feuerte eine linke Gerade ab, mitten hinein in das Gesicht des Kerls hinter ihr.

Dieses Gesicht war bereits schmerzverzerrt, ehe ihre Faust ihr Ziel erreicht hatte. Und es war das Gesicht von Stahnke.

Sina war zu überrascht und zu entsetzt, um auch nur zu schreien. Oder um ihren Schlag, verstärkt durch die Körperdrehung, stoppen zu können. Oh Himmel, nein, sie würde Stahnke die Nase brechen!

Nein, würde sie nicht. Gerade noch rechtzeitig brachte der massige Mann seinen linken Arm vor dem Körper hoch und kippte ihn nach außen. Sinas Schlagarm wurde abgelenkt und zischte an Stahnkes rechtem Ohr vorbei. Im nächsten Moment lag sie ihm in den Armen, nach vorn geworfen vom Schwung des eigenen Schlages.

»Au«, sagte Stahnke und hielt sie fest. »Was trittst du mich? Voll auf die Kniescheibe! Wer hat dir denn sowas beigebracht!«

»Na du doch, wer sonst.« Sie fand ihr Gleichgewicht wieder, löste sich aus seinen Armen und tätschelte seine Wange. Kratzig wie immer. »Weißt du nicht mehr, wie du mir gezeigt hast, was ich tun muss, wenn mich einer von hinten begrabschen will?«

»Was heißt hier begrabschen!« Stahnke rieb sich das schmerzende Knie. »Ich bin immerhin dienstlich hier, mutmaßliche Rechtsradikale und Identitäre befragen. Und wen finde ich vor, mitten am Tag und während der Arbeitszeit? Da werde ich doch fragen dürfen, was du hier treibst.«

»Fragen ja, aber nicht anschleichen.« Sina deutete auf Stahnkes Rad, das der ein paar Schritte hinter ihnen abgestellt hatte: »Apropos schleichen. Wir sollten mal ein paar Schritte weitergehen, sonst fallen wir unweigerlich auf wie ›Spion und Spion‹ aus dem ›Mad‹-Heft. Dein verdächtiger identitärer Klient hat sowieso gerade keine Zeit für dich.«

»Woher willst du das wissen?« Der Hauptkommissar guckte misstrauisch, griff dennoch nach seinem Rad und kickte den Ständer zurück. Seite an Seite spazierten sie die Betonstraße entlang, die Fahrräder schiebend, jeweils außen. Ein unverdächtiges Bild.

Sina erzählte, was sie über Sven Petersen gehört hatte. »Ist doch klar, dass du seinetwegen hier bist«, sagte sie. »Jetzt ist gerade Ocko Onken bei ihm. Muss irgendwas für Marian recherchieren und schreiben.«

»Ich bin in laufenden Ermittlungen hier. Das hat Vorrang vor diesem Lokalblättchen«, mäkelte Stahnke.

»Aber sicher. Kannst gerne da rein und Ocko rausschicken. Falls du willst, dass innerhalb von zehn Minuten die ganze Insel darüber spricht.«

Der Hauptkommissar knurrte, setzte aber seinen Spaziergang fort.

Minutenlang sprach keiner der beiden. Klar und scharf standen die Schreie der Möwen in der milden Luft. Ein Sportflugzeug brummte über sie hinweg.

»Was treibst du überhaupt hier?«, fragte Stahnke nach einer Weile.

»Termin ausgefallen, da hatte ich nichts anderes zu tun«, erwiderte Sina. »Was sollte ich sonst machen? Mein Freund hat ja nie Zeit für mich.«

Stahnke schnaubte empört. »Hör mal, wir haben einen Mordfall! Und noch ist nichts eindeutig, deswegen ermitteln wir in verschiedene Richtungen. Gegen alle, mit denen sich Robin Seefeld in letzter Zeit angelegt hatte. Und einer davon ist dieser Sven Petersen. Also jetzt mal im Ernst, was machst du hier?«

Sina zuckte mit den Schultern. »Zur Hälfte Zufall; ich bin ein Stückchen mit Ocko Onken gefahren, und der fuhr hierher. Und die andere Hälfte … weißt du, Marian hat den verdächtigen Typen gestern getroffen, diesen Sven Petersen. Irgendwie hat der ihm gefallen. Dann hat Bea erzählt, was ihr an diesem Reiterhofprojekt alles merkwürdig vorkommt. Na ja, nun interessiert mich natürlich, wer von beiden richtigliegt.«

»Interessiert dich, ja? Und wieso? Wegen Bea oder wegen Marian?«

Sina fühlte sich ertappt. Eingestandene Eifersucht wäre normalerweise ein Anlass für flapsige Sprüche gewesen, denn sie und Stahnke gingen in ihrer Beziehung mit Gefühlen nicht gerade zimperlich um. Weil sie sich aber über ihre Beweggründe nicht im Klaren war, ließ sie das sein.

Rechts von ihnen hörte der Weidezaun auf. Nur scheinbar, denn tatsächlich setzte er sich im 90-Grad-Winkel fort. Parallel zum Zaun verlief ein Trampelpfad, der zu einem flachen Gebäude weiter hinten zu führen schien. Gehörte das noch zu Petersens Anwesen? Der Zaun jedenfalls endete an der vorderen Hausmauer und ging dahinter weiter.

Stahnke schaute auf seine Armbanduhr. »Wie lange wird dein Ocko für sein Interview brauchen?«, fragte er. »Oder für sein Recherchegespräch oder was? Mir dauert das zu lange. Ich muss zurück ins Polizeibüro, da wartet genug Arbeit auf mich. Komme später wieder.« Er hob sein Rad an wie ein Spielzeug, drehte es in die Gegenrichtung und knallte es zurück auf die Reifen, dass die Schutzbleche protestierend schepperten. »Ich melde mich heute Abend bei dir, versprochen!« Er beugte sich zu Sina, küsste sie mit spitzen Lippen auf den Mund. »Und pass ein bisschen auf, ja? Wir wissen nicht, wie gefährlich dieser Petersen ist.«

Sina schaute ihm nach, wie er in Richtung Hofeinfahrt davonradelte. Innerlich war sie aufgewühlt, war hin- und hergerissen zwischen Schuldgefühlen und Ärger. Wer immer versuchte, sie zu bevormunden, war schlecht beraten! Selbst in einer so offensichtlichen Angelegenheit wie dieser. Sie schaute ebenfalls auf die Uhr. Immer noch zu früh, um zurück an die Arbeit zu gehen. Hunger verspürte sie auch keinen. Was tun? Vielleicht ein paar Schritte laufen, dann würde sich der Appetit schon einstellen.

Was mochte das für ein Gebäude vor ihr sein? Gemächlich spazierte sie darauf zu. Metallisches Klappern aus dem Inneren verriet, dass dort Leute waren, dass gewerkelt wurde. Stören wollte sie nicht – andererseits war hier ein Weg, und kein Schild wies auf Privatbesitz hin. Einen Blick durfte sie ja wohl riskieren. Ein leichter Windstoß trug ihr einen käsigen Geruch zu. Wurde Milch verarbeitet? Sina mochte Käse, aber dieser Geruch erschien ihr nicht wirklich appetitlich. Lag vielleicht an der Produktionsstufe. Die Veredelung folgte bestimmt noch. Wieso eigentlich Milch? Hielt man außer Pferden auch Kühe? Gesehen hatte sie keine, aber das musste nichts heißen. Die Ländereien waren bestimmt recht ausgedehnt, da konnte es durchaus sein, dass es irgendwo eine Herde Milchkühe gab. Oder Petersen ließ sich Milch liefern, das war ebenfalls eine Möglichkeit.

Was war das hinter ihr gewesen? Schritte?

Eine starke Hand packte sie am Oberarm. »Wen haben wir denn hier?«, flüsterte eine dunkle Stimme dicht an ihrem Ohr. »Willst du spionieren?«

Genervt rollte Sina mit den Augen. »Mensch, Stahnke, zweimal ist das nicht witzig!«, rief sie aus. »Willst du etwa noch einen …«

Im selben Augenblick wurde ihr dunkel vor den Augen. Ein ekliger Geruch schnürte ihr die Kehle zu. Der röchelnde Schrei, den sie trotzdem ausstieß, wurde von dem Sack über ihrem Kopf erstickt. Was war da wohl drin, dachte sie noch. Dann traf etwas ihre Schläfe, und sie versank endgültig in tiefer Schwärze.

18.

Klaas Reershemius stand auf dem Vordeck der »Prinz Heinrich«, die Hände auf seinen Stock gestützt, den krummen Rücken an die stählerne Wand des Aufbaus gelehnt, und war glücklich. Das Deck unter ihm bewegte sich sanft auf und ab wie der Körper eines atmend dahingleitenden Wals, der lange, scharfe Bug schnitt durch die mäßige Dünung, hin und wieder etwas Gischt aufwühlend, die in der Sonne glitzerte wie eine Handvoll Edelsteine, ehe sie auf die Decksplanken prasselte. Ab und zu kamen ein paar Tropfen bis dahin, wo der alte Mann Posten bezogen hatte, benetzten sein Gesicht und kühlten seine gegerbte, sonnendurchglühte Haut. Konnte das Leben schöner sein?

Jemand hastete an Reershemius vorbei, klammerte sich mit beiden Händen an die Reling, hängte Kopf und Oberkörper darüber und ließ würgende Geräusche ertönen. Himmel, wie konnte man bei fast spiegelglatter See anfangen zu göbeln! Aber so waren sie eben, diese Landratten. Manche von denen wurden schon im Hafen seekrank.

»Verdammte Axt, jetzt kotzt schon wieder einer nach Luv! Mensch, du versaust mir die ganze Bordwand. Nach Lee kotzen, wenn schon, hab ich doch gesagt! Nach Lee!« Decksmann Karl Antes packte den seekranken Fahrgast unsanft an der Schulter und riss ihn von der Reling zurück. Der Passagier guckte verständnislos aus glasigen Augen, so überrascht, dass er für einen Moment vergaß, was ihn an die falsche Seite des Schiffes getrieben hatte. Kante nutzte die Gunst des Augenblicks, ergriff den Mann an Jacke und Gürtel und bugsierte ihn zur gegenüberliegenden Reling. Sehr weit war die nicht entfernt, gerade mal sieben Meter. Weiter hätte es auch nicht sein dürfen, denn schon legte der Unglückliche wieder los. Diesmal aber nach Lee, also mit dem Wind, das schonte die Bordwand.

»Nix wie Arbeit mit diesen Landratten«, sagte Kante und zwinkerte Reershemius zu, während er eine Pütz klarmachte und die Leine aufschoss. »Können nicht mal Luv und Lee unterscheiden! Aber reihern, das können sie wie die Weltmeister. Unten ist einer nicht mal rechtzeitig vom Tisch hochgekommen. Jetzt kann Tinka die ganze Sauerei aufwischen.«

»Mensch, Karl, pass bloß auf mit der Pütz!«, krächzte Reershemius besorgt. »Nicht, dass du dir was tust! Oder nachher der schöne Eimer weg ist.« Der 110 Jahre alte Dampfer lief mit seiner 200 PS starken Maschine zwar nur etwa sechs Knoten, das waren elf Stundenkilometer; trotzdem, auch bei diesem moderaten Tempo erzeugte ein Eimer, von Deck aus geworfen und mit ganzer Öffnung eintauchend, einen gewaltigen Ruck, den derjenige, der die Leine hielt, erst einmal parieren musste. Dabei war schon mancher Muskel schmerzhaft gezerrt worden und manche Pütz im Meer verschwunden.

Karl Antes aber war viel zu erfahren und zu kräftig, als dass ihm so etwas hätte passieren können. Geschickt ließ er die Halteleine wirbeln und den Eimer ins Wasser kippen, riss ihn sofort hoch, sobald er sich zu füllen begann, und beförderte das schäumende Wasser schwungvoll gegen die besudelte Bordwand. Zwei-, dreimal ließ er es klatschen, dann war der Schaden beseitigt. Wieder zwinkerte er Reershemius zu: »So vollgereihert könnten wir uns auf Helgoland nicht blicken lassen.« Dabei wies er mit dem Kopf nach hinten über seine Schulter.

Ja, da lag er schon, der rote Sandsteinfelsen, Deutschlands einzige Hochseeinsel, der nationale Sehnsuchtsort schlechthin. Warum? Weil hier das Deutschlandlied entstanden war? Unwillkürlich fing Klaas Reershemius an, es leise vor sich hin zu singen: »Deutschland, Deutschland über alles …« Ach nee, das war ja die erste Strophe, die galt heute nicht mehr, wegen der Nazis. Wie ging denn die dritte? »Auferstanden aus Ruinen …« Nein, das war es auch nicht. Obwohl, Ruinen erzeugen konnten die Nazis ja am allerbesten.

Vielleicht, überlegte der Alte, war Helgoland deswegen bei den Deutschen so begehrt, weil die Engländer diese Insel auch immer haben wollten. War ja klar, wenn einen keiner um etwas beneidete, dann war das auch nichts wert! Ein paarmal hatten die Tommys die Felseninsel gehabt. Dann wieder eingetauscht, später zurückerobert. Richtig, im Zweiten Weltkrieg. Und danach wollten sie das Eiland ein für alle Mal kaputt machen. *Hell-Go-Land*! Also echt, wie die kleinen Jungs auf dem Spielplatz. Wenn ich es nicht kriege, sollst du es auch nicht haben! Hatte aber nicht geklappt, die große Zerstörung damals, trotz Tonnen und Abertonnen von Bomben und Granaten. Helgoland ließ sich einfach nicht unterkriegen.

Ja, ohne solche Neidhammel wäre das Leben noch schöner. Aber sonst …

Der rote Sandstein ragte hoch vor ihnen auf. Wurde auch Zeit, immerhin waren sie seit fünf Stunden unterwegs. Da sie heute Abend zurückerwartet wurden, bei ausreichend Licht und passender Tide, würde der Aufenthalt recht knapp ausfallen. Zweieinhalb Stunden Landgang reichten aber auch aus, fand Reershemius. Zwei Flaschen zollfreien Rum hatte sein Nachbar bestellt, 200 Zigaretten wollte sein Neffe, der auf die alte Art rauchte und mit diesen modernen Parfümdampfen nichts anfangen konnte. Das bekam man alles im »Lung Wai«, dazu musste man nicht einmal den Fahrstuhl zum Oberland benutzen. Was er natürlich trotzdem tun würde. Einmal Lummen gucken war Pflichtprogramm. Apropos Parfüm: Gertrud wollte eine Flasche mitgebracht haben, ebenfalls zollfrei; den Namen hatte sie ihm extra aufgeschrieben. Sündhaft teures Zeug, angeblich für eine Freundin. Klaas Reershemius war sich aber sicher, dass das nur ein Vorwand war. Natürlich wollte sie das Zeug für sich selbst! Mal schnuppern, dachte er, dann komm ich dir später schon drauf.

Über ihm dröhnte die Dampfpfeife los. Das Anlegemanöver begann. Ja, seit einiger Zeit durften Fahrgastschiffe hier anlegen. Früher hatten alle auf Reede ankern müssen, die Gäste waren mit Börtebooten ausgeschifft worden. Sehr abenteuerlich für die Passagiere und einträglich für die Bootsleute. Aber auch das war Vergangenheit. Karl Antes flitzte über das Deck, schwang die Wurfleine mit dem Affenfaustknoten, bugsierte die schweren Festmacher durch die Klüsen. Das eigene Beiboot half mit, den Dampfer an die Pier zu drücken. Gespleißte Augen wurden über Poller gelegt, Leinen durchgeholt. Nach wenigen Minuten lag die »Prinz Heinrich« fest, die Relingspforte wurde geöffnet, die Gangway gesichert. Schon strömten die Fahrgäste von Bord.

Der alte Reershemius ließ sich Zeit, schaute Kante dabei zu, wie er mit geübten Griffen das Deck aufklarte. Tinka

Mertens ließ sich blicken, die während der Fahrt in den Salons die Passagiere versorgt hatte. Bestimmt gab es eine Menge aufzuklaren, aber etwas Luft schnappen zwischendurch musste natürlich sein.

»Was machst du denn hier? Nichts zu tun?« Karl Antes hatte seine Freundin erblickt. »Sieh bloß zu, dass du wieder an deine Arbeit kommst! Glaub ja nicht, dass ich die mitmache«, schnauzte er. Tinka schaute ihn wütend an, erwiderte aber nichts, sondern verschwand in dem Schott, durch das sie an Deck gekommen war.

Oha! Da war aber ganz schön Dampf im Kessel bei den beiden, dachte Reershemius. Hatte er ihr immer noch nicht verziehen, dass sie sich mit diesem grünen Robin Hood, ach nee, Robin Seefeld auf ein Techtelmechtel eingelassen hatte? Oder war das womöglich mehr gewesen als nur eine kleine Zwischenmahlzeit? Denn mal eben probieren, wie anderswo gekocht wurde, war ja nicht so schlimm, sofern man anschließend an den heimischen Küchentisch zurückkehrte. So sah jedenfalls er das. Seiner Gertrud hatte er das allerdings nie auf die Nase gebunden. Früher nicht, und er würde auch nicht damit anfangen. Wie auch immer, Karl war wütend auf seine Tinka. Und die war wütend auf ihn. Der Blick, den Reershemius aufgeschnappt hatte, war einer von der ganz finsteren Sorte gewesen. Von Schuldbewusstsein jedenfalls keine Spur. Wie das aussah, das wusste er; so hatte er früher auch oft geguckt, und Spiegel hingen ja überall rum.

Ihm ging durch den Kopf, was seine Kollegen von der Viererbande – sie nannten sich tatsächlich selber so – heute früh am Schloppsee über Karl, seinen Kumpel Karl Antes, gesagt hatten. Von wegen, er käme als Mörder von Robin Seefeld in Betracht. Ja, Eifersucht war ein starkes

Motiv, und dass Kante schnell mal hinlangte, wenn er mit Worten nicht weiterkam, wusste der Alte nur zu gut. Wegen einer Keilerei wäre der Junge vor Jahren fast von der »Prinz Heinrich« geflogen, wenn Reershemius ihn nicht in Schutz genommen hätte.

War das denkbar? Dass Kante erst Tinka geschlagen und dann Robin im Streit getötet hatte? Klar war es das – nicht aber die Sauerei mit dem Schwedentrunk! Warum sollte Karl das gemacht haben?

Dass die »Prinz Heinrich« einen Fäkalientank an Bord hatte, wusste Reershemius genau, schließlich hatte er ihn eingebaut seinerzeit. Zusammen mit Karl. Früher wurden Seetoiletten außenbords entsorgt, später wurde das in Häfen und Binnengewässern nicht mehr geduldet, inzwischen gar nicht mehr. Menschlicher Kot enthielt menschliche Keime und war deshalb für Menschen viel gefährlicher als Gülle aus dem Stall. Aber Kante hätte ja gar nicht so lange gewartet, dass sein Opfer an diesen Keimen erkranken konnte, sondern hätte Robin direkt erstickt. Wo lag da der Sinn? Der alte Mann stellte fest, dass er in Gedanken vorauszusetzen begann, dass Kante Robins Mörder war. Das durfte er nicht! Das durfte doch nicht sein. Höchste Zeit, auf andere Gedanken zu kommen. Reershemius fasste seinen Gehstock fester und wandte sich der Gangway zu. Nicht nur die Passagiere, auch der größte Teil der Besatzung hatte sich auf Landgang begeben – der Kapitän als Letzter, wie es sich gehörte. Jedenfalls fast als Letzter, denn außer Reershemius waren noch Kante und Tinka an Bord. Vielleicht waren sie als Ankerwache eingeteilt und nutzten die Zeit, um miteinander ins Reine zu kommen, dachte der Alte. Dabei wollte er auf keinen Fall stören.

Der Weg vom Hafen in den Ort zog sich länger hin als gedacht; dafür waren die Einkäufe schnell erledigt. Im Andenkenladen direkt am Fahrstuhl deponierte Reershemius seine vollen Plastiktüten, fuhr hoch zum Oberland und gönnte sich den einmaligen Blick über die Felskante, auf Scharen brütender Lummen und die ruhig atmende Nordsee. Dann war Zeit für den Rückweg. Gerne hätte er sich ein Bierchen genehmigt, aber das kostete Zeit, und dann würde er anschließend im breiten Strom rollkofferschleppender Touristen zum Anleger gespült werden. Das verbot ihm sein Stolz. Zu Hause auf Langeoog pflegte er diese Leute zu verspotten, da konnte er doch nicht selbst einer sein! Also holte er seine Einkäufe ab und machte sich auf den Weg. Tatsächlich traf er als Erster der Landgänger an der »Prinz Heinrich« ein. Die Gangway war nicht lang, aber steil; für einen alten Mann wie ihn eine Herausforderung. Reershemius griff mit der linken Hand nach dem Geländer und stemmte sich mit der rechten auf seinen Gehstock, ehe er seinen Fuß auf den metallenen Steg setzte.

Der begann im selben Augenblick zu erbeben. Erschrocken blickte Reershemius auf. Er sah etwas Dunkles auf sich zurasen, dann traf ihn etwas wie ein Rammbock und fegte ihn beiseite. Das Nächste, das er sah, war die körnige Oberfläche einer Betonplatte, rau wie grobes Sandpapier. Hellgrau und mit einer rötlichen Tönung an den kleinen Erhebungen. Hübsch anzuschauen, dachte der alte Mann. Dann kam der Schmerz und mit ihm die Erkenntnis, woher die rote Färbung stammte.

Gefühlt dauerte es ewig, bis Reershemius sich davon überzeugt hatte, dass nichts an seinem Körper gebrochen oder gerissen war. Tatsächlich vergingen volle zwei Minuten, bis er auf seinen Füßen stand, die ebenso zitterten wie seine beiden Hände, mit denen er sich auf seinen Stock stützte. Seine aufgeschürfte Wange brannte. »Einen alten Mann einfach liegen lassen, ohne zu helfen, das macht man nicht, was sind das für Zustände, ich hätte verbluten können«, schimpfte er vor sich hin.

Tatsächlich jedoch war weit und breit niemand zu sehen, weder am Kai noch auf der »Prinz Heinrich« oder einem benachbarten Schiff. Reershemius hatte ja nicht Teil der hin- und herflutenden Massen sein wollen – das war ihm bestens gelungen. Auch von dem Kerl, der ihn angerempelt hatte, war nichts zu sehen. War wohl gut genug zu Fuß, um in zwei Minuten sonstwohin zu verschwinden! Na, wenn es einer von der Besatzung oder den Passagieren gewesen war, musste er ja irgendwann zurück an Bord kommen, und dann, so nahm sich Reershemius vor, würde er ihm aber was erzählen. Vorausgesetzt, er würde ihn wiedererkennen. Der Alte versuchte, sich an das Gesicht des Rüpels zu erinnern – und konnte es nicht. Warum nicht? Er hatte doch hochgeschaut, als der Kerl auf ihn zugerannt kam. Da hätte er doch sein Gesicht sehen müssen! Seine Erinnerung jedoch gab nichts preis. Nichts als Dunkelheit. War der Mann ein Schwarzer gewesen, schwarze Haut, schwarzes Haar? Vielleicht. Aber auch Schwarze hatten doch Augen, Nase und Mund! Reershemius schüttelte den Kopf. Wurde er langsam tüdelig da oben im Bregenkasten? Harm Bengen behauptete das ja schon lange. Dabei sollte der selbst aufpassen, dass er sich nicht die faltige Rübe vom dürren Hals wackelte!

Ächzend bückte sich der alte Mann und hob seine Einkaufstüten auf; alles schien heil geblieben zu sein, Gott sei Dank. Dann schleppte er sich die Gangway hinauf.

Mit jedem Schritt fühlte er sich sicherer auf den Beinen, und als er das stählerne Deck unter seinen Sohlen spürte, durchströmte ihn neue Kraft. Jetzt noch eine Tasse Tee, dachte er, und alles ist wieder gut. Wer war an Bord für Tee zuständig?

»Tinka!«, rief er. Schlurfte zur Salontür, zog sie auf, steckte den Kopf hinein. »Tinka?« Und noch einmal lauter: »Tinka, lüttje Wicht, wo steckst du?«

Keine Antwort. Hatte sie sich vielleicht eine Runde aufs Ohr gelegt und war tief und fest eingeschlafen? Immerhin stand ihr eine anstrengende Rückfahrt mit der sicherlich aufgekratzten Gästemeute bevor. Oder hatte sie die Zeit genutzt, um sich mit Karl auszusprechen? Wenn sie sich einsichtig gab, würde Kante bestimmt nicht lange nachtragend sein. Männer waren ja so einfach gestrickt. Sehr einfach sogar, dachte der Alte. Wenn nun die Versöhnung richtig gut geklappt hatte, dann … dann wollte er lieber nicht stören. Er kicherte. Nach einem heftigen Streit war es früher mit Gertrud besonders schön gewesen. Also besser an Deck bleiben? Aber dann gleich oben auf dem Sonnendeck, entschied Reershemius und kletterte den Steuerbordniedergang hoch. Oben aber knallte ihm die pralle Sonne allzu großzügig auf den spärlich behaarten Kopf; zudem schien der kühlende Seewind eingeschlafen zu sein. Lieber in den Schatten. Wo gab es welchen? Natürlich im Steuerhaus.

Das Steuerhaus hatte ihn schon von Beginn der Reise an gereizt, wie es da so hoch und stolz auf dem obersten Deck thronte, aus edlem Holz kunstvoll gezimmert und säuberlich von vielen Schichten Klarlack umhüllt, in der Sonne funkelnd wie teurer Schmuck – und dabei für das Schiff so viel bedeutender. Er hatte fragen wollen, und der Kapitän hätte ihm sicher Zutritt gewährt, für ein paar Minuten und unter Aufsicht. Klaas Reershemius jedoch war zu stolz gewesen, um den Bittsteller zu spielen wie ein dummer Badegast. Er hatte auf eine passende Gelegenheit gewartet. Und die war jetzt gekommen. Zwischen dem gelb gestrichenen Schornstein, einer hohen Lüfterhutze und dem abgedeckten Rettungsboot hindurch tappte er nach vorne. Die Seitentür des Steuerhauses stand einladend offen. Wie passend! Bis zur Rückkehr der Besatzung blieben bestimmt noch etliche Minuten, und das Getrappel auf der Gangway würde er rechtzeitig hören. Also konnte er sich in aller Ruhe im Steuerhaus umsehen, seine Hände auf das riesige alte Ruderrad legen, den Maschinentelegrafen inspizieren und probeweise betätigen, die ganze Atmosphäre in sich aufnehmen, diesen unvergleichlichen Geruch …

Dieser Geruch! Er hatte die Hand schon nach der Tür ausgestreckt, als er ihn wahrnahm. Angewidert verzog er sein Gesicht. Wo kam der her? Wenn er es nicht besser wüsste, würde er denken, dass jemand ganz fürchterlich abgeprotzt hatte. Und anschließend eine halbe Dose Duftspray verpulvert. Aber außer ihm war doch überhaupt niemand an Bord. Außer Tinka natürlich. Und Kante. Er machte noch zwei kleine Schritte. Dann sah er ein Paar Schuhe, Sohlen nach oben. Da lag jemand, bäuchlings auf den Grätings des Steuerhauses. Lange Beine in hellen Hosen, Männerschuhe. Geringeltes Hemd. Beide Hände auf dem Rücken. Kabelbinder. Flecken auf dem Boden rund um den Kopf, rote Flecken. Und dieser entsetzliche Gestank, der innerhalb des kleinen Raumes atemberaubend war.

»Karl!«, rief Klaas Reershemius. »He, Karl, was ist?« Er hob seinen Stock, um den Liegenden damit anzustoßen, zu rütteln, vielleicht zu wecken, die Hoffnung starb zuletzt, so hieß es doch, oder? Dann besann er sich, legte den Stock weg, beugte mühsam die Knie, griff erst nach den gefesselten Handgelenken, dann nach dem Hals, der stark gerötet und eingedellt war. Wärme war zu spüren, aber kein Puls.

Karl Antes war tot. Umgebracht. Jemand hatte ihn gewürgt, gefesselt und erstickt. Genau wie Robin Seefeld.

»Tinka!«, rief Klaas Reershemius. »Tinka Mertens! Wo bist du?« Seine Stimme, sonst so kratzig und gebrochen, schallte plötzlich laut und kräftig. Nachdem er sich aufgerappelt und das stinkende Steuerhaus verlassen hatte, tönte sein Organ über das ganze Schiff. »Tinka! Wo bist du? Komm rauf!«

Aber Tinka Mertens antwortete nicht. Anscheinend war sie nicht an Bord.

Unten polterte es auf der Gangway. Fragende Rufe wurden laut. Die Besatzung kehrte an Bord zurück, jemand hatte Reershemius rufen hören. Schon kamen eilige Schritte den Niedergang hoch.

Der Kapitän fand Klaas Reershemius vor der offenen Tür des Steuerhauses vor, breitbeinig stehend und auf seinen Stock gestützt, mit blutiger Wange, bewegungslos wie eine Totenwache. Nur die Plastiktüten zu seinen Füßen passten nicht in dieses Bild.

19.

Stahnke hatte sich vorgenommen, die Augen zu schließen, aber als es so weit war, schaffte er nicht einmal das. Solch ein kleiner Streifen Sand mitten in der weiten, tiefblauen See – der war doch unmöglich zu treffen! Zumal das kleine einmotorige Flugzeug, in dem er neben dem Piloten hockte wie in einem Kleinwagen, holperte und sich schüttelte, als rollte es ungefedert über einen Feldweg. Überhaupt, dieses Flugzeug! Der Motor klang wie eine überdrehte Kettensäge. Die Tür neben seiner rechten Schulter war aus dünnem Blech, der Türgriff erinnerte an einen 2 CV, und der Sitz fühlte sich an wie in seinem alten R 4. Wie oft war diese Kiste stehen geblieben! Flugzeuge konnten das nicht. Die fielen einfach vom Himmel. Stahnke war Wassersportler. Wasser, so hieß es, habe keine Balken. Richtig. Aber man konnte wenigstens darin schwimmen.

Der Pilot drückte an seinem merkwürdigen Steuer herum; plötzlich hing Stahnkes Magen dicht unter seinem Adamsapfel. Eine eiserne Faust schien seine Testikel zusammenzudrücken. Die kleine Blechkiste sackte durch wie ein Stein. Verdammt, was hatte dieser wahnsinnige Luftakrobat vor? Wollte er sie direkt auf den Meeresgrund befördern? Vor der kleinen Frontscheibe wackelte der Horizont. Blau huschte vorbei, dann weiß. Und wieder blau. Weiß, blau, weiß. Unter ihm knallte es, ein harter Schlag drückte Stahnke in den knarrenden Sitz. Reifen quietschten. Das Weiße rutschte im Fenster nach unten, als auch das Heckrad aufsetzte. Die Kettensäge hatte sich ausgetobt, klang jetzt nach Rasenmäher. Die Maschine rollte aus und hielt an.

»Guck, schon vorbei«, sagte der Pilot und setzte seine Kopfhörer ab. »Schade, was? Mir gehen diese Inselflüge immer viel zu schnell. Ihnen auch? Aber keine Sorge, wir fliegen ja bestimmt noch zurück.«

Stahnke schnappte nach Luft, krächzte etwas Unverständliches und entriegelte seine Tür. Was für ein lächerliches Stückchen Blech! Es fühlte sich an, als könnte er es mit bloßen Händen zerknautschen. Und das hatte ihn vor dem Absturz aus großer Höhe bewahren sollen?

Der Hauptkommissar stieg aus. Vielmehr wollte er das, versuchte es auch, aber sein Körper verweigerte ihm den Dienst. Panik stieg in ihm auf. Was war das? Hatte er eine Embolie erlitten, eine Thrombose, war er gelähmt?

»Sie müssen den Gurt noch lösen«, sagte der Pilot sanft und nachsichtig.

Stahnke würdigte ihn keines Blickes, löste das Gurtschloss und wälzte sich aus seinem Sitz. Sand knirschte unter seinen Sohlen, als er endlich festen Boden unter den Füßen spürte. Er hatte nicht mit einem Empfangskomitee gerechnet, und es war auch keines da. Der Flugplatz von Helgoland befand sich auf der Düne der Nachbarinsel, dicht neben dem felsigen Eiland, wo sich die »Prinz Heinrich« befand und damit der Tatort. Also machte Stahnke sich auf zum Fähranleger.

Eigentlich hatte er mit einer Überfahrt per offenem Börteboot gerechnet und sich darauf gefreut. Tatsächlich jedoch versah ein geschlossenes, moderneres und stark motorisiertes Fahrzeug den Fährdienst. Es kam ihm erheblich sicherer und stabiler vor als das Flugzeug, das ihn von Langeoog hergebracht hatte. Umgekehrt wäre es ihm lieber gewesen – moderner in der Luft, klassisch auf dem Wasser. Warum bekam er eigentlich nie, was er wollte?

Er sah Sinas Gesicht vor sich, die Stirn gerunzelt, die Augenbrauen zusammengezogen. War er wirklich so ein Mäkelkasper geworden, der nie zufrieden war und sein Glück nicht sehen konnte? Sie hatte ihm öfter den Spiegel vorgehalten, und was er darin sah, hatte ihm nicht gefallen.

Vom Fähranleger war es ein kleiner Fußmarsch bis zum Liegeplatz der »Prinz Heinrich«. Auf der Promenade herrschte allerhand Trubel, obwohl die Schiffe mit den Tagestouristen abgefahren sein mussten. Diese Tagesgäste hatten Helgoland den Beinamen *Fuselfelsen* beschert, kamen sie doch überwiegend zum zollfreien Einkauf von Schnaps und Zigaretten her – und teils zum sofortigen Konsum der erworbenen Güter. Das Image der Insel hatte unter diesen grölenden Horden arg gelitten. Dass es die Insel trotzdem geschafft hatte, als Erholungsort für andere Zielgruppen Akzeptanz zu finden, freute Stahnke.

An der Gangway des Traditionsdampfers stand ein uniformierter Kollege Posten, der ihn anstandslos passieren ließ. Oberkommissar Helmut Battermann erwartete ihn auf dem oberen Deck. Die beiden kannten sich von einem früheren Einsatz her, und Stahnke wusste, dass der Mann mit der schmalen Brust, den Hasenzähnen und der altmodischen Goldrandbrille ein überaus fähiger Kollege war.

»So, wie sich der Tathergang darstellte, konnte ich mir überhaupt keinen Reim darauf machen«, sagte Battermann. »Gestohlen wurde nichts, weder von Bord noch vom Opfer; Portemonnaie und Papiere hatte er bei sich. Kampf- und Abwehrspuren gibt es zwar, auch eine Blutspur hinten am Niedergang, auf die ich mir keinen Reim machen kann. Insgesamt aber sind die Kampfspuren weit weniger ausgeprägt, als man es bei einem so kräftigen jungen Mann erwarten sollte. Vielleicht ist er überrascht und überwältigt worden.« Battermann zuckte mit den Schultern: »Und dann diese eklige Brühe, die man ihm eingeflößt hat, um ihn zu ersticken. Mann Gottes, wer macht denn sowas!«

»Das wüsste ich auch verdammt gerne«, erwiderte Stahnke. »Vor allem, weil die Frage inzwischen lautet: Wer macht sowas *zweimal*.«

»Allerdings.« Battermann nickte. »Auf den Zusammenhang mit Ihrem Fall auf Langeoog wäre ich so schnell nicht gekommen. Zum Glück gibt es einen Zeugen, der mich darauf aufmerksam gemacht hat.« Er zeigte auf den Punkt des Sonnendecks, der am weitesten entfernt vom Steuerhaus lag. Auf einer der Bänke dort hockte, beide Hände auf seinen Stock gestützt, Klaas Reershemius.

»Zeuge?«, fragte Stahnke. »Hat er die Tat beobachtet?«

»Die Tat nicht«, korrigierte sich Battermann, »aber er hat den Toten als Erster entdeckt. Und kurz vorher ist er mutmaßlich dem Täter begegnet. Er hatte einen Zusammenstoß mit ihm auf der Gangway. Buchstäblich.«

Der Hauptkommissar musterte die verschrammte Wange des Seniors. »Würde mich interessieren, wie der andere aussieht«, brummte er.

Battermann grinste. »Da sagen Sie was! Das würde uns alle interessieren. Aber an einer Blessur werden wir ihn wohl nicht identifizieren können, denn so, wie Herr

Reershemius den Hergang schildert, dürfte der Flüchtige die Kollision kaum bemerkt haben. Er ist sehr viel jünger und stabiler als unser Zeuge.«

»Wer ist das nicht?«, brummte Stahnke. »Hat der Alte den Täter erkannt? Oder kann er ihn wenigstens beschreiben?«

»Weder noch«, erwiderte Battermann. »An das Gesicht seines Kontrahenten kann er sich überhaupt nicht erinnern, sagt er. Beziehungsweise nur daran, dass es dunkel gewesen sei. Aber nicht im Sinne von braun oder schwarz, sondern irgendwie … gar nicht vorhanden.«

»Klarer Fall von Blackout«, sagte Stahnke, ohne eine Miene zu verziehen.

Battermann guckte hilflos, konnte sich offensichtlich nicht entscheiden, ob er lachen sollte oder nicht. »Dabei scheint er ansonsten gut beieinander zu sein«, sagte er. »Geistig, meine ich. Konnte sich an jedes Detail erinnern und hat mir alles erzählt. Woher und seit wann er das Opfer kennt und wie es dazu kam, dass er heute überhaupt an Bord war. Dass er sich als Letzter zum Landgang aufgemacht hat und dass außer Karl Antes, dem Opfer, zu diesem Zeitpunkt nur noch eine junge Frau an Bord gewesen ist.« Battermann blätterte in seinen Notizen: »Hier. Tinka Mertens soll sie heißen.«

»Tinka.« Stahnke erinnerte sich an Sinas Anruf und daran, was sie ihm über die Beziehung der beiden erzählt hatte. Vielmehr der drei, wenn man Robin Seefeld mitzählte. »Wo ist sie? Wurde sie bereits befragt?«

»Tja. Hätten wir gerne gemacht. Leider jedoch war sie nicht auffindbar. Und glauben Sie mir, wir haben jeden Winkel des Schiffes durchsucht, vom Maschinenraum bis zur Kombüse.«

Stahnke stand regungslos; hinter seiner Stirn rasten die Gedanken und formten eine Geschichte. Tinka Mertens tut sich mit Karl, ihrem Arbeitskollegen, zusammen, weil Nähe verbindet und zusammen Arbeiten eben eine Form von Gemeinsamkeit schafft – auch wenn es sonst keine gibt. Dann trifft sie Robin Seefeld und erkennt in ihm eine ungleich verwandtere Seele. Dies teilt sie Karl Antes mit, der daraufhin zuerst sie schlägt und dann Robin umbringt. Anschließend will er Tinka dazu bewegen, die Beziehung fortzuführen. In Tinka jedoch wächst der Hass, bis er ausbricht und sie ihrerseits Karl tötet – auf die gleiche bestialische Weise, wie der zuvor Robin Seefeld umgebracht hat. Karl ist ihr zwar körperlich überlegen, aber das Überraschungsmoment ist auf ihrer Seite, und das nutzt sie aus. Danach flieht sie vom Schiff, wobei sie den alten Reershemius umrennt.

Das Ganze auf einer Hochseeinsel? Ausgerechnet?

Abrupt drehte Stahnke sich um, ließ Battermann stehen und stiefelte hinüber zu Klaas Reershemius. »Der Flüchtende, der Sie umgerannt hat«, setzte er an, ohne sich mit einem Gruß aufzuhalten. »Sind Sie sicher, dass das ein Mann gewesen ist?«

Der alte Mann hob den Blick. »Ich zermartere mir schon die ganze Zeit den Kopf«, sagte er mit zitternder Stimme. »Erst war ich mir sicher, ganz klar ein Mann. Aber dann – er kam von oben, über die Gangway, die eine gewisse Höhe hat. Vielleicht war er also gar nicht so groß, wie ich zuerst dachte. Und was ich für eisenharte Muskeln gehalten habe, kann auch ein Ellbogen gewesen sein.«

»Und der Mann auch eine junge Frau?«, fragte Stahnke.

»Ich weiß es nicht. Vielleicht.« Reershemius stöhnte. »Aber wer sonst? War ja kein anderer an Bord. Wenn ich mich nur an das Gesicht erinnern könnte.«

»Gar nichts? Nicht das kleinste Detail?«

»Nichts. Nur so ein dunkler Fleck.« Reershemius schüttelte hilflos den Kopf.

Battermann war Stahnke gefolgt, hatte die letzten Sätze mitgehört. »Zumindest sollten wir die junge Frau Mertens suchen und befragen«, sagte er. »Falls sie auf der Insel ist, müsste es ja möglich sein, sie zu finden.«

»Und falls nicht? Immerhin hat in der Zwischenzeit mindestens ein Fahrgastschiff abgelegt«, sagte Stahnke.

»Es waren zwei«, korrigierte Battermann. »Die ›Helgoland‹ und die ›Funny Girl‹. Beide befinden sich noch auf See. Wenn wir gleich eine Anfrage starten, bekommen die Kollegen auf dem Festland bestimmt eine umfassende Personenkontrolle beim Aussteigen hin.«

Stahnke nickte bestätigend; etwas spät fiel ihm ein, dass er auf Helgoland ja nichts anzuordnen oder zu genehmigen hatte.

»Ansonsten habe ich ein paar Leute ausschwärmen lassen«, fuhr Battermann fort. »Dieses eklige Güllezeug, mit dem Herr Antes erstickt worden ist, muss transportiert worden sein, und am Tatort haben wir kein entsprechendes Gefäß gefunden.«

»Einfach über Bord geworfen?«, mutmaßte Stahnke.

»Möglich, aber heutzutage viel zu auffällig«, sagte Battermann. »Die Leute sind sensibler geworden, jedenfalls in dieser Hinsicht. Sie achten sehr darauf, ob jemand etwas ins Wasser wirft, vor allem Plastik. Da hat sich schon etwas verändert in letzter Zeit. Außerdem haben wir auflandigen Wind. Eine leere Flasche oder ein leerer Kanister würden sehr schnell angetrieben werden. Danach gucken wir natürlich.«

»Nach welcher Größe suchen wir?«, fragte der Hauptkommissar.

»Etwa zwei Liter Fassungsvermögen, so wie es aussieht«, sagte Battermann. »Vielleicht auch mehr, falls nicht der gesamte Inhalt verwendet wurde. Aber so ungefähr die Größenordnung.«

»Und woher hatte diese Tinka das Zeug?«, fragte Stahnke. »Wenn sie es denn war. Aus einem Fäkalientank an Bord?« Er wandte sich an Reershemius: »Gibt es sowas hier?«

»Gibt es«, erwiderte der Alte prompt. »Zwei Stück sogar, je einer für Schwarz- und Grauwasser. Jeder fasst 2.500 Liter. Aber ohne Chemie drin. Das sind Sammeltanks, die im Hafen ausgepumpt und ins öffentliche Kanalnetz entsorgt werden. Da kommt keine Chemiebrühe rein.« Er rümpfte die Nase: »Aber nach genau sowas hat es im Steuerhaus gestunken.«

»Also mitgebracht«, konstatierte Stahnke. »Abgefüllt, verschlossen, vermutlich getarnt und zum Tatort mitgebracht. Wer tut so etwas?«

»Und das gleich zweimal«, ergänzte Battermann.

20.

Kopfweh und verklebte Augen beim Aufwachen – Sina kannte das. Sie war nie ein Kind von Traurigkeit gewesen, schon früher, als man übermäßigen Alkoholkonsum noch nicht grundsätzlich und beschönigend als *feiern* bezeichnet hatte, sondern als *ausgehen* oder *einen draufmachen*. Sina hatte immer gerne einen draufgemacht, vor allen, als sie noch Journalistin gewesen war. Eine Zeit lang waren abendliche Umtrünke in den Redaktionen gang und gäbe gewesen, ehe die Computertechnik zu anspruchsvoll und die Polizeikontrollen zu häufig geworden waren. Was war man denn als Reporterin ohne volle Souveränität am PC? Und ohne Führerschein?

Mit akuter Atemnot aber war Sina noch nie aufgewacht. Ihr war heiß, ein Schweißfilm bedeckte ihr Gesicht, brannte in den Augen und hinderte sie zusätzlich daran, die Lider zu öffnen. Sie schnappte nach Luft. War etwas mit ihrem Herzen? Herzinsuffizienz führte zu Atemnot. Aber woher sollte die auf einmal kommen? Und gefeiert hatte sie auch nicht, soweit sie sich erinnern konnte. Nein, kein bisschen. Gearbeitet hatte sie, dann Pause gemacht, war Fahrrad gefahren, hatte Stahnke getroffen, war noch ein paar Schritte spaziert, und dann …

Schlagartig war alles wieder da. Ja, ein Schlag! Und vorher war es dunkel geworden. Und stinkig. Jemand hatte ihr etwas über den Kopf gestülpt. Etwas Luftundurchlässiges offenbar, daher das Erstickungsgefühl. Nur vom Hals her strömte ein wenig Frischluft hinein. Sina riss die Augen auf, verklebt und brennend oder nicht. Es blieb dunkel, und der eklige Gestank war weiterhin da. Runter mit dem Ding! Aber ihr Versuch, sich den siffigen Plastiksack vom Kopf zu reißen, scheiterte im Ansatz. Jemand hatte ihr die Hände auf den Rücken gefesselt, und als sie an dieser Fessel zerrte, schoss ihr ein scharfer Schmerz durch die Handgelenke. Dünn, scharfkantig, ebenfalls Plastik. Anscheinend Kabelbinder. Auch ihre Fußgelenke waren damit zusammengebunden. Sie keuchte von der kurzen Anstrengung; ihr Herz raste. Ruhig jetzt, ermahnte sie sich, ganz ruhig, bleib cool, du weißt doch, wie das geht. Ja, theoretisch schon, und sie konnte ihren Patienten die entsprechenden Strategien gut vermitteln. Aber das hier, das war etwas anderes.

Bloß was? Was sollte das?

Der Reiterhof. Befand sie sich irgendwo auf dem Hofgelände? Der Überfall war am Weidezaun geschehen, nicht weit von diesem flachen Gebäude. War sie da drin? Sie konnte nur raten. War sie lange genug ohnmächtig gewesen, um anderswo hintransportiert zu werden? Unmöglich zu sagen, solange sie weder auf ihre Armbanduhr noch aus einem Fenster schauen konnte. Ihre Uhr war außerdem weg, das konnte sie spüren. Geklaut. Ihr Smartphone mit Sicherheit auch.

Transport. Das war so eine Sache auf einer autofreien Insel. Fensterlose Lieferwagen oder Bullis mit getönten Scheiben gab es nicht. Was es gab, waren Elektrokarren, die auch Anhänger zogen. Und Pferdekutschen. Auf dem Hof gab es Kutschen. Am helllichten Tag und vor aller Augen würde man damit aber bestimmt keine gefesselte Person transportieren. Bei Nacht schon eher.

War es etwa schon Nacht? War es so lange dunkel, dass der Transport schon über die Bühne war? Ihr Gefühl sagte Nein. Sie hatte einen trockenen Mund, aber noch keinen richtig schlimmen Durst. Aufs Klo musste sie auch noch nicht besonders dringend. Nachmittag, vielleicht später Nachmittag, das kam eher hin. Also war sie noch auf dem Hof. Vermutlich in dem flachen Gebäude. Welchem Zweck mochte es dienen? Der käsige Geruch, den sie von draußen registriert hatte, war nicht wahrnehmbar. Vermutlich überdeckt von dem Gestank des Sacks, der ihren Kopf umhüllte. Was mochte das nur sein?

Na klar, Hundefutter! Sie hatte nie einen Hund gehabt, daher war sie nicht gleich darauf gekommen. Bei Freunden aber hatte sie mal eine Nase voll genommen, als der Trockenfuttereimer geöffnet worden war. Bäh! Und jetzt steckte sie praktisch mit dem ganzen Kopf drin. Sie hatte Mühe, ihre Übelkeit niederzukämpfen.

Dieser Petersen hatte doch einen großen Hund – das kam also hin. Weitere Hinweise, etwa auf die Funktion des Gebäudes, das nun ihr Gefängnis war, drängten sich jedoch nicht auf. Der Boden, auf dem sie lag, war hart und glatt; das fühlte sich nach Laminat an, nicht nach Stall oder Landwirtschaft allgemein. Sie versuchte zu lauschen, aber ihr eigenes Keuchen und das donnernde Rauschen des eigenen Blutes in ihren Ohren übertönten alles. Als sie den Kopf hin und her bewegte, wurde es schlimmer. Das Knistern des Plastiksacks klang wie lautes Prasseln. Sie musste das Ding loswerden, egal wie, aber sofort! Vorsichtig streckte sie sich auf dem glatten Boden aus, rollte sich ein wenig nach links, dann nach rechts. Nirgendwo traf sie auf Widerstand. Also gut, dann eben ein volle Körperumdrehung nach links. Die wurde jäh gestoppt.

Au!

Mit der Taille war sie irgendwo angestoßen. Allem Anschein nach war das ein Tisch- oder Stuhlbein. Sie drückte nach – das Ding rührte sich nicht. Durch ihr Oberteil fühlte es sich eckig und kühl an. Ein Tischbein aus Metall, von einem schweren Tisch. Oder einem festgeschraubten.

Okay, das konnte klappen.

Zum Glück trug sie feste Turnschuhe mit rutschhemmender Sohle. Sie stemmte die Fersen auf den glatten Boden und zog die Knie an; es klappte, ihr Körper rutschte langsam an dem Tischbein entlang. Noch einmal die Beine ausgestreckt, Hacken eingestemmt, Knie gebeugt. Fast hätte sie lachen müssen, als sie mit dem Busen am Tischbein hängen zu bleiben drohte. Aber so ausladend war der nun auch wieder nicht. Noch einmal die Beine …

Diesmal stießen ihre Füße beim Ausstrecken auf ein Hindernis. Sina zuckte zusammen – das Hindernis anscheinend auch, denn es machte einen Satz und verflüchtigte sich unter ihren Schuhsohlen. Irgendetwas schepperte und fiel laut krachend zu Boden.

Verdammt, verdammt! Wenn das jemand gehört hatte … Und wie konnte das niemand gehört haben? Es sei denn, sie war alleine in diesem Gebäude. Aber das würde sich sehr bald herausstellen.

So schnell es ging, zog sie sich ein Stückchen an dem Tischbein entlang. Als sie es durch den Plastiksack hindurch an ihrem Gesicht spürte, fluchte sie unterdrückt. Zu weit! Wieder ein Stückchen zurück. Und dann vorsichtig versuchen, den Saum des Sacks an der Tischbeinkante abzustreifen. Diesmal klappte es. Die Steifigkeit des Kunststoffmaterials kam ihr dabei zugute. Ihr Kopf flutschte aus dem Sack heraus wie der eines Neugeborenen aus dem Mutterleib. Und genauso musste sich dessen erster Atemzug anfühlen, dachte Sina. Beinahe hätte sie wie ein neugeborenes Baby einen lauten Schrei der Erlösung ausgestoßen.

Helles Licht fiel durch die Fenster in den Raum, und Sinas Augen hatten Mühe, sich darauf einzustellen. Irgendetwas schien über ihr zu hängen, dick und massiv wie ein Felsbrocken, drauf und dran, sie zu zerquetschen. Hastig rollte sie sich weg von diesem bedrohlichen Ding. Und dem rettenden Tischbein. Wie passte beides zusammen? Als sie es erkannte, musste sie leise glucksen. Ein Billardtisch, stabile Ausführung, Modell Kneipe. Was hatte solch ein Ding hier zu suchen? Hatte Stahnke ihr nicht vorhin erzählt, auf dem Reiterhof lebten verdächtige Rechtsradikale, sogenannte Identitäre? Spielten solche Identitäre und andere Rechtsradikale abends gemütlich Poolbillard? Sowas gehörte nicht zur deutschnationalen Identität. Weiter hinten lag ein Schreibtischstuhl auf dem Boden. Aha, das war das Ding, das sie mit den Füßen erwischt hatte, sodass es gegen die Schreibtischkante gerollt und umgefallen war. Dieser Schreibtisch war eine fest montierte Arbeitsplatte, mehrere Meter lang und beladen mit Computertechnik aller Art. Zwei weitere Stühle zeigten die Zahl der Arbeitsplätze an. Wozu wurde das Zeug wohl benutzt? Rechts unter der Arbeitsplatte stand ein Rollcontainer mit mehreren Schubladen. In Sina keimte Hoffnung auf. Büromaterial! Wenn es in diesen Schubladen nur annähernd so aussah wie in denen ihrer früheren Redaktion, dann enthielt eine davon bestimmt eine Schere. Vielleicht sogar ein Cuttermesser. Oder irgendwas anderes Scharfkantiges aus Metall. Sie musste dort hin und die Schubladen aufziehen, notfalls mit den Zähnen. Und dann …

Ein Schlüsselbund rasselte. Eine Tür wurde aufgestoßen. Schwere Schritte ertönten. Sina erstarrte, die Augenlider gerade so weit geschlossen, dass sie die Szene aus den Augenwinkeln betrachten konnte.

Zwei Männer hatten den Raum betreten. Der eine war der Kerl, der Ocko Onken zum Interview empfangen hatte. Den anderen kannte sie nicht. Er war mittelgroß und füllig, sein grinsendes Gesicht war verquollen. Seine flachsblonden Haare waren an den Seiten rasiert und am Hinterkopf zu einem baumelnden Zopf geflochten. Aus seiner ärmellosen Lederweste, die er auf der bloßen Haut trug, ragten kurze, dicke Arme heraus. Zu einer halblangen schwarzen Hose trug er auf Hochglanz polierte Doc Martens. An jedem anderen Ort auf dieser Welt hätte Sina laut losgelacht, wenn sie solch einem Typen begegnet wäre. Hier und jetzt aber kam ihr das nicht in den Sinn. Gefesselt und auf dem Boden liegend.

Das Grinsen verschwand aus dem runden Gesicht. »Kacke, sie hat den Kopf aus der Tüte«, rief er. »Sie kann also sehen! Blöde Drecksschlampe. Was machen wir jetzt?«

Sina schloss die Augen. Ja, das war die Stimme, die sie unmittelbar vor ihrem Blackout gehört hatte. Und solche Worte kannte sie auch. Nicht nur aus Romanen und Filmen, sondern auch aus Gerichtsberichten. Einen davon hatte sie selbst verfasst. Darin hatte das Entführungsopfer zu viel gesehen und das nicht überlebt.

»Nur die Ruhe, Tammo«, sagte die Stimme des anderen, der Sven Petersen sein musste. »Sie ist gar nicht richtig bei sich.« Der Mann trat an Sina heran; die Plastiktüte knisterte, als er nach ihr griff. Sina ahnte, was kam, und musste sich schwer beherrschen, um nicht erneut die Knie anzuziehen und diesen Kerl mit aller Macht in den Bauch zu treten. Oder tiefer. Aber sie blieb unbewegt liegen. Ihr Leben konnte davon abhängen.

Der Hundefuttersack wurde erneut über ihren Kopf gestülpt. Jetzt konnte sie ein Stöhnen nicht unterdrücken.

»Siehste? Sie wacht gerade erst auf«, hörte sie Petersen sagen.

»Trotzdem musst du meinen Namen nicht rausposaunen«, schimpfte der Zopfträger, der also Tammo hieß, mit unterdrückter Stimme. »Was ist, wenn die nur so tut? Nachher kriegt die doch etwas mit.«

Erneut schwere Schritte, dann ein schmerzhafter Tritt an Sinas Beckenknochen. Wieder musste sie all ihre Disziplin aufbringen, um sich zu beherrschen; sie murrte nur leise und drehte leicht den Kopf wie im Schlaf.

»Schluss jetzt«, zischte Petersen. »Mach dir lieber Gedanken, wie es weitergehen soll! Du hast sie schließlich reingeschleppt.«

»Weil sie *deinen* Laden ausspioniert hat«, knurrte Tammo zurück. »Mensch, das ist ’ne Bullen-Freundin. Stell dir vor, die hätte alles beobachtet und weitererzählt!«

»Ja, und stell dir vor, die wird plötzlich vermisst, und ihr Bullenfreund taucht vor unserer Tür auf, weil dieser Zeitungsfutzi sie hier zuletzt gesehen hat!«, fauchte Petersen. »Mann, was hast du dir bloß dabei gedacht! Soll ich sie etwa …«

Sina schwitzte und horchte. Aber er sagte das Wort nicht.

»Was stellst du dich auf einmal so an?« Lederwesten-Tammo lachte höhnisch auf. »Ich dachte, ihr Typen habt das locker in eurem Programm. Leichensäcke und Löschkalk und so. Oder ist das alles nur Gerede, was man immer hört? – Au!«

Das Klatschen erinnerte Sina an eine derbe Massage. Oder an einen Metzger, der eine Schweinehälfte liebkoste.

»Red' nicht so ungewaschen daher«, schnauzte Sven Petersen mit gedämpfter Stimme. »Gerade jetzt nicht! Die Sache mit Robin Seefeld ist viel zu heiß. Das solltest du am besten wissen.«

»Wieso ich denn?«, quengelte Tammo. Es klang, als hielte er sich die Wange. »Als ob ich das gewesen wäre!«

»Weil er dein Partner war natürlich, du Schwarte!« Petersens Stimme wurde leiser und klang bedrohlicher. »Ist doch nur eine Frage der Zeit, wann die Bullen vor deiner Tür stehen. Und dann hältst du gefälligst dein loses Mundwerk im Zaum, verstanden? Sowas können wir nämlich überhaupt nicht gebrauchen.«

Sina lag ganz still, versuchte weder zu keuchen noch allzu stark zu zittern. Was bedeutete das, was sie eben gehört hatte? Ging der Mord an Robin auf Petersens Konto? Dann würde es ihm auf einen mehr kaum ankommen. Oder kannte er den Mörder und wollte ihn decken, weil er zu seinen völkischen Genossen gehörte? Auch das würde seine Standpauke an Tammos Adresse erklären.

Auf jeden Fall wusste sie nun, wer dieser Tammo war. Tammo Bruhns, einer der Partner von Robin Seefeld im Internethandel. Unglaublich, dass der grüne Robin sich mit solch einem Typen eingelassen hatte! Hatte er denn nicht gewusst, dass Bruhns mit Petersen unter einer Decke steckte? Hatte Bruhns ihm das womöglich verheimlicht – oder war das eine neue Entwicklung?

»Ich sag dir, was wir tun«, ließ Petersen sich vernehmen. »Mit dieser Frau, meine ich. Wir warten, bis es dunkel wird, und entsorgen sie dann in den Dünen.«

»Du meinst am Strand? In demselben Spülfeld, wo sie Robin gefunden haben?« Tammo Bruhns klang eifrig, so als sei er begierig darauf, sich an so etwas zu beteiligen. Oder nur dabei zuzusehen? So oder so wurde Sina ernsthaft übel. Nicht nur, weil es um ihr eigenes Leben ging.

»Dünen hab ich gesagt, Mensch, du Spacken!« Wieder das Klatschen. »Wir flößen ihr ordentlich K.o.-Tropfen ein, und dann packen wir sie dahin, wo diese Saufnasen vom Campingplatz Bensersiel ihre Partys gefeiert haben. Morgen früh wird sie sich an nichts mehr erinnern können, an gar nichts, und alle werden denken, sie hätte zu viel gesoffen.« Petersen lachte: »Sie selbst vermutlich auch. Hab schon gehört, dass diese Dame gerne mal feiert. Das kommt uns zugute.«

Angst, Ärger, Wut, Scham – in Sinas Kopf tobte ein Tornado widerstreitender Gefühle. Das vorherrschende aber war Erleichterung, und das war so stark, dass sie achtgeben musste, ihrer angespannten Blase nicht versehentlich freien Lauf zu lassen. Petersen wollte sie nicht töten! Nur ihr Gedächtnis löschen. Retrograde Amnesie durch K.o.-Tropfen. Fein ausgedacht. Festplatte gelöscht, damit war die Zeugin keine Zeugin mehr und von daher ungefährlich. Konnte man am Leben lassen.

Nur stimmte das nicht. K.o.-Tropfen führten zwar wirklich zu Gedächtnisverlust, das wusste Sina, allerdings erst ab dem Zeitpunkt der Einnahme, und die stand ihr laut Petersens Plan erst bevor. Die für ihn gefährlichen Erinnerungen aber würden bleiben. Oder nach kurzer Zeit zurückkehren. Sina konnte nur hoffen, dass Sven Petersen das nicht noch herausfand, ehe es dunkel wurde. Dann landete sie womöglich doch im Spülfeld. Tiefer unterm Sand als Robin.

Ein Handy ertönte. Irgendwas von Andreas Gabalier. Welcher der beiden Typen hatte solch einen Klingelton?

Aha, Tammo Bruhns. »Ja? Wer? Hey, was machst du auf Helgoland?«

Helgoland? Sina hatte von einer Traditionsdampfertour gehört. Hatte der Anruf etwas damit …

»Was? Kante ist tot?«

Okay, also ja. Karl Antes war tot? Wer rief da an?

»Verdammt. Was hast du gemacht?«

Etwa der Täter?

»Tinka, ganz ruhig. Pass gut auf. Ich sag dir … Moment eben.« Tammo Bruhns' Stimme wurde leiser, offenbar hatte er sein Handy abgedeckt: »Sven, schnell, wir müssen was bereden. Komm.«

Wuchtige Schritte strebten zum Ausgang. Die Tür fiel ins Schloss. Draußen wurde weitertelefoniert, unverständlich zuerst, dann nicht mehr hörbar. Sina war wieder allein.

Nicht Täter, sondern Täterin. War das möglich? Hatte Tinka Mertens ihren Freund, vielleicht Ex-Freund Karl Antes getötet? Wenn Kante der Mörder von Robin Seefeld war, und das war möglich, dann beantwortete sich die Frage nach dem Motiv von alleine.

Aber warum rief Tinka Tammo Bruhns an? Das lag auf der Hand: Weil er der Partner von Robin Seefeld war, weil die beiden zusammen diesen Internethandel aufgezogen hatten. Normal, dass Tinka auch Tammo kannte. Und dass sie sich an ihn wandte, weil sie sich in Schwierigkeiten gebracht hatte. Was aber wollte Tammo Bruhns unternehmen? Und inwiefern sollte Sven Petersen ihm dabei helfen?

Sina keuchte und stöhnte, während sie sich ein zweites Mal aus dem stinkenden Hundefuttersack herauswand. Meine Sorgen möchte ich haben, dachte sie dabei. Sollte sich die kleine Mörderin doch selbst darum kümmern, wie sie sich auf diesem Buntsandsteinklotz in der Nordsee vor der Polizei versteckte. Sina musste in erster Linie ihren eigenen Hals retten. Die Perspektive, eine hohe Dosis, vielleicht sogar eine Überdosis K.o.-Tropfen eingeflößt zu bekommen und nachts bewusstlos in die Dünen verschleppt zu werden, war alles andere als angenehm. Zumal daraus immer noch mehr werden konnte, falls dieser Petersen dahinterkam, dass sein Plan so nicht funktionieren würde. Oder falls er vor lauter Stress die Nerven verlor.

Sina hatte nicht die Absicht, darauf zu warten. Sie musste ihr Schicksal in die eigenen Hände nehmen.

21.

»Na, Gott sei Dank.« Gertrud Reershemius nahm den klobigen Teebecher von Lüppo Buss entgegen und nippte an dem heißen Gebräu. »Gott sei Dank«, wiederholte sie. »Ich hatte Schlimmes befürchtet.«

Der Inselpolizist nickte verständnisvoll. Karl Antes ermordet – das war schlimm genug. Aber Gertruds Hauptsorge galt selbstverständlich ihrem Mann, dem alten Klaas. Der war etwas klapprig und nicht mehr ganz sicher auf den Beinen. So, wie Stahnke vorhin am Telefon den ganzen Vorgang im Hafen von Helgoland geschildert hatte, hätte Klaas durchaus ernsthaften Schaden nehmen können. Sich etwas brechen, zum Beispiel. Womöglich den Hals!

»Gott sei Dank«, wiederholte Gertrud, rührte völlig ritualwidrig ihren Tee um und wagte einen kräftigeren Schluck. »Ich dachte schon, Klaas hätte die Tüten mit den Einkäufen verloren. Oder die Flaschen wären zerbrochen. Nicht auszudenken. Aber es scheint alles gutgegangen zu sein.«

Lüppo Buss nickte noch einmal, diesmal voller Hochachtung. Für Gertrud und auch für Klaas. Diese Insulanerin war eine von der ganz harten Sorte, und wer es 50 und mehr Jahre mit der zusammen aushielt, der musste über verborgene Fähigkeiten verfügen. Er nahm sich vor, Klaas Reershemius künftig ernster zu nehmen.

»Deinem Mann geht es auch gut«, sagte er sanft. »Ein

paar blaue Flecken. Und die eine Wange hat er sich aufgeschrammt.«

Gertrud winkte ab: »Das heilt. Und wenn nicht – der Schönste war Klaas sowieso nie.« Sie kicherte. »Wir haben uns damals nicht wegen Schönheit zusammengetan. Sind beide mehr von der handfesten Sorte. Schönheit zum Angucken gibt es überall, die muss man sich nicht ins Haus holen. Macht nur Arbeit und Ärger.«

Lüppo Buss wollte erstaunt die Augenbrauen heben, stellte jedoch fest, dass die bereits oben waren. Mehr ging nicht. Interessante Ansicht, das musste er zugeben. Vielleicht hätte er sich die auch zu eigen machen sollen, damals, als die schöne Nicole in sein Leben getreten war. Und ordentlich darauf herumgetrampelt hatte.

»Außerdem kriegen wir Schönheit demnächst frei Haus«, fuhr die alte Frau fort; ihre Augen funkelten. »Das heißt, nee – die ›Steamboat-Boys‹ kommen ja nicht zu mir nach Hause, sondern ins ›Haus der Insel‹. Und umsonst sind die Eintrittskarten nicht. Ansonsten stimmt's!«

Die Augenbrauen des Inselpolizisten machten sich an den Abstieg, krabbelten zur Nasenwurzel wie zwei borstige Raupen und schoben die Stirnhaut zwischen sich zu einer steilen Falte zusammen. »Sag mal, Gertrud! Dafür hast du jetzt einen Kopf? Na hör mal! Ist das nicht ein bisschen … pietätlos?«

Auch dieser Vorwurf brachte Gertrud Reershemius nicht dazu, ihr anzügliches Grinsen einzustellen. »Pietätlos? Das ist ja witzig, dass du mir davon erzählst«, gab sie zurück. »Normalerweise sagen wir Alten das zu euch Jungen! Aber im Ernst, wer hätte was davon, wenn ich in Sack und Asche gehen würde? Der kleine Robin würde davon auch nicht wieder lebendig. Und was diesen Karl angeht – da bin ich mir gar nicht sicher, ob ich das wollte.« Sie schüttelte den Kopf. »Kerle, die ihre Frauen schlagen, können von mir aus direkt zur Hölle fahren. Alle.«

Lüppo Buss blieb endgültig die Spucke weg.

Gertrud Reershemius erhob sich. »So, jetzt muss ich los, Sanddornmarmelade kochen«, verkündete sie. »Von irgendwas muss der Schornstein ja rauchen, damit ich mir teure Eintrittskarten leisten kann, nicht? Klaas' Rente reicht nicht für große Sprünge. Und nur mit Rumsitzen und über Touristen lästern verdient er sich nichts dazu.« Sie winkte dem Oberkommissar neckisch zu. »Grüß mir die Sina, wenn sie auftaucht! Und sag ihr, sie soll den Termin des Jahres auf keinen Fall vergessen. Freitagabend, acht Uhr, ›Haus der Insel‹!« Damit rauschte sie aus der Tür.

Wie eine Fregatte mit achterlichem Wind, dachte Lüppo Buss. Erstaunliche Frau! Wie viele von dem Kaliber würden übermorgen wohl bei dieser Öl-und-Muskel-Tanzshow auflaufen? Na, das würde er sehen. Bei einer Veranstaltung dieser Größenordnung musste er natürlich persönlich nach dem Rechten sehen. Und zu verstecken brauchte er sich vor solchen Anabolika-Bubis sowieso nicht, fand er und ließ probeweise seine Brustmuskeln unter dem Diensthemd hüpfen. Na bitte, er war doch erstklassig in Schuss! Das hatte Nicole auch immer gesagt.

Er seufzte. Nein, daran hatte es bestimmt nicht gelegen seinerzeit.

Schluss damit! Es gab Arbeit, mehr als genug sogar. Und er war richtig schön in Schwung gewesen, als ihm der Anruf des Kollegen Battermann dazwischengekommen war. Dann musste er Stahnke informieren und ihm einen Flug nach Helgoland besorgen. Ein Lufttaxi hatte auf die Schnelle nicht zur Verfügung gestanden, also hatte er einen Hobbyflieger gefragt, den er vom Shantychor her kannte. Kontakte waren alles auf einer Insel! Klar, die Saison lief und alle hatten eine Menge um die Ohren, aber man half einander gerne, wo immer es möglich war. Eine Hand wusch die andere. Der Inselpolizist war eine weitere Gefälligkeit schuldig, aber damit hatte er kein Problem. Schließlich war er das Auge des Gesetzes – und Augen konnten auch mal zugekniffen werden.

Aber damit nicht genug. Lüppo Buss hatte kaum Zeit gefunden, die Emder Kollegen um Amtshilfe bezüglich der feierwütigen Fußballguckergruppe zu bitten, da hatte ihn der nächste Anruf von Helgoland unterbrochen. Diesmal war es Stahnke persönlich. Neue Entwicklung, neue Sachlage. Und ein Gespräch mit Gertrud Reershemius, die er gleich per Handy erwischt hatte, günstigerweise beim Einkauf in der »Buchhandlung am Wasserturm«, also quasi schräg gegenüber. So hatte er sie herzitieren und an Ort und Stelle informieren können, was ihrem seefahrenden Gatten passiert war. Über Gertruds Reaktion staunte er immer noch.

Was bedeutete die neue Situation für seine Nachforschungen bezüglich der Camper? Die Wittmunder Kollegen hatten ein Auge auf sie, daher reichte ein weiterer Anruf, um zu klären, dass keiner aus der Gruppe den Campingplatz Bensersiel lange genug verlassen hatte, um nach Helgoland zu gelangen und dort einen Mord zu begehen. Waren die Männer als Tatverdächtige damit aus dem Schneider?

Nicht unbedingt, fand der Inselpolizist. So, wie Stahnke den Helgoländer Fall geschildert hatte, sah alles nach dem zweiten Teil einer Mordserie aus. Das aber konnte durchaus gewollt sein. *Copy-Kill* war längst ein bekanntes Muster. Was, wenn Tinka Mertens ihre Tat bewusst nach dem Schema des Mordes an Robin Seefeld gestaltet hatte, um den Verdacht von sich abzulenken? Dann hatten sie es mit zwei komplett unabhängigen Fällen zu tun. Und die Campingplatz-Gang blieb weiterhin oben auf der Liste der Tatverdächtigen.

Die Emder Kollegen hatten inzwischen reagiert und Infos über die Campertruppe geschickt. Lüppo Buss sichtete die Mails und pfiff leise durch die Zähne. Na, das waren ja ein paar Herzchen! Allen voran dieser Maik Schubert. Körperverletzung, Missbrauch von Betäubungsmitteln, Ruhestörung, Hausfriedensbruch. Und wieder Körperverletzung, diesmal in Tateinheit mit Widerstand gegen polizeiliche Gewalt. Ein halbes Dutzend Mal hatte dieser Bursche vor Gericht gestanden. Eingefahren allerdings war er noch nie. Fester Wohnsitz, stabile Lebensverhältnisse, positive Sozialprognose. So einer musste anscheinend erst Leute umbringen, ehe er in den Knast ging. Der Inselpolizist schüttelte den Kopf. Nicht zum ersten Mal zweifelte er an der Zurechnungsfähigkeit der deutschen Justiz. Wussten diese Herrschaften eigentlich, was für Signale sie mit ihren Streichel-Urteilen aussandten?

Details. Schuberts Frau hatte zu seinen Gunsten ausgesagt, obwohl sie gerade erst einen mehrtägigen Krankenhausaufenthalt hinter sich hatte. Tja, das war echte Nibelungentreue. Gefolgschaft bis zum Ende. Manche Menschen schienen das Alleinsein mehr zu fürchten als Schmerzen oder Tod.

Ich aber nicht, verdammt, dachte Lüppo Buss. Das Knirschen seiner Zähne erschreckte ihn, und er rief sich zur Ordnung.

Erstaunlich, dass so einer wie dieser Schubert überhaupt verheiratet war. Der Inselpolizist versuchte, sich dessen Lebenswandel vorzustellen: Arbeiten gehen, in der Freizeit Fußball gucken, saufen, in die Disco gehen, saufen, sich prügeln, Drogen konsumieren, im Rausch Türen eintreten und sich Polizisten widersetzen, im Arrest ausnüchtern, wieder arbeiten gehen … und so weiter und so fort. Wo war da Platz für eine Partnerin, ein Familienleben? Tatsächlich war nicht nur Schubert verheiratet, auch vier seiner fünf Kumpane waren es. Der Letzte und Jüngste im Bunde lebte mit seiner Freundin zusammen. Wie hielt die das aus? Denn die fünf Kumpel waren zwar, was die polizeiliche Aktenlage anging, Waisenknaben gegen Maik Schubert. Unschuldslämmer aber waren sie allesamt nicht. Jeder Einzelne war bereits ermittlungstechnisch in Erscheinung getreten – oder, wie es der Emder Kollege formulierte: »Sie haben alle schon bei uns arbeiten lassen.« Da hatten sich wirklich welche gesucht und gefunden.

Was hieß es nun für den aktuellen Fall? Wurde die These einer gemeinsamen Mordtat mit anschließender Vertuschung dadurch wahrscheinlicher?

Ja, fand Lüppo Buss. Typen wie die sechs Männer vom Campingplatz hatten niedrige Hemmschwellen, waren es gewohnt, sich über die Regeln menschlichen Zusammenlebens hinwegzusetzen, waren abgehärtet gegen Resozialisierungsversuche, waren abgestumpft. »Die haben Hornhaut auf der Seele«, murmelte der Oberkommissar vor sich hin.

Solche Leute fand man immer mehr. Der Ton war allgemein rauer geworden, das Verhalten aggressiver. Junge Männer in der Gruppe und mit Alkohol – das war schon immer brisant gewesen. Aber es wurde schlimmer, und es beschränkte sich nicht mehr auf diese drei Faktoren. Pöbeln und Schreien, Rempeln und Beleidigen schienen mittlerweile zum üblichen Umgang zu gehören. Auch gegenüber Sanitätern, Feuerwehrleuten und Polizisten. Oder vielleicht gerade denen gegenüber? Okay, das war ein bisschen übertrieben, dachte Lüppo Buss. Aber nicht viel.

Die Tür seines Büros wurde geöffnet. Natürlich ohne anzuklopfen, dachte der Inselpolizist und wandte sich um, die Brust gebläht für einen kräftigen Anschnauzer. Bloß nichts gefallen lassen! So tickten die anderen doch auch.

Die Worte kamen aber nicht über seine Lippen, denn in der Tür stand Nicole.

»Moin«, sagte sie, »ich sollte meine Aussage unterschreiben. Hast du die schon fertig oder …«

»Ja«, wollte Lüppo Buss sagen, brachte aber nur ein Krächzen heraus. Also nickte er heftig und deutete auf seinen Besucherstuhl. Dann räusperte er sich lautstark.

»Hast du dich wieder erkältet?« Nicole nahm Platz. Sie hielt ihren schmalen Oberkörper betont gerade und strich sich das feine, halblange blonde Haar aus dem Gesicht. »Immer dann, wenn es draußen schön ist. Das kommt davon, wenn du immer kurzärmlig rausgehst, vor allem bei Wind. Das war früher schon so.«

Fassungslos starrte der Inselpolizist seine Ex-Freundin an. Die starrte zurück, bis sie begriff und die Augen niederschlug. »Wo hast du's?«, fragte sie leise.

»Hier.« Lüppo Buss schob ihr das ausgedruckte Befragungsprotokoll über die polierte Schreibtischfläche. »Hab's getrennt getippt, einmal deine Aussage und einmal die von deinem … deinem …« Er rollte mit den

Augen. »So könnt ihr beide einzeln unterschreiben.« Er lehnte sich zurück, dass seine Stuhllehne krachte. »Weißt du, wann er reinkommen will? Ich meine, dein … der …«

»Mensch, Lüppo! Der ist überhaupt nicht *mein*. Keine Spur. Nun mach dir mal keinen Knoten in die Zunge.« Sie nahm einen Kugelschreiber aus dem Stiftebecher und unterschrieb das Protokoll, ohne es auch nur anzuschauen. »Das war eine einmalige Sache, neulich Abend. Weißt doch, wie das so ist: Ein paar Bier im ›Dwarslooper‹, schöner Abend, kleiner Spaziergang … Na ja, und wenn sich das eben so ergibt, was soll's? Das war früher auch nicht anders.«

Früher nicht anders! Natürlich war das früher anders, dachte Lüppo Buss. Früher hatte er die Biere mit Nicole getrunken, er war mit ihr am Strand spazieren gegangen. Und dann hatte er sie geküsst, und sie und er hatten sich im Freien geliebt. Was übrigens gar keine rundherum erfreuliche Sache gewesen war, auch ohne dass Leichenfinger aus dem Sand geschaut hatten. Sand allein konnte sehr störend sein, vor allem in Verbindung mit Sonnencreme.

Sie grinste ihn an. Dachte sie gerade an dasselbe wie er?

»Ich weiß nicht, wann er vorbeikommt«, sagte sie. »Er muss viel proben. Du weißt, die neue Formation. Sie sind jetzt ja einer weniger.«

Der Oberkommissar nickte. Die »Steamboat-Boys«! Was fand Nicole nur an diesen durchgestylten Testosteron-Bubis mit ihren Disco-Muskeln? Im Kopf hatten die bestimmt nichts, und er wollte gar nicht wissen, was das ständige Do-it-yourself-Doping in ihren Hosen angerichtet hatte.

Andererseits: Hatte er sich nicht vorhin mit genau diesen Burschen verglichen? Ja, hatte er. Seine Brustmuskeln waren Zeugen.

Trotzdem, unglaublich! Mit einem dieser Nackttänzer hatte es Nicole getrieben. Vielmehr treiben wollen. Musste er Robin Seefeld etwa dankbar sein, dass er im letzten Moment die Hand dazwischengehalten hatte? Oder womöglich gar Robins Mörder? Aber nee, das ging wirklich zu weit.

»Und wann probst du wieder mit ihm?«, hörte Lüppo Buss sich sagen. Nicht zu fassen, er hörte sich an wie ein eifersüchtiger Ehemann.

Der er zu gerne gewesen wäre. Ehemann, nicht eifersüchtig.

Nicole streckte ihm die Zunge raus. »Du kriegst eine persönliche Einladung«, sagte sie und erhob sich. »Also echt jetzt, Lüppo! Werd' erwachsen.« Wieder strich sie sich das Haar aus der Stirn. Eine Geste, die Lüppo Buss nicht oft genug sehen konnte.

»Bis Freitag«, sagte Nicole im Hinausgehen. »Bei der großen Show. Die wirst du doch nicht verpassen, oder? Ich auf keinen Fall.« Und wieder die rosa Zungenspitze.

Dann war sie weg, und Lüppo Buss starrte auf die geschlossene Tür, unfähig zu irgendeinem konstruktiven Gedanken. Wie ein verliebter Teenager. Oder einer mit Liebeskummer? Erstaunlicherweise registrierte er weniger Kummer als gedacht.

So kam er mit seiner Arbeit jedenfalls nicht weiter. Erstmal Tee machen, entschied er, kleine Pause einlegen. Dann weiter mit doppeltem Dampf. Der Wasserkocher sollte sein Vorbild sein.

Während der Tee zog, schaltete der Inselpolizist das

Radio ein. Nachrichten. Irgendwas Neues? Brexit hier und Brexit da, Trump liebt Kim oder auch nicht, schon wieder zwei Amokläufe in den USA, die deutsche Bundeskanzlerin hatte ihren dritten Zitteranfall – alles bekannt und abgehakt.

Aber dann: »Der Verfassungsschutz hat heute entschieden, dass es sich bei den sogenannten Identitären um eine rechtsextremistische Bewegung handelt.« Schau an, dachte Lüppo Buss, sehen die etwa doch was auf dem rechten Auge? Zwar war er beileibe kein Linker, aber dass bei der Bewertung und Verfolgung politischer Straftaten in Deutschland einiges ungleich und damit schieflief, ließ sich kaum verleugnen. Ein Auge zukneifen, das war für ihn immer mal drin. Dauerhaftes Wegschauen jedoch war ein Unding. Sollte sich beim Verfassungsschutz tatsächlich etwas geändert haben?

Für uns ändert sich auf jeden Fall etwas, überlegte er, während er den Teestrumpf aus der Kanne zog. In unserem aktuellen Fall. Sven Petersen, der Chef vom Reiterhof, an dessen Fahnenmast mal eine verbotene Flagge flatterte und mal nicht. Rechtsextremistisch also? Extremisten, zumal rechte, sahen Gewalt als akzeptables Mittel zur Durchsetzung ihrer Interessen an, und dass es mit einem grün denkenden Umweltaktivisten wie Robin Seefeld Interessenkonflikte gegeben hatte, war bekannt.

Mit einem dampfenden Becher Tee setzte sich Lüppo Buss an seinen Schreibtisch. Die erhoffte Konzentration auf seine Arbeit wollte sich aber nicht einstellen. Stattdessen schweiften seine Gedanken ab nach Helgoland, zu Stahnke. Hoffentlich war der bald zurück auf Langeoog, damit sie zusammen die Lage neu bewerten konnten.

22.

Hauptkommissar Stahnke stand am Pier und kam sich überflüssig vor. Klar, niemand bezweifelte, dass er gute Gründe hatte, auf Helgoland zu sein und sich über einen Fall zu informieren, der allem Anschein nach eng mit dem verknüpft war, den er auf Langeoog zu bearbeiten hatte. Trotzdem, nachdem alles besprochen war, was es zu besprechen gab, und die professionelle Detailarbeit im Gange war, stand er überall nur im Weg. Also hatte er sich an Land verfügt, die Hände in den Taschen, wo sie keinen Schaden anrichten konnten. Er hatte sich oft genug über Kollegen geärgert, die bei ihren Ermittlungen alles angegrabbelt und damit manchen Tatort kontaminiert hatten.

Sicher, er könnte mit im Salon sitzen, wo gerade die überwiegend ehrenamtliche Besatzung der »Prinz Heinrich« befragt wurde. Dass die jedoch nichts zur Aufklärung beitragen konnten, war ihm nach wenigen Sätzen klar gewesen. Dass Tinka und Karl Streit gehabt hatten, war bekannt. Im entscheidenden Moment waren die beiden allein an Bord gewesen – abgesehen vielleicht von der unbekannten flüchtigen Person, die Klaas Reershemius umgerannt hatte. Sofern das nicht Tinka gewesen war.

Da in Reershemius' Erinnerung zum entscheidenden Zeitpunkt eine Lücke klaffte, hätte nur Tinka Mertens weiterhelfen können. Die aber war unauffindbar. Unter den Passagieren der inzwischen kontrollierten Fahrgastschiffe war sie nicht gewesen, so viel stand fest. Die Cuxhavener Kollegen hatten es ihnen versichert.

Da es für ihn sonst nichts zu tun gab, musterte Stahnke den schmucken Dampfer, der gut vertäut am Kai lag. Was für eine Augenweide! Der weiß lackierte Rumpf, das lange, schlanke Vorschiff, die eleganten Aufbauten, das weit überhängende Heck, der gerade gelbe Schornstein und die beiden Masten! Herrlich schiffig, fand der Hauptkommissar. Kaum zu glauben, dass dieses wunderschöne Fahrzeug vor über hundert Jahren auf derselben Werft gebaut worden war, die diese klotzigen Kreuzfahrtschiffe bauten. Riesige Dreckschleudern mit der Optik von Hochhäusern, in die an Land keiner ziehen würde. Für diese monströsen schwimmenden Hotels wurde ein ganzer Fluss, seine geliebte Ems, für die nächsten Generationen komplett versaut. Und nicht nur das. Ob in Venedigs Lagune oder den einst idyllischen norwegischen Fjorden, überall tauchten mehr und mehr von diesen Ungetümen auf, richteten Schäden an und hinterließen ihren Dreck, sorgten aber für Profit. Kritische Stimmen mehrten sich zwar, würden dagegen aber nicht ankommen. Nicht, solange das Geld die Welt regierte und nicht der gesunde Menschenverstand.

Stahnkes Blick war am vorderen Mast der »Prinz Heinrich« hängen geblieben. Genau genommen an der Backbord-Flaggenleine unterhalb der Saling. Da flatterte etwas, das ihm gleichermaßen bekannt und unbekannt vorkam. Steuerbord wäre der Platz für eine Gastlandflagge gewesen – da hätte man zum Beispiel die Helgoländer Farben grün-rot-weiß setzen können, wenn auch nicht müssen. Grün für das Land, rot für die Kant', weiß für den Strand, das sind die Farben von Helgoland. Ach ja, der Lernstoff der Grundschule, der war richtig gut hängen geblieben.

Unter der Steuerbord-Saling aber hing nichts. Dafür Backbord. Dort gehörten Signalflaggen hin, aber eine solche war das nicht. Stahnke kannte das Flaggenalphabet einigermaßen. Was für Signale hätten dort auch hängen können? Das rote B jedenfalls nicht, denn es wurde gerade weder Treibstoff gebunkert noch mit Munition hantiert. Auch das blau-weiße P, der berühmte *Blaue Peter*, das Auslaufsignal, verbot sich, denn heute würde die »Prinz Heinrich« sicherlich nicht mehr ablegen. Die meisten ihrer Passagiere waren gerade noch mit einem der regulären Bäderschiffe mitgekommen. Die Flagge oben war gelb. War das etwa der Buchstabe Q, auch bekannt als Quarantäne- oder Seuchenflagge? Dabei war die eigentliche Bedeutung die genau gegensätzliche: »An Bord ist alles wohlauf.« Der Signalbuchstabe für »Brauche ärztliche Hilfe« war das W und sah wiederum ganz anders aus.

Die Leiche von Karl Antes war längst von Bord geholt worden. Trotzdem verbot es sich aber, die Flagge Q zu setzen! Das da oben war auch nicht das Q. Auf der gelben, rechteckigen Flagge war ein Symbol zu erkennen: ein schwarzer Kreis mit einem stumpfen Winkel im unteren Drittel. Hatte solch eine Flagge – in größerem Format – nicht kürzlich an der Einfahrt zum Reiterhof auf Langeoog gehangen?

Stahnke schrak zusammen, als Battermann plötzlich neben seiner rechten Schulter auftauchte. Er hatte gar nicht mitbekommen, dass sein Kollege überhaupt die Gangway betreten hatte.

Battermann folgte Stankes Blick und nickte. »Das ist das griechische Lambda in einem Kreis«, sagte er. »Das wichtigste Erkennungszeichen der Identitären. Habe ich vorhin bemerkt und den Käpt'n danach gefragt. Der hat aber keine Ahnung, wo das Ding herkommt.«

»Lambda? Wieso das? Identitär fängt doch nicht mit einem L an.« Stahnke fand zwar, dass seine Frage nicht zur Sache gehörte, aber inzwischen war er mit Battermann so vertraut, dass ihm das nichts ausmachte.

Battermann schmunzelte. »Ich hab' ja einen kleinen zeitlichen Vorsprung, den habe ich zum Googeln genutzt. Das mit dem Lambda, das liegt daran, dass die Spartaner eigentlich Lakedaimonier heißen.«

Stahnke stemmte die Fäuste in die Seiten. »Was hat das wiederum ... Ich dachte, die Identitären berufen sich auf die alten Germanen? Wieso auf die ollen Griechen?«

»Das ist ja der Witz«, erwiderte Battermann, nunmehr ganz ernst. »Die Identitären berufen sich auf alles, was ihnen gerade passt. In diesem Fall darauf, dass die Spartaner einst bei den Termopylen den Angriff der Perser abgewehrt haben. Das war 480 vor Christus.« Der Helgoländer klopfte an die Brusttasche seiner Uniform, in der sich, wie Stahnke beobachtet hatte, sein Smartphone befand. »Sie verstehen? Abwehr der multikulturellen, vor allem multiethnischen Invasion aus dem Orient. Darauf stehen die doch, die Identitären. Reinerhaltung der weißen deutschen Rasse.«

Stahnke schnaubte verächtlich. »Eine deutsche Rasse gibt es nicht. Hat es nie gegeben. Unser Volk war immer eine Zweckgemeinschaft, gebildet aus den unterschiedlichsten Stämmen, die gerade zwischen Küste und Alpen lebten. Und weil Deutschland nun mal mitten in Europa liegt, ist in den letzten 2.000 Jahren sowieso alles durchgezogen, was Beine hatte, und hat seine Beiträge in unserem gemeinsamen genetischen Pool hinterlassen. Wer will unter solchen Umständen ein Reinheitsgebot definieren? Oder gar durchsetzen?«

»Definieren kann immer der, der das Sagen hat, und das hätten die ja gerne, diese rein Weißen«, sagte Battermann. »Und was das Durchsetzen angeht, wären wir wieder bei den Spartanern. Oder vielmehr den Lakedaimoniern. Die haben seinerzeit ihren Anspruch mit Schwert und Schild und Speer durchgesetzt. Apropos!« Der Inselpolizist schnippte mit den Fingern. »Kennen Sie diesen Film, der sich um die Schlacht bei den Termopylen dreht? ›300‹ heißt der.«

Stahnke konnte sich dunkel erinnern; 300 übermenschliche Helden gegen dunkle Untermenschen in vielfacher Überzahl, die zu Tausenden abgeschlachtet wurden, ziemlich faschistoid. Eigentlich mochte er Action, aber dieser Film war sehr spät im Fernsehen gelaufen. Er hatte ihn nicht zu Ende geschaut. Trotzdem nickte er.

»Erinnern Sie sich an die Schilde der Spartaner?«, fragte Battermann. »Die waren rund und hatten diesen Winkel drauf, dieses Lambda. Genauso sieht das Symbol auf der Flagge der Identitären aus. Würde mich wundern, wenn die das nicht von dem Film abgekupfert hätten.«

Jetzt fielen Stahnke einige Details aus diesem Film ein. Da war dieser Bucklige, der trotz seiner enormen Kraft nicht mitkämpfen durfte. Und da waren die verwundeten Feinde, die – noch lebend – zwischen Felsbrocken in eine Abwehrmauer eingebaut wurden. Menschenverachtend hoch drei, ja, das konnte allerdings gut zu diesen Typen passen.

»Abkupfern passt auch«, sagte er. »Schon die Nazis hatten ihre gesamte Propagandaästhetik anderswo geklaut, bis hin zu Runen und Fackelzügen. Sogar die Flaggenfarbe Rot. Die hatten sie von den Kommunisten abgeguckt.«

»Tja, diese Flagge ist gelb-schwarz. Worauf das hindeuten soll? Doch wohl nicht auf Borussia Dortmund. Obwohl – in Dortmund soll es eine Menge Nazis geben.«

Die Biene Maja ist auch schwarz-gelb, dachte Stahnke, behielt das aber für sich. »Interessanter wäre, wer das Ding da oben hinpraktiziert hat«, sagte er stattdessen.

Sie gingen zurück an Bord, dorthin, wo die Flaggenleine an der Backbordseite ordnungsgemäß an einer Klampe festgemacht war. Battermann zog sich Latexhandschuhe über, dann löste er die doppelt geführte Leine. Hand über Hand holte er die Identitären-Flagge ein.

Während er das tat, musterte Stahnke die Leinen auf beiden Seiten des Mastes. »Die Flaggenleine gehört zum Schiff«, stellte er fest. »Gleiches Material, gleiche Stärke, die gleiche Menge Rußpartikel. Jetzt bin ich gespannt auf den Knoten.«

Jede Flagge hatte ein Auge oben an der Stockseite, unten ein längeres, ungespleißt herabhängendes Stück Leine. Gewöhnlich wurde sie oben mit einem Palstek an die Flaggenleine angesteckt, unten mit einem Schotstek gesichert. Sofern die Seemannschaft des betreffenden Besatzungsmitgliedes stimmte. Stahnke hatte schon ganz schlimme Knotenungetüme gesehen. Hier aber war alles korrekt: Palstek oben, Schotstek unten. Battermann löste beide Knoten und verstaute die Flagge in einem Plastikbeutel, während Stahnke die beiden Enden der Flaggenleine verknüpfte und an der Klampe sicherte.

»Das war ein Seemann«, sagte Battermann, während er den Beutel verschloss. »Zumindest ein Segler.«

»Oder eine Seglerin«, korrigierte Stahnke. Ob Sina stolz auf ihn gewesen wäre? »Beziehungsweise eine … wie sagt man? Seefrau? Seemännin?«

»Ein weibliches Besatzungsmitglied, das spricht sich einfacher«, half Battermann aus.

»Tinka Mertens«, murmelte der Hauptkommissar. Ergab das Sinn? Die junge Frau hatte doch gar nicht an Deck gearbeitet, sondern im Service, war eigentlich eine Kellnerin, bloß eine auf einem Schiff. Hm. Andererseits: War es möglich, auf einem Schiff unter Seeleuten zu arbeiten, ohne sich bestimmte Dinge mit der Zeit abzugucken? Sofern sie sich als Insulanerin in der Knotenkunde nicht schon vorher ausgekannt hatte.

»Aber wenn Tinka das war«, setzte Stahnke neu an, »warum hat sie das gemacht?«

»Flaggen sind Zeichen«, erwiderte Battermann. »Vielleicht wollte sie ein Zeichen setzen.«

»Ein Zeichen?« Stahnke war verwirrt. »Wieso dieses? Sie gehört doch gar nicht zu den Identitären.«

»Wissen Sie das genau?«

Nein, genau wusste Stahnke das nicht. Leute konvertierten schnell heutzutage, das hörte man immer wieder. Das Internet beschleunigte jedwede Radikalisierung enorm, nicht nur die religiöse. Warum nicht auch die von Tinka Mertens? Nach allem, was er über sie gehört hatte, kam sie ihm wenig selbstbewusst vor, eher unsicher, leicht beeinflussbar. Zuerst von Kantes männlicher Körperlichkeit, danach von Robin Seefelds engagierter Eloquenz. Und dann? Einer wie dieser Sven Petersen schien all diese Eigenschaften in sich zu vereinen. Genügend, um Tinka in kurzer Zeit in seinem Sinne umzudrehen?

Battermann wandte sich von Stahnke ab; ein uniformierter Kollege hatte sich von der Landseite genähert. In seiner behandschuhten Linken hielt er eine große Plastiktüte. Mit der Rechten wies er über seine Schulter. »Mülleimer. Landungsbrücke«, erläuterte er wortkarg.

Vorsichtig spreizten Stahnke und Battermann vierhändig die Tüte. Ein beißender Gestank schlug ihnen entgegen. Die Tüte enthielt ein rotes Plastikgefäß, eine Art Kanne. Die Größe kam hin.

Außerdem war da noch etwas. Stahnke ließ sich ein Paar Latexhandschuhe reichen und streifte sie über, ehe er das zweite Fundstück aus der Tüte nahm. Es war eine Wollmütze, eine Art Bommelmütze ohne Bommel, so dunkelblau, dass sie schwarz wirkte. An zwei Stellen hatte das Gewebe zu zerfasern begonnen – dort, wo jemand zwei Gucklöcher hineingeschnitten hatte.

Klaas Reershemius' dunkler Fleck, dachte Stahnke. Der Alte wusste also doch noch, was er gesehen hatte. Und was nicht.

Battermann wies auf die Kanne. »So etwas habe ich schon mal gesehen«, sagte er.

»Und wo?«, fragte Stahnke.

Sein Kollege wies hinüber zur Landungsbrücke und zur dahinter liegenden Düne. »Wir müssen sofort zum Flugplatz«, sagte er.

23.

Sina war der Verzweiflung nahe. Sie hatte all ihre Kräfte mobilisiert, um wenigstens die unterste Schublade des Schreibtischrollcontainers zu öffnen; mit auf den Rücken gefesselten Hände war das eine echte Herausforderung gewesen. Dann die Enttäuschung: Nicht das erhoffte Büromaterial befand sich in der Lade, sondern nichts als Computerkram. Kabel, CDs und leere CD-Hüllen, zerbrochene Platinen, einzelne Bauteile, ein paar USB-Sticks. Außerdem einige wattierte Umschläge und eine angebrochene Rolle Paketband. Keine Schere, kein Cuttermesser, kein ausreichend großes und scharfkantiges Stück Metall, um ihre beschissenen Plastikfesseln zu kappen. Verfluchter Mist! Vielleicht hatte sie bei den höher liegenden Schubladen mehr Glück. Aber je höher, desto schwieriger zu öffnen – mit ihrem Handicap. Dabei lief ihr die Zeit davon. Jeden Moment konnten die beiden zurückkommen, ihr K.o.-Tropfen einflößen und sie zum Abtransport in die Dünen vorbereiten. Wenn nicht Schlimmeres. Sie musste ihre Hände frei bekommen, und zwar sofort.

Blöde Computerbastler! Wenn die wenigstens Werkzeug mit in die Lade geworfen hätten, eine Kombizange vielleicht oder einen Schraubenzieher. Damit hätte sie etwas anfangen können. Oder am besten einen Lötkolben. Mit Hitze war Plastik schnell beizukommen, vorausgesetzt, sie fand eine erreichbare Steckdose. Bloß, dass kein Lötkolben da war.

Hitze. Sina schloss kurz die Augen, versuchte die Erinnerung festzuhalten, die kurz aufgeblitzt war. Hitze schmolz Plastik, klar. Wie konnte man Hitze erzeugen? Am besten mit Feuer. Aber sie hatte kein Feuerzeug bei sich, in der Lade lag auch keins. Und was hätte sie mit den Händen auf dem Rücken mit einer offenen Flamme erreichen können? Brandblasen höchstens.

Trotzdem, Hitze. Man konnte sie auch elektrisch erzeugen. Lötkolben, Heizlüfter, Toaster – nichts davon war greifbar, ebenso wenig wie Schere oder Messer. Was also sollte der Gedanke nützen?

Reibungshitze. Das war es!

Eigentlich hieß es Reibungswärme. Leicht zu erzeugen; man rubbelte nur die Handflächen aneinander, und schon … Tja. Mist, wenn die Hände auf dem Rücken gefesselt waren. Sina erinnerte sich an ein Internetvideo; warum sie sich das angeschaut hatte, wusste sie nicht mehr. Darin hatte ein Typ, dessen Hände mit einem Kabelbinder zusammengebunden waren, seinen eigenen Schnürsenkel gelöst, in beide Enden kleine Schlingen geknüpft und das eine Ende durch seine Handfessel gezogen. Dann hatte er die Schlingen über seine Schuhspitzen gelegt, die Hände angehoben, bis der Senkel straff war – und dann die Füße schnell auf und ab bewegt wie beim Fahrradfahren. Schon nach wenigen Tritten hatte der raue Schnürsenkel so viel Reibungswärme erzeugt, dass das Plastik des Kabelbinders nachgab. Das gesamte Video hatte vier Minuten gedauert, und das meiste davon war Quatscherei gewesen. Hatte einfach ausgesehen. Das müsste sie doch auch schaffen! Die Schnürsenkel ihrer Schuhe waren lang genug. Es gab allerdings ein Problem dabei. Der Typ im Video hatte die Hände vorne gefesselt. Dort, wo man auch seine Augen hatte. Sinas Hände aber waren hinten fixiert. Wie sollte sie das mit den Schlingen und den Schuhspitzen hinbekommen, ohne zu sehen, was ihre Finger gerade taten? Zumal ihre Füße auch gefesselt waren. Das mit dem schnellen Treten fiel also aus.

Aber Reibungswärme müsste sich auch anders erzeugen lassen. Sina wälzte sich herum, bis sie den Plastikstreifen zwischen ihren Handgelenken gegen eines der Schreibtischbeine drücken konnte, und fing an, die Hände auf und ab zu bewegen. Schon nach wenigen Sekunden taten ihr die Schultern weh, trotzdem waren die Bewegungen nicht schnell genug. Vor allem aber waren die Tischbeine aus verchromtem Metall, sodass der Kabelbinder fast widerstandslos darauf herumrutschte. Die einzig spürbare Wärme, die dabei erzeugt wurde, entstand in ihrem Körper und trieb ihr den Schweiß aus den Poren.

So also nicht. Aufgeben aber war keine Option! Die Schmerzen konnte sie ignorieren, nur etwas Raueres zum Dranreiben musste her. Vielleicht dieser sinnlose Billardtisch? Nein, die Beine waren genauso glatt. Oder die Kante vom Türrahmen? Da würde es mit dem Gegendrücken schwierig, da das Türblatt von innen auf der Zarge auflag, also keine Nische bildete. Panisch blickte Sina sich um. Eine andere, bessere Lösung musste her. Und zwar schnell, schnell! Die offene Schublade geriet in ihr Blickfeld, davor die Dinge, die sie mit halb verrenkten Armen herausgeräumt hatte. Aber da war nichts Passendes dabei. Oder?

Das Paketband! Teufel, ja. Fest sah es aus, rauer als jeder Schnürsenkel. Die Rolle war angebrochen, das lose Ende hing raus, das konnte sie sich mit etwas Glück durch die Fesseln fädeln. Dann musste sie es nur noch irgendwo befestigen, und schon …

Bloß wo? Der Heizkörper kam nicht in Frage, der war ganz glatt, ohne Lamellen; Rohre und Wandbefestigungen lagen irgendwo auf der Rückseite versteckt, da kam sie nicht heran. Der Thermostat wiederum lag zu hoch, für sie nicht erreichbar, und selbst wenn, das Ding konnte abreißen.

Ihr Blick fiel erneut auf den Billardtisch.

24.

Unschlüssig schob Marian die ausgedruckten Seiten auf seiner Schreibunterlage hin und her. Was tun damit? Ocko Onken hatte ihm einen netten Bericht abgeliefert. Junge Leute mit viel Initiative übernehmen einen Reiterhof auf Langeoog und bieten vielfältige Aktivitäten für Einheimische und Touristen an – natürlich vor allem für Touristen, denn welcher Einheimische hatte während der immer länger werdenden Saison für so etwas Zeit übrig, geschweige denn Freizeit? Aber egal, ein netter, positiver Bericht, interessant für die Feriengäste, die Beteiligten kamen sympathisch rüber. So etwas konnte er jederzeit veröffentlichen. Andererseits: ein netter, positiver Bericht, die Beteiligten kamen sympathisch rüber. Harmlos. Und was war, wenn sie das nicht waren?

»Stimmt was nicht?« Ocko Onken stand vor Marians Schreibtisch und wartete auf eine Reaktion. »Zu lang geworden? Ein bisschen könnte ich kürzen. Aber nicht viel. Es soll ja auch die Atmosphäre rüberkommen, nicht?«

Atmosphäre! Tja, was Onken so dafür hielt. In Marians Augen war das schwülstige Beweihräucherung, die allerhöchstens in einem Anzeigenkollektiv vertretbar war. Immer, wenn Onken etwas schreiben durfte, was nicht faktengebundene Berichterstattung war, gingen die Pferde mit ihm durch. Dann schwafelte er los, als bekäme er es bezahlt. Was nicht der Fall war, denn Marian kürzte solche Passagen regelmäßig und gnadenlos heraus. Bezeichnend übrigens, dass der alte Mann daraus gar nichts lernte, fand Marian. Statt sich den Erfordernissen anzupassen, legte er ihm jedes Mal den gleichen Schmus vor. Ob er seine redigierten Berichte in der Zeitung gar nicht nachlas?

»Was ist nun, Marian? Kommt das mit oder nicht?«, drängelte Onken. Anscheinend fürchtete er um sein Zeilenhonorar.

»Ja, kommt.« Marian klopfte mit der flachen Hand auf den Text und lächelte seinen Mitarbeiter an. »Aber nicht zu morgen. Das geht in den Stehsatz. Im Moment laufen wir mit aktuellem Stoff randvoll. Wäre doch schade, wenn ich deinen Text auf die Hälfte eindampfen müsste, nur damit der schnell mitkommt, oder?«

»Ja, nee, ist klar. Auf keinen Fall.« Onken hob abwehrend die Hände. Wenn Marian nicht schon gewusst hätte, dass der Alte nach Zeilen bezahlt wurde, dann wäre das spätestens jetzt klar gewesen.

Marian schaute demonstrativ auf die Uhr. Schon 17 Uhr durch, später Nachmittag; der Abend rückte heran und damit der Redaktionsschluss. Bis dahin war noch jede Menge zu tun. Vor allem auf Seite eins gähnten riesige Löcher. Das war für Marian zwar nichts Neues und brachte ihn kaum aus der Ruhe; trotzdem musste diese fruchtlose Unterhaltung zum Ende kommen.

Onken begriff und hob grüßend die Hand. »Dann hau mal rein!«, sagte er aufmunternd. »Und grüß deine gute Freundin Sina von mir! Kannst ihr sagen, sie macht sich gut auf dem Fahrrad.« Sein Grinsen wies ihn als den *Dirty Old Man* aus, der er auch war.

»Sina? Fahrrad? Wieso?« Marian kapierte nichts.

Onken grinste noch breiter. »Ja, da guckst du! Mir entgeht nichts, ich weiß immer, wer mit wem gut kann. Und wer sich wo rumtreibt. Die kleine Sina jedenfalls radelte auch in Richtung Reiterhof, als ich heute dort war. Erst direkt hinter mir, aber so fit wie ich ist sie anscheinend nicht.« Er lachte selbstgefällig. »Sie fiel weit zurück, aber am Ende tauchte sie bei dem Hof von Petersen auf. Hat wohl gedacht, ich sehe sie nicht. Aber wie gesagt, mir entgeht nichts.«

»Und dann?«, fragte Marian, immer noch verständnislos. »Was hat sie dann gemacht?«

»Was sie gemacht hat? Woher soll ich das wissen!« Onken schaute entrüstet; den Widerspruch zu seinen eigenen Worten erkannte er eindeutig nicht. »Ich bin dann rein, hatte ja zu tun. Frag sie selbst!«

Damit verließ er die Redaktion und ließ Marian kopfschüttelnd zurück. Der wartete ab, bis Onkens Schritte auf der Treppe verklungen waren, dann schüttelte er sich. Meistens fand er ja, dass Ocko Onken noch der am wenigsten Unangenehme aus der Viererbande war. Aber gerade war er sich nicht so sicher.

Ein Gedanke allerdings verhakte sich in seinem Kopf: Sina anrufen. Ja, warum nicht? Im Augenblick hatte er zu viel zu tun, aber später, heute Abend vielleicht.

Sein Tischtelefon klingelte. Sein Herz machte einen kleinen Hüpfer. Konnte das wahr sein? Beim Abnehmen wäre ihm beinahe der Hörer entglitten.

Natürlich war es nicht wahr. Sondern Stahnke.

»Ich bin noch auf Helgoland«, sagte er. »Wollte dir die neue Entwicklung mitteilen. Aus alter Verbundenheit sozusagen.«

Marian musste an sich halten, um nicht loszubrüllen. Alte Verbundenheit, ach ja? Worin sollte die wohl bestehen? Etwa darin, dass Stahnke ihm seinerzeit die Freundin ausgespannt hatte? Zwei Männer, eine Frau – dafür gab es bestimmt einen Stammtischausdruck, den Marian überhaupt nicht wissen wollte. Verbundenheit, eine Unverschämtheit! Aber natürlich brüllte er nicht. Denn die gemeinsamen Erlebnisse etlicher Jahre hatten wirklich zu einer Vertrautheit zwischen Stahnke und ihm geführt, die einer gewissen Verbindung gleichkam, wenn sie auch für eine echte Freundschaft nicht reichte. Und was Sina betraf, so war er gut beraten, niemals in ihrer Gegenwart davon zu sprechen, jemand hätte sie ihm *ausgespannt*. Sie war ja kein Pferd! Oder *weggenommen*. Sina war die Herrin ihrer eigenen Entschlüsse, daran bestand kein Zweifel, und der nächste dieser Entschlüsse hätte darin bestanden, Marian zum Mond zu schießen. Außerdem war Marian Journalist, und wenn ihm jemand etwas

Interessantes mitteilen wollte, dann sollte der das gerne tun, aus welchen Gründen auch immer.

Stahnke berichtete in Kurzform von Karl Antes und Tinka Mertens, von der »Prinz Heinrich« und der Identitären-Flagge, der durchlöcherten Wollmütze und der stinkenden Kanne. Dabei ließ er keinerlei Zweifel aufkommen, was davon zur Berichterstattung freigegeben war und was nicht. Und dass er in seinen Ausführungen nicht unterbrochen zu werden wünschte. Dazu wäre Marian auch kaum in der Lage gewesen, denn das Gehörte verschlug ihm die Sprache. Die verkrampften Finger seiner rechten Hand schmerzten vom Notieren.

»Hast du alles?«, fragte Stahnke. »Dann hätte ich noch eine Bitte. Könntest du Sina anrufen und ihr sagen, wo ich bin? Ich kann sie per Handy nicht erreichen. Und ich mach mir …« Der Hauptkommissar brach ab. Das ungesagte Wort war klar präsent und schien ihn selbst zu überraschen.

»Wieso das?«, fragte Marian. »Sina ist schon groß. Die weiß, was sie tut.« Ja, dachte er dabei, zum Beispiel ihren Geliebten ad acta legen, weil ihr das gerade so in den Kram passte.

»Klar, schon.« Stahnke klang verlegen; so kannte Marian ihn gar nicht. »Es ist ja nur, weil … Wir hatten uns gegen Mittag getroffen, und zwar ausgerechnet bei diesem Reiterhof, also dort, wo kürzlich diese Identitären-Flagge gehangen haben soll. Und genau dort habe ich sie zurückgelassen. Sie wollte ein bisschen spazieren gehen. Seitdem – na ja, erst keine Zeit, dann keine Verbindung.«

»Ach, wird schon alles in Ordnung sein. Helgoland ist ein Stückchen weit weg«, versuchte Marian ihn zu beruhigen. Aber nachdem er das Gespräch beendet hatte, musste er sich eingestehen, dass die Handyverbindung ausgezeichnet gewesen war.

Danach nahm ihn die neue Nachrichtenlage vollständig in Anspruch. Die Seite eins musste er noch einmal aufreißen, und das kurz vor Redaktionsschluss! Da konnte er von Glück sagen, dass Stahnke die freigegebenen Informationen auf ein Minimum beschränkt hatte. Das machte die Sache etwas einfacher: Fünfspaltiger, flacher Kasten oben über dem Aufmacher, große Überschrift, wenig Text. So konnte die Meldungsspalte bleiben, das Aufmacherfoto wurde kleiner, und die Artikel unten auf der Seite mussten eingedampft werden. Immer noch einiges an Arbeit, aber mit Routine und Geschick machbar. Exakt um 18.30 Uhr war Marian mit allem fertig. Quasi mit dem Gongschlag, dachte er zufrieden.

Nachdem er mit der Zentralredaktion auf dem Festland telefoniert und sich für heute abgemeldet hatte, fiel ihm Stahnkes Anruf ein. Richtig, mit Sina Kontakt aufnehmen. Hatte er das nicht sowieso vorgehabt? Jetzt hatte er die perfekte Ausrede dafür. »Ich rufe im Auftrag deines aktuellen Lebensgefährten an …« Diesen Witz sollte er sich besser verkneifen. Oder? Früher hatte Sina seinen schrägen Humor doch so gemocht.

Nacheinander wählte er ihre Nummern. Bei der Arbeit war sie nicht mehr, zu Hause auch nicht. Noch nicht? Er hätte gleich ihr Smartphone anwählen sollen, dachte er und tat es.

Nach dem dritten Rufton wurde das Gespräch angenommen. »Hallo? Tinka, bist du das?«, rief eine Stimme. Eine raue, männliche Stimme.

Marian riss sich das Mobiltelefon vom Ohr, starrte

auf das Display. Nein, verwählt hatte er sich nicht. Sinas Smartphone. Wer war da dran?

»Hallo?«, tönte es nochmal. »Verdammt, wer ist denn da … Ach du Scheiße.« Im nächsten Moment war die Verbindung tot.

Marian erhob sich.

25.

Der Flugplatz von Helgoland lag auf der benachbarten Düne, also eigentlich auf einer anderen Insel. Klar, weder Ober- noch Unterland des Buntsandsteineilands hätten für Start- und Landebahn genügend ebene Fläche geboten. Zudem hätte ein Flugplatz den Charakter der Hauptinsel grundlegend verändert und den Einwohnern das Leben schwer gemacht.

Auf der Düne war das nicht so. Zwar beanspruchten die Runways von EDXH, wie das Rufzeichen der Flugleitung lautete, einen Großteil der Ausdehnung der flachen Sandinsel, aber wenn man die Düne am Strand oder in dessen Nähe umwanderte, bemerkte man ihn kaum. Stahnke wusste das von früheren Besuchen. Flöge nicht gelegentlich eine kleine Maschine dicht über Touristen und Kegelrobben hinweg, würde man von der Existenz des Platzes gar nichts ahnen. Dabei war die Ausdehnung der Anlage nicht von schlechten Eltern, fand der Hauptkommissar, als er nach rascher Überfahrt mit der Fähre und kurzem Fußmarsch auf dem sandüberzuckerten Beton des Platzes stand. Sogar einen richtigen Tower gab es. Der überragte das flache Flugplatzgebäude zwar nur um ein Stockwerk, sah mit seinen nach vorn geneigten großen Fensterscheiben aber richtig professionell aus.

Den Flugleiter fanden sie nicht im Turm, sondern an der Tankstelle. Er lachte, als sie ihm das Henkelgefäß mit der verschließbaren Öffnung zeigten. »Eine von diversen Lösungen für ein drängendes Problem«, erläuterte er. »Piloten reden nicht gerne darüber, aber es ist nun einmal so: Alle paar Stunden muss der Mensch pinkeln. Der eine kann länger anhalten, der andere weniger lang. Kommt natürlich drauf an, wie viel man trinkt. Ich weiß von Fällen, da waren Piloten nach einem Flug gefährlich dehydriert, weil sie über Stunden kaum Flüssigkeit zu sich genommen hatten, um nicht pinkeln zu müssen.«

»Und wenn ein Pilot doch mal muss, dann pinkelt er in solch eine Kanne?«, fragte Battermann nach.

»Das ist eine Möglichkeit von mehreren«, erläuterte der Flugleiter. »Manche nehmen Erwachsenenwindeln. Doch, die sind verbreiteter, als man denkt. Andere benutzen Plastikbeutel oder solche Dinger, die aussehen wie Kondome. Nur mit größerem Reservoir, das man unter der Hose am Bein befestigt.« Er breitete die Arme aus: »Wenn man mit kleinen Maschinen fliegt, kann das echt zum Problem werden. Im großen Linienflugzeug geht der Pilot zur Bordtoilette, und der Copilot übernimmt derweil. Meist steuert unterwegs eh der Autopilot. Aber in einer ein- oder zweimotorigen Maschine gibt es das nicht. Da haben sich schon Leute, die nicht vorgesorgt hatten, einen Blasenriss geholt.«

»Wie verbreitet sind denn diese Kannen?«, unterbrach Stahnke. »Kennen Sie viele Piloten, die sowas benutzen?«

»Eigentlich nicht.« Der Mann schmunzelte: »Vor vielen Jahren gab es mal ein Paparazzifoto von Tom Cruise. Der ist im Privatleben Pilot. Der schlenderte darauf ganz cool irgendwo übers Flugfeld, mit solch einer Kanne am langen Arm. Das ging durch die bunten Blätter. Man stelle sich vor, ein Superstar wie Cruise muss auch mal pinkeln. Danach haben sich einige Hobbypiloten auch solche Kannen angeschafft. War aber nur ein kurzer Hype und ist länger her. Seitdem habe ich die Dinger gar nicht mehr …« Er zögerte, verstummte, schnippte dann mit den Fingern: »Doch, einmal hab ich sowas noch gesehen, nämlich genau heute.« Er schaute die beiden Ermittler mit ungläubig geweiteten Augen an.

Stahnke hatte es geahnt. »Bei einem Piloten, der von Langeoog kam«, rief er aus, den rechten Zeigefinger auf den Flugleiter gerichtet wie eine Pistole.

Der stutzte kurz, dann schüttelte er den Kopf. »Von Langeoog kam heute nur einer«, sagte er, »und der hatte kein Behältnis dieser Art dabei. Für diese Strecke braucht man nur 20 Minuten oder so. Das hält ein Pilot locker durch, wenn er nicht gerade eine Blasenentzündung hat. Es gibt aber Hobbypiloten, die deutlich länger unterwegs sind. Und erst die Segelflieger. Wissen Sie, wie die das machen?«

Der Hauptkommissar unterbrach ihn mit einer abwehrenden Handbewegung. »Dieser Pilot von Langeoog, wer war das? Und wann ist er gelandet?«

Der Flugleiter verschränkte die Arme; er wirkte ein wenig beleidigt. »Das müssten Sie doch am besten wissen«, sagte er.

»Wieso das?« Die Frage rutschte Stahnke heraus, ehe er merkte, dass er auf der Leitung stand. Mit vollem Gewicht.

»Na, weil das doch der war, der Sie hergebracht hat.« Der Flugleiter lachte schadenfroh. Immerhin schien er wieder versöhnt zu sein. »Der ist übrigens inzwischen wieder weg, nur dass Sie es wissen. Hatte nicht die Zeit, stundenlang zu warten, bis Sie fertig sind, sagte er noch.«

»Hatte er beim Start einen Passagier dabei?«, warf Battermann ein. »Eine junge Frau vielleicht?«

Der Flugleiter schüttelte den Kopf. »Nee, niemanden. Das wüsste ich. Bei jungen Frauen gucke ich immer zweimal hin.«

Stahnke verkniff sich eine direkte Erwiderung. »Wer war denn nun der mit der Kanne?«, fragte er stattdessen. »Dieser andere Pilot. Kannten Sie den? Und von wo kam der?«

»Darüber gibt es bestimmt Aufzeichnungen«, sekundierte Battermann und deutete hinüber zum Turm.

»Gibt es«, bestätigte der Flugleiter. »Brauch ich aber nicht. Ist alles hier oben drin.« Er tippte sich an die Schläfe. »Der Mann kam von Cuxhaven. Mit einer Chartermaschine – *die* habe ich erkannt, die war schon öfter hier. Der Mann aber nicht. Sein Name war Karl Meier, laut Anmeldung.« Seine Miene verfinsterte sich, als er das sagte: »Klingt auffällig unauffällig, was?«

»Allerdings«, erwiderte Battermann. »Und wie sah der Mann aus?«

Der Flugleiter strich sich übers haarlose Kinn. »Relativ groß«, sagte er. »Eher schlank, aber er hatte eine weite Jacke an, ist also schwer zu sagen. Der Kragen war hochgeschlagen. Schirmmütze, große Sonnenbrille – also, viel konnte man nicht erkennen. Sehr alt war er aber nicht, so von der Art her, wie er sich bewegt hat.«

»Würden Sie ihn wiedererkennen?«

Achselzucken: »Vielleicht. Müsste man gucken.«

»Falls er noch auf der Insel ist, sollten wir ihn finden«, sagte Battermann. »Dann können wir eine Gegenüberstellung machen.« Er blickte sich um. »Wo steht seine Maschine?«

»Bestimmt wieder in Cuxhaven«, sagte der Flugleiter und zerstörte damit die aufkeimenden Hoffnungen der Ermittler. »Dieser Herr Meier ist vor circa einer Stunde abgeflogen.«

Diesmal konnte Stahnke nicht an sich halten. Seine lauten Flüche hallten über das halbe Flugfeld. Der Flugleiter starrte den Hauptkommissar fassungslos an.

»Wenn das so ist«, sagte Battermann, »dann werde ich gleich in Cuxhaven anrufen. Vielleicht können die Kollegen etwas für uns tun.« Er zückte sein Smartphone. »In der Zwischenzeit könnten Sie uns erzählen, wie die Segelflieger das so machen. Mit dem Pinkeln unterwegs, meine ich.«

»Die haben ein Rohr vor dem Steuerknüppel, das direkt durch den Boden der Kanzel ins Freie führt«, stammelte der Flugleiter. »Oben dran ist ein Trichter. Jedenfalls für die Männer. Für Frauen gibt es …«

Stahnke hatte genug gehört. Stocksauer stapfte er davon.

26.

Gelegentlich, dachte Sina, zahlen sich Dinge auch mal aus. Lebensumstände zum Beispiel. Oder Geschmack. In diesem Fall die Tatsache, dass sie eine Neigung zu Männern zu haben schien, die segelten. Oder sich ganz allgemein für Seefahrt interessierten. Die erzählten und zeigten einem im Lauf der Jahre so manches, ob man wollte oder nicht. Einiges davon blieb hängen. Zum Beispiel das Knüpfen von Seemannsknoten. Mit verbundenen Augen. Das hatte sie nie besonders witzig gefunden, aber sie wollte sich vor Marian keine Blöße geben. Später konnte sie dann Stahnke damit beeindrucken. Hinter dem Rücken war es auch nicht viel schwerer als mit verbundenen Augen. So oder so, man sah nicht, was man mit den Händen tat, und musste sich alles ertasten. Natürlich war es doch schwerer, jedenfalls mit zusammengebundenen Händen. Aber deswegen tat sie es ja, dieser gefesselten Hände wegen, das war ihre Motivation, ihr Antrieb. Nicht mehr diesen beiden unberechenbaren Nazis ausgeliefert zu sein. Oder Identitären. Nazidentitären?

Sina knurrte durch die zusammengebissenen Zähne. Schweiß brannte in ihren Augen. Witze machen konnte sie später. Hier und jetzt ging es ums Leben.

Was war das Leben ohne Humor?

Ich bin kurz vorm Durchdrehen, stellte sie fest. Dann saß der erste Knoten endlich fest, und es wurde besser. Schnell zum zweiten Bein des Billardtisches robben.

Sie mühte sich vergeblich, das Paketband beim Knoten straffzuziehen, ehe ihr einfiel, dass das gar nicht nötig war. Straffziehen würde sie es ja mit ihren Fesseln, wenn sie die daran rubbelte, um Hitze zu erzeugen. Dabei ging ihr auf, dass sie das Band zuerst durch ihre Fessel hindurch hätte fädeln müssen, um beim Rubbeln genügend Druck erzeugen zu können. Das hatte sie natürlich vergessen. Fluchend zupfte sie den zweiten Knoten wieder auf. Zum Glück ließen sich Seemannsknoten leicht lösen. Wenn man wusste, wie. Und am besten, wenn man sehen konnte, was man mit seinen Fingern tat.

Kostbare Zeit floss dahin wie die Schweißtropfen von ihrer Stirn. Sie hätte gerne gewusst, wie viel Zeit, aber ihre Armbanduhr hatten sie ihr ebenso weggenommen wie ihr Smartphone. Kackbraunes Rattenpack!

Palstek rücklings. Nochmal. Eine Schlinge um das Billardtischbein – oder hieß es *Bucht*? Okay. Die Enden über Kreuz. Dann eine kleine Schlinge ins längere Ende legen; das nannte man den *holenden Part*, das wusste sie noch genau. Gut. Aber jetzt: Die Seeschlange kommt aus dem Teich, guckt sich um, rennt einmal um den Baum und taucht wieder ab. Stramm ziehen, fertig.

Fertig? Von wegen, die Konstruktion hielt überhaupt nicht! Mist, was hatte sie falsch gemacht?

Noch einmal. Der Teich, das war die kleine Schlinge. Die Seeschlange, das war das lose Ende. Sie schob es von unten durch die Schlinge. Okay. Und jetzt? Einmal um den Baum, also um eins der beiden Enden, die sich da überkreuzten … ach ja, um das untere! Das war der holende Part. Sie hatte es um das obere geschlungen, das hielt natürlich nicht.

Jetzt lag alles richtig. Nun zuziehen, ganz langsam

zuziehen, bis sie Widerstand spürte. Und dann nochmal kräftig. Fühlte sich gut an. Ja, tatsächlich, die Schnur war an beiden Seiten, an beiden seitlichen Beinen des schweren Billardtisches fest! Gewonnen!

Gewonnen war noch gar nichts. Dazu musste der Trick erst noch klappen.

Sie schlängelte sich über den glatten Boden, weg vom Billardtisch, bis die Paketbandleine sich straffte. Dann bewegte sie versuchsweise ihre gefesselten Hände mit dem Kabelbinder an der rauen Kordel hin und her. Sofort begannen ihre Schultern zu schmerzen, aber darauf war sie gefasst. Hauptsache frei, Hauptsache hier raus! Um schmerzende Gelenke konnte sie sich später kümmern.

So, stärker jetzt! Sie setzte mehr Kraft ein. Prompt passierte etwas – sie rutschte über das glatte Laminat zurück. Schon war das so mühsam geknotete Band schlaff. Nichts mit Reibung.

Sie war kurz davor laut loszuschreien. Was jetzt noch? Was sollte sie denn noch tun? Reichte das alles nicht? Sie schob und wand sich in Richtung Fenster, bis die Leine straff war. Gab es dort irgendwo Halt? Konnte sie sich irgendwo verkeilen?

Da war die lange Schreibplatte, da waren die dünnen Metallbeine, außerdem der Schubladencontainer. Kam sie da heran? Sie streckte die Beine aus, angelte mit den Fußspitzen, so gut es ging, ohne sich dabei die Schultern auszukugeln. Ja, sie konnte den Container erreichen. Aber der rollte sofort weg, kaum dass ihre Schuhspitzen ihn berührt hatten. Es war zum Verzweifeln.

Blieb nur das eine der dünnen Schreibtischbeine, das halbwegs in ihrer Reichweite lag. Sie rutschte so nah wie möglich heran, überdehnte dabei fast ihre Gelenke, schaffte es aber, die Fußspitzen hinter das eckige Metallrohr zu haken. Okay, auf ein Neues. Wieder begann sie ihre Handgelenke mit der Plastikfessel am straff gespannten Paketband hin und her zu reiben.

Spürte sie da einen Hauch von Reibungswärme?

Ein Ruck. Ein Knack. Ein Schleifgeräusch. Und ein leises, zartes Pling.

Sina erstarrte. Das Metallbein stand leicht schräg, das untere Ende war ein Stückchen über den Boden gerutscht, zeigte in ihre Richtung. Diese Schreibtischplatte war nichts als eine schlichte Spanplatte, wohl aus demselben Baumarkt wie die dünnen Metallbeine. Diese Beine waren ganz simpel mit je vier Schrauben darunter verschraubt worden. Klar, dass die bei Querbelastung nicht hielten. Eine der Schrauben war bereits aus dem Holz gerissen worden und zu Boden gefallen. Die anderen drei hielten noch – Betonung auf noch. Ein weiterer Ruck, und das Bein war ab.

Was jetzt?

Sina spürte, dass sich ihre Plastikfessel abgekühlt hatte. Im Prinzip hatte es also funktioniert, Reibungswärme war entstanden. Sollte sie es noch einmal versuchen? Sie sollte nicht nur, sie musste. Aber diesmal richtig. Obwohl dieses blöde Metallbein bestimmt nicht mehr viel aushielt. Oben darüber erhob sich einer der veralteten PC-Türme, mit denen die Arbeitsplätze bestückt waren. Es gab also nur einen Versuch.

Fuß einhaken, Leine straffen, Spannung aufbauen. Und los! Dreimal, viermal, fünfmal auf und ab. Sinas Schultern schmerzten höllisch.

Dann geschahen mehrere Dinge auf einmal.

Das Metallbein der Schreibplatte gab nach, riss ab, fiel lärmend zu Boden und segelte quer durch den halben Raum. Die verbliebenen Schrauben prasselten aufs Laminat wie Hagel. Die Schreibplatte, nur noch dreibeinig, begann sich knarrend zu neigen, dorthin, wo Halt und Stütze fehlten. Der PC-Turm schien zitternd um sein Gleichgewicht zu kämpfen. Auch noch, als ein Flachbettscanner dahinter in Bewegung geriet und gegen den Turm drückte. Dann jedoch kamen Maus und Tastatur ins Rutschen und glitten über die Kante der Platte. Sina kniff die Augen zusammen und rubbelte mit der Kraft der Verzweiflung weiter an ihrer Fessel. Der erwartete Lärm blieb aus; Maus und Tastatur baumelten an ihren Kabeln knapp über dem Laminat. An Kabeln, die in den PC-Turm gestöpselt waren. Das gab dem Oldtimer den Rest. Er kippte, fiel und knallte krachend und berstend auf den Boden. Nur Augenblicke später wurde draußen vor der Tür eine wütende Männerstimme laut.

Und hinter Sina tat es einen Ruck. Mit einem leisen Ausruf, halb vor Schmerz und halb vor Überraschung, riss sie ihre Hände nach vorn. Es hatte geklappt! Ihr ausdauerndes Rubbeln und Scheuern hatte Wärme erzeugt, erst Wärme und dann Hitze. Genügend, um ihr nicht nur die Haut zu versengen, sondern auch die Plastikfessel durchzuschmelzen.

Die Stimme draußen wurde lauter, kam näher. Schwere Schuhe trampelten. Tammo Bruhns, dachte Sina. Der Typ, der mich gerne final entsorgen lassen würde, solange er es nicht selbst machen muss.

Wut durchströmte sie, ließ sie die Schmerzen in Schultern und Gelenken vergessen. Sie warf sich zur Seite, dorthin, wo die Rolle Paketband neben einem der Beine des

Billardtisches auf dem Boden lag. Sie packte die Rolle, zwängte sie zwischen ihren Waden hindurch, legte eine Schlinge um ihre Fußfessel, drehte sich zwei, drei Windungen des Bandes um ihre Hände, straffte das Band und begann schnell und rhythmisch zu ziehen. Links, rechts, links, rechts.

Nach drei Sekunden war das Plastikband des Kabelbinders durchtrennt. Genau in dem Augenblick, in dem die Tür aufgerissen wurde. Tammo Bruhns stand da, mit offenem Mund nach Luft schnappend, ein Smartphone in der Hand. Sina erkannte sofort, dass es ihr eigenes war.

Die Tür war offen. Da musste sie hindurch! Aber Tammo Bruhns füllte den Türrahmen in der Breite nahezu aus. Konnte sie ihn überraschen, ihn beiseite rempeln? Sina spürte ein Prickeln in ihren Füßen und Gelenken. Ob die sie überhaupt trugen? Und das auch schnell und kraftvoll genug?

Ohne Sina aus den Augen zu lassen, steckte der Mann mit dem Flechtzopf ihr Smartphone in seine Hosentasche. Und zog ein Einhandmesser daraus hervor. Mit routiniert wirkendem Griff klappte er die Klinge auf und arretierte sie. Dann stapfte er auf Sina zu, die Messerhand vorgestreckt.

Sina warf sich ihm entgegen – annähernd. Ihre Beine knickten unter ihr ein, aber sie gaben ihr genügend Schwung, um zwei, drei Meter weit über das glatte Laminat zu segeln. Das genügte. Sie packte das metallene Schreibtischbein, als Tammo Bruhns sich über sie beugte. Die Klinge in seiner Faust zeigte aufwärts. So stieß man nicht zu, so schlitzte man auf.

Zum Ausholen blieb Sina keine Zeit. Sie riss das eckige Eisenrohr hoch und traf Tammo Bruhns' Messerfaust von unten. Überrascht schrie er auf. Das Messer entglitt ihm und fiel klappernd zu Boden, kaum einen Meter von ihm entfernt. Schnell machte er einen Ausfallschritt und bückte sich.

Sauber, dachte Sina. Sie schaffte es hoch bis auf die Knie, hob das Rohr über ihren Kopf und ließ es auf seinen heruntersausen. Zur Sicherheit ein zweites Mal. Da war Bruhns aber schon krachend zu Boden gegangen und lag auf dem Bauch, regungslos wie ein gestrandeter Wal.

Sie schlug ein drittes Mal zu. Das tat richtig gut. Auch, als sie feststellte, dass der Kopf des Bewusstlosen blutete, ließ dieses Gefühl nicht nach. Sie hatte das Metallrohr am unteren Ende erwischt und mit dem oberen zugeschlagen; dort war eine kleine Platte mit vier Schraubenlöchern angeschweißt. Ziemlich scharfkantig das Ganze. Na und? War das etwa ihre Schuld? Dieser Kerl da hatte sie umbringen wollen!

Apropos, wo war sein Messer? Sina konnte es nirgends entdecken. Vermutlich war er draufgefallen. Sollte sie den massiven Körper zur Seite rollen? Auf keinen Fall! Sie ekelte sich schon vor dem Gedanken. Vielleicht wachte er dabei auch noch auf!

Vielleicht auch nicht. Gar nicht mehr. Auch kein schöner Gedanke! Sollte sie seinen Puls fühlen? Aber das war nicht nötig, sie hörte ihn schnaufen. Unkraut verging nicht.

Sie sah etwas auf dem Boden liegen, neben Tammo Bruhns' ausladender Hüfte. Das Handy! Es musste ihm beim Sturz aus der Hosentasche gefallen sein. Schnell griff sie danach und steckte es ein. Das metallene Tischbein legte sie dafür weg.

Ihre Füße prickelten immer noch, aber inzwischen trugen sie sie wenigstens. Sina richtete sich auf, betrachtete den Raum, der ihr Gefängnis gewesen war, zum ersten Mal aus der Normalperspektive. Ein ziemlich großer, heller, etwas improvisiert aussehender Arbeitsraum, registrierte sie. Eigentlich machte er sogar einen netten Eindruck. Außer dem Billardtisch gab es ein Dartboard an der Wand, eine kleine Teeküche und eine Sitzecke mit sperrmüllhafter Möblierung. Gelebte Verbindung von Arbeit und Entspannung. Nett. Das hätte die Keimzelle eines kleinen IT-Start-up-Unternehmens sein können. Hitlerbilder und Landser-Plakate jedenfalls suchte sie vergebens. Das Nazihafteste war tatsächlich die Aufmachung des Typen, der zu ihren Füßen lag und blutete.

Erneut waren Stimmen zu hören, und Sina wurde sich bewusst, dass sie schleunigst rausmusste, wenn sie diesen Raum weiterhin als ihr ehemaliges Gefängnis betrachten wollte. Sie musste endlich durch die offene Tür hindurch, auch wenn die Stimmen genau von dort kamen. Es waren, wie sie erleichtert feststellte, Frauenstimmen. Kein Sven Petersen also.

Die Tür führte auf einen fensterlosen Korridor mit mehreren unbeschrifteten Türen. Sina probierte eine Türklinke nach der anderen – abgeschlossen, samt und sonders. Ob hinter jeder dieser Tür ein Gefangener lag, gefesselt, womöglich geknebelt, und seines angstvoll erwarteten Schicksals harrte? Sina schüttelte sich. Sie hatte eindeutig zu viel Fantasie, sagte sie sich. Hoffentlich.

Die Tür am Ende des Korridors war aus Metall und stark verschrammt. Sie ließ sich öffnen. Ein starker Geruch schlug Sina entgegen, schwer, milchig und säuerlich. Sie sah Bottiche und lange Regale. Ach, eine Käserei! Das hatte sie vorher vermutet, von draußen, jenseits des Zauns. Das musste unendlich lange her sein. Zwischen Bottichen und Regalen standen die Frauen, deren Stimmen sie gehört hatte. Sie unterhielten sich gut gelaunt, scherzten, lachten. Jedenfalls drei von ihnen. Sie trugen Gummischürzen über ihren langen Kleidern und Schlappen an den bloßen Füßen, hatten die Haare geflochten und hochgesteckt. Was war das hier, ein Volkshochschulseminar aus dem vorigen Jahrhundert? Oder das Damenprogramm einer völkischen Landwirtschaftsschulung?

Dann bemerkte Sina die vierte Frau. Die war anders gekleidet, mehr so wie Tammo Bruhns. Sie sah ihm auch recht ähnlich, was Haartracht, schwarze Kleidung und Leibesumfang anging. Ihre kräftigen Arme waren von oben bis zu den Handgelenken tätowiert. All die Motive, die Sina in ihrem Gefängnis vergebens gesucht hatte – hier gab es sie zu sehen.

Die drei Schürzenfrauen unterbrachen ihre Unterhaltung, schauten Sina an, erstaunt, aber nicht unfreundlich. Anders die vierte Frau. Die guckte überhaupt nicht erstaunt. Und sie reagierte schnell. Mit einem Satz sprang sie zwischen den Regalen hervor und baute sich neben einem langen Metalltisch auf, beide Arme abgespreizt. Hinter ihr war eine weitere Tür zu erkennen.

Aha, dachte Sina, da geht's also ins Freie. Vielen Dank auch.

Neben dem Regal, das ihr am nächsten stand, lehnte etwas an der Wand, das wie eine Kreuzung zwischen Kochlöffel und Paddel aussah. Sina schnappte sich das Ding. Es lag gut in der Hand. Die Schürzenfrauen kreischten auf.

Die Tätowierte griff in ihre Westentasche und zog ein Messer hervor, das genauso aussah wie das von Tammo Bruhns. Gibt's das irgendwo im Dutzend billiger, fragte sich Sina. Ein bisschen wunderte sie sich selbst über ihre Kaltschnäuzigkeit. Dann machte sie einen Ausfallschritt und schlug zu, diesmal von oben und aufs Handgelenk. Jetzt schrien alle vier Frauen, die Schwarzgekleidete am lautesten.

Im nächsten Moment war Sina im Freien. Die Sonne schien, auch wenn sie recht tief stand, und es war immer noch warm. Sina lief in Richtung Zaun, stieg darüber, rannte weiter. Bloß weg von diesem Hof, wo es noch mehr von diesen Wahnsinnigen gab. Sie schaute sich nach ihrem Fahrrad um, aber das stand da nicht mehr. Also zu Fuß weiter, trotz schmerzender Beine und pfeifender Lunge. Sie fiel in einen Joggertrott.

Irgendwo hinter ihr bellte ein Hund. Es klang aggressiv und böse. Eine Männerstimme ertönte, laut und anfeuernd. Jetzt rannte Sina wieder, so schnell es eben ging.

27.

Manchmal ging es richtig schnell mit den Laboruntersuchungen, fand Lüppo Buss. Vor allem, wenn man es dringend machen konnte, weil es um einen brisanten Fall ging. Einen mit viel öffentlicher Aufmerksamkeit. Und wenn man Stahnke hieß, half das manchem Laboranten auf die Sprünge. Ganz offensichtlich, denn diese Mail war an Stahnke gerichtet. Der hatte sein Kennwort nicht nur in Lüppo Buss' PC eingetippt, sondern gleich auf Speichern geklickt. Also schaute sich der Inselpolizist den Inhalt auch an. Moralisch berechtigt dazu fühlte er sich allemal.

Es war das Resultat der Untersuchung des sogenannten *Schwedentrunks*, mit dem Robin Seefeld erstickt worden war. Und des Inhalts der Campingklokassetten der beiden Fahrzeuge der Emder Feiergruppe vom Platz in Bensersiel. Lüppo Buss überflog den Text; er war gut darin, aus ansonsten Unverständlichem die entscheidenden Begriffe herauszufiltern.

Aha. Übereinstimmung der verwendeten Chemikalien: 100 Prozent. Übereinstimmung des enthaltenen genetischen Materials: negativ.

Mit anderen Worten: Der tödliche Schwedentrunk stammte nicht aus den Campingtoiletten der verdächtigten Gruppe. Dass in allen Fällen die identische Sanitärflüssigkeit benutzt worden war, spielte keine Rolle; so viele verschiedene Marken gab es nicht auf dem Markt, mancher Campingausrüster führte überhaupt nur eine. Ein

Identitätsnachweis der menschlichen Ausscheidungen, das wär's gewesen! Aber nein, Fehlanzeige. Nicht, dass die trinkfreudigen Camper mit den interessanten Strafregistern damit völlig aus dem Schneider gewesen wäre. Aber sie rutschten in der Liste der Verdächtigen deutlich nach unten. Natürlich hätten sie sich an einer anderen Kassette bedienen können; wer pervers genug war, auf diese Art zu morden, der ging auch los und klaute anderer Leute Kacke, sagte sich der Inselpolizist. Dafür jedoch musste man erst Indizien finden. Ganz einfach war das außerdem nicht, denn die Kassettenfächer in Wohnwagen und -mobilen waren abschließbar.

Was hieß das nun? Rückte Tinka Mertens an die Spitze der Tatverdächtigenrangliste? Zusammen mit Karl Antes, ihrem Freund und mutmaßlichen Opfer. Er tötet Robin Seefeld aus Eifersucht, sie dafür ihn aus Rache? Wie du ihm, so ich dir?

Oder doch die Identitären, diese völkisch-verbohrten Nazikreaturen, die sich auf Langeoog festsetzen und ihre Vorstellung von deutschnationaler Lebensweise etablieren wollten? Lüppo Buss tat sich schwer mit diesem Gedanken. Klar, braun war angesagt heutzutage, auch wenn es meist als blau oder schwarz in Erscheinung trat. Aber das waren doch skurrile Gestalten, lächerliche Dummschwätzer, und ja, ein paar aufgepumpte Prügelkasper waren dabei. Die konnte man doch nicht ernst nehmen! Und selbst wenn die das selbst durchaus taten – waren sie wirklich schon wieder *so* weit?

Mehr denn je vermisste der Inselpolizist Stahnkes Rat.

Sein Telefon klingelte. Er griff zum Hörer, kaum dass der erste Ton verklungen war. Aber es war nur Marian.

»Sina ist weg«, sagte der.

Klar ist die weg, dachte Lüppo Buss. Weg von dir, seit Jahren schon. Zu Stahnke. Was kommst du mir damit?

Dann dämmerte es ihm so langsam. »Wieso weg?«, fragte er. »Rede mal Klartext.«

»Ich habe versucht, sie anzurufen. Sie war weder in der Klinik noch zu Hause. Und als ich ihr Smartphone angerufen habe, war eine Männerstimme dran.«

»Oh.« Hatte Sina Gersema nach Marian Godehau auch dessen Nachfolger Stahnke in den Wind geschossen? Sie war ja eine von diesen selbstbewussten, starken Frauen, die sich an keine Konvention mehr hielten. Lüppo Buss kannte beide Versionen, wie es seinerzeit dazu gekommen war, dass sie Marian verlassen und sich Stahnke zugewandt hatte – beide männlichen Versionen. Solch eine Frau besaß man eben nur auf Zeit. Oder vielmehr: Man besaß sie überhaupt nicht. Das lief maximal auf Leihbasis. Dauerleihgabe auf Gegenseitigkeit.

Lüppo Buss wusste, wie es war, verlassen zu werden. Er fühlte mit Stahnke. Aber was sollte er Marian sagen? Der war ja nicht der Verlassene. Diesmal nicht.

»Oh? Ist das alles, was dir dazu einfällt?«, tönte Marian aus dem Hörer.

»Tja, was soll ich sagen.« Lüppo Buss stellte fest, dass Marian recht hatte. »Sina ist eine erwachsene Frau, und wenn sie meint, dass sie lieber bei einem anderen Mann …«

»Sülz mir nicht die Ohren voll!«, schrie Marian. »Der Typ war bestimmt nicht ihr neuer Lover. Erst hat er gefragt, wer da ist, als ob das sein eigenes Handy wäre. Dann hat er geflucht und das Gespräch beendet. Der klang sehr unangenehm, sag ich dir. Da stimmt was nicht.«

»Klar stimmt da etwas nicht.« Lüppo Buss hatte den netten Marian noch nie so brüllen hören; er war ein bisschen beeindruckt. »Hör mal, der Typ, wer immer das ist, hat Sinas Handy mit seinem verwechselt. Er hat das Gespräch angenommen, sich gemeldet, nachgefragt – und dann hat er gemerkt, dass er sich vergriffen hat. Hätte ja sein können, dass Sinas aktueller Freund dran war, oder? Da hat er schnell aufgelegt. Vielmehr, äh, weggedrückt.«

Marian schnaufte laut. »Na toll. Du weißt ja genau Bescheid«, schimpfte er. »Machst du wohl selber auch immer so, was? Echt jetzt! Also was ist, hilfst du mir, sie zu suchen?«

»Sie zu suchen?« Er schaute kurz aus dem Fenster; es hatte zu dämmern begonnen. »Hör mal, Marian, Sina ist eine erwachsene Frau, da kann man nicht gleich ausschwärmen, nur weil sie mal abends nicht zu Hause ist. Das wird schon seine Richtigkeit haben. Außerdem hab ich gerade extrem viel zu tun. Schlaf doch erstmal drüber. Und wenn sie morgen immer noch nicht ans Telefon geht …«

»Morgen? Du spinnst wohl! Ein feiner Freund und Helfer bist du. Dann suche ich sie eben allein!« Grußlos brach Marian das Gespräch ab.

Na, der regt sich ja auf, dachte der Inselpolizist. Warum eigentlich? Wenn sich einer aufregen müsste, dann doch Stahnke. Aber der weiß ja von nichts.

Ob er das wohl ändern musste? Nachdenklich musterte Lüppo Buss sein Telefon.

28.

Wenigstens hatte das Dünenrestaurant geöffnet. Stahnke hatte sich auf die Terrasse gesetzt, mit Blick auf die See, einen Kaffee geordert, das schwarze Zeug fast brühheiß in sich hinein geschüttet und gleich den zweiten Becher bestellt. Und ein Brötchen dazu. Beides würde ihm zu seinem inneren Gleichgewicht verhelfen, das wusste er aus Erfahrung.

Erfahrung hatte Stahnke auch mit Möwen. Eigentlich. Dass die erstaunlich großen Biester auf der Vorderkante des Restaurantflachdachs aufgereiht standen wie die Taxis am Bahnhof, hätte ihn misstrauisch machen müssen. Tat es aber nicht. So wurde er von dem Überfall völlig überrascht. Etwas rempelte ihn fedrig und fest zugleich an der Schulter, ein Luftzug fuhr durch seine Stoppelhaare – und schon war sein Brötchen zur Möwenbeute geworden. Der Räuber vom Dienst verzehrte es genüsslich gerade eben außerhalb seiner Reichweite.

Als Stahnke ein neues Brötchen bestellen wollte, übersah ihn die Bedienung zweimal. Na toll, dachte er. Heute lief aber auch gar nichts nach Wunsch. Er musterte die pickende Riesenmöwe, wütend, hungrig und ein bisschen neidisch. Fliegen müsste man können! Dieser unbekannte Herr Müller konnte es. Wetten, dass der sich sein Sportflugzeug in Cuxhaven unter falschem Namen gechartert hatte? Und dass die alarmierten Kollegen ihn dort nicht mehr antreffen würden?

Blieb Tinka. Durch die gefundenen Gegenstände, Maske und Kanne, und die Aussage des Flugleiters war das Mädel praktisch entlastet. Warum aber tauchte sie nicht auf? Warum hatte sie sich versteckt? War sie in irgendeiner Weise an der Tat beteiligt?

Endlich registrierte die Bedienung Stahnkes Bestellwunsch. Das neue Brötchen nahm der Hauptkommissar direkt in die Hand, schirmte es beim Abbeißen mit der anderen ab, während er die lauernden Möwen auf der Dachkante nicht aus den Augen ließ. War gar nicht so einfach, ohne sich dabei in die Finger zu beißen.

Tinka Mertens. Stahnke ärgerte sich, dass er so wenig über sie wusste. Junge Frau, arbeitete im Service auf einem historischen Dampfschiff. War mit einem Seemann zusammen, der eigentlich Schweißer war, hatte eine Affäre mit einem jungen Mann gehabt, der als Umweltaktivist bekannt gewesen war. Konnte man bei ihr ähnliche Interessen voraussetzen, oder hatte sie Robin einfach nur schnuckelig gefunden?

Für eine umweltinteressierte junge Frau gab es auf Helgoland unzählige denkbare Aktivitäten. Die meisten davon fanden jedoch im Freien statt, wie Trottellummen brüten sehen auf dem Oberland oder Kegelrobben gucken am Strand der Düne, und es wurde so langsam Abend. Tinka würde irgendwo unterschlüpfen müssen. Das Museum hatte schon lange zu.

Ein plötzlicher Windstoß fegte die Krümel von seinem Teller. Stahnke blickte zum Himmel; schnell heraufziehende dunkle Wolken signalisierten ihm, dass nicht nur Tinka Mertens ein Dach über dem Kopf brauchen würde. Und zwar umgehend. Sollte er sich ins Restaurant setzen? Nein, überlegte er, lieber zurück auf die Hauptinsel, zum Kollegen Battermann, die weiteren Schritte besprechen. Zum Beispiel, wie er, Stahnke, zurück aufs Festland kommen sollte. Falls das heute überhaupt noch möglich war, ohne Flugzeug, ohne Fährschiff und ohne eine auslaufbereite »Prinz Heinrich«. Zur Not musste er auf Helgoland übernachten. Normalerweise eine sehr angenehme Vorstellung, aber nicht gerade jetzt. Die Zeit drängte. Stahnke zahlte und machte sich auf den Weg zum Fähranleger. Schon fielen die ersten Regentropfen, zum Glück vereinzelt. In welchem Rhythmus fuhr eigentlich die kleine Fähre? Mit etwas Glück erwischte er sie vielleicht noch.

Aber Glück schien Stahnke an diesem Tag nicht zu haben, denn kaum bekam er den Fährhafen in Sicht, da sah er auch schon die Fähre in Richtung Buntsandsteinfelsen schnauben, mit schäumender Bugwelle und strudelndem Kielwasser. Im selben Augenblick wurde der Regen dichter und stärker. Der Hauptkommissar sah sich nach einer Unterstellmöglichkeit um. Gab es überhaupt eine?

Allerdings, die gab es. Es gab sogar einen richtigen Wartesaal. Er war kaum besetzt, als Stahnke durch die Tür polterte, schließlich waren die zuletzt Wartenden alle an Bord der Fähre gegangen. Nur drei Personen befanden sich in dem Raum; ein Pärchen mittleren Alters, das eindeutig frisch verliebt war und deshalb alles andere um sich herum vergessen hatte. Und weiter hinten eine junge Frau, die den Hauptkommissar aus weit aufgerissenen Augen anstarrte.

Stahnke hatte sich ein Foto zeigen lassen. Das da war Tinka Mertens, eindeutig.

Tinka schien auch ihn zu kennen. Nicht ungewöhnlich; Stahnke hielt sich nicht nur gelegentlich auf Langeoog auf, er arbeitete gewöhnlich in Leer, wo die »Prinz Heinrich«, Tinkas schwimmender Arbeitsplatz, beheimatet war. Wenn sie also wusste, wer er war – wie würde sie auf ihn reagieren? Und was würde das über sie aussagen?

Tinka war sprungbereit. Noch aber zögerte sie. Weil Stahnke den Ein- und Ausgang blockierte? Oder weil sie nicht wusste, was sie von ihm zu erwarten hatte?

Sie könnte schreien, überlegte Stahnke. Eine junge Frau, ein älterer Mann, breit und bedrohlich dazu – wenn Tinka jetzt schrie, würde das verliebte Paar ihr bestimmt beistehen. Natürlich konnte er sich ausweisen, aber ein paar Sekunden Hektik würden bestimmt entstehen, vielleicht sogar ein kleines Handgemenge. Gelegenheit genug, um zu entwischen, entweder hinter ihm durch die Tür oder durch eines der Fenster. Laufen konnte Tinka bestimmt schneller als er, und zum Verstecken, bis die Nacht anbrach, gab es auf der Düne Möglichkeiten genug. Stahnke stünde erneut mit leeren Händen da.

Also hob er die Hände lieber gleich, zeigte Tinka die leeren Handflächen. Zeigte dann auf den leeren Stuhl neben ihr, danach auf sich selbst, hob fragend die Augenbrauen. Bleib hier, ich tu dir nichts, lass uns reden. Kam das irgendwie rüber, oder sah Tinka nur einen gestikulierenden und grimassierenden bedrohlichen Bullen?

Vielleicht. Aber sie sprang nicht auf, rannte nicht weg, sondern drückte sich tiefer in ihren Sessel und verschränkte die Arme. Okay, Angebot angenommen. Versuchsweise.

Während Stahnke langsam auf Tinka zuging, drängte hinter ihm ein Trupp nassgeregneter Strandspaziergänger in den Wartesaal, laut redend und lachend und Tropfen versprühend. Gut, dachte Stahnke, das wird dem Mädel mehr Sicherheit geben. Und bei dem Lärm können wir uns besser unterhalten. Unbelauscht.

»Habt ihr ihn?«, lautete Tinkas erste Frage.

»Das nicht«, antwortete Stahnke. »Aber wir haben die Maske und das Gefäß. Und eine halbe Aussage von einem alten Passagier. Wir wissen also, dass da noch einer war außer euch.«

Sie nickte, fühlte sich sichtlich weder erleichtert noch beruhigt, aber verstanden. Genau darum war es ihr offenbar gegangen.

Der Hauptkommissar musterte die junge Frau. Der dunkle Schatten rund um ihr linkes Auge, die Folge von Kantes Schlag, war verblasst und überschminkt, aber immer noch zu erkennen. Die Schminke war verlaufen, man konnte sehen, dass Tinka geweint hatte. Ihr schmales Gesicht war auffallend blass, ihr halblanges, dunkelblondes Haar windzerzaust. Über dem geringelten Besatzungsshirt trug sie eine Regenjacke. Ihre dunkle Hose sah mitgenommen aus, die Schuhe waren voller Sand.

»Karl war gemein zu mir«, sagte sie leise. »Richtig gemein. Er hat gemerkt, dass ich um Robin getrauert habe. Hat gedacht, ich müsste mich schämen und bei ihm angekrochen kommen. Er war echt fies.« Sie schniefte. »Erst wollte ich bei ihm bleiben, aber dann hab ich gemerkt, dass ich das nicht kann. Hab's ihm bloß nicht sagen können. Aber er hat trotzdem etwas gemerkt. Bestimmt war er darum so gemein.« Tinka schüttelte den Kopf. »Aber dass er jetzt … dass der ihn so … das ist unmenschlich.«

»Wie ist es denn passiert?«, fragte Stahnke. »Erzähl mal.«

»Karl hat mich die ganze Zeit an Bord herumkommandiert und schikaniert«, sagte Tinka. »Ständig hat er mich rein und raus geschickt und hoch und runter. Die ganze Zeit, solange jemand auf dem Schiff war. Dann ist er endlich nach oben gegangen und hat mich in Ruhe meine Arbeit machen lassen. Die hab' ich auch gemacht.«

Stahnke ließ sich seine Ungeduld nicht anmerken. Die hellste Kerze auf der Torte schien diese junge Frau nicht zu sein, aber das hatte er auch nicht erwartet. Wie hätte sie sonst mit einem so beschränkten Kerl wie diesem Kante zusammen sein können? *Sozial retardiert,* würde Sina so einen nennen. Was mochte der sich davon versprochen haben, das Mädchen so mies zu behandeln? Dass ihr das gefiel und sie deshalb zu ihm zurückkommen würde? Manche Leute schlossen ganz automatisch von sich auf andere. Ob Kante so gepolt gewesen war?

»Irgendwann, als ich so gut wie fertig war mit allem, habe ich Schritte an Deck gehört. Ich dachte, das ist Kante, vielleicht hat er sich ein bisschen beruhigt. Wollte nochmal vernünftig mit ihm reden. Aber als ich an Deck stand, kamen die Schritte von ganz oben.« Sie zeigte zur Decke, als befinde sich dort das Sonnendeck der »Prinz Heinrich«. »Ich bin also den Niedergang hoch. Und gleich oben stand er. Aber nicht Kante, sondern dieser fremde Typ mit der Maske. Hat mir direkt eine gefenstert, dass ich mit dem Kopf gegen den Handläufer geknallt bin.«

Sie schob die Haare von ihrer linken Schläfe zurück; die Haut dort war blutunterlaufen und eingerissen. Man sah, dass die Wunde geblutet hatte.

Stahnke nickte. Damit war die Blutspur an Bord erklärt, auf die Battermann sich keinen Reim hatte machen können.

»Ich hab an Deck gelegen, halb benommen, aber gucken

konnte ich noch«, berichtete Tinka weiter. »Der Maskierte ist zum Steuerhaus gerannt, und als Karl rausguckte, weil er wohl etwas gehört hatte, da hat der andere ihn sofort gepackt. Unglaublich, wie schnell der ihn fertig gemacht hat! Dabei hatte Kante doch ganz schön was im Ärmel.« Ihre Augen füllten sich mit Tränen. Offensichtlich nicht zum ersten Mal an diesem Tag.

»Dass er ihn gefesselt hat, hab' ich erst später gesehen. Und auch, was er dann mit ihm gemacht hat.« Ihr Blick, bis jetzt ins Leere gerichtet, heftete sich an Stahnke. »Wie bei Robin. Genau wie bei Robin! Warum hat der das bloß gemacht?«

Wenn du das schon nicht weißt, dachte Stahnke, woher dann ich?

»Was dann?«, fragte er.

»Er ist den anderen Niedergang runter, an Backbord«, erzählte sie. »Während ich mich aufgerappelt habe, hat er irgendwo rumgefummelt, weiß nicht, woran. Dann hab ich ihn über die Gangway laufen hören. War ziemlich laut, irgendwie.« Sie schwieg sekundenlang. »Und dann hab ich überlegt.«

Die schwatzende Strandspaziergängergruppe erhob sich komplett. Auch das Liebespaar stand auf. Alle zusammen verließen den Wartesaal; anscheinend näherte sich die Fähre. Von einer Minute zur anderen waren Stahnke und Tinka allein. Die Stille war drückend.

»Was hast du überlegt?«, fragte Stahnke.

»Wie das wohl aussieht. So von außen, meine ich. Kante tot und ich als Einzige an Bord. Nachdem ich ihn betrogen und er mich geschlagen hatte und so. Und vielleicht hat ja er den Robin getötet? Ich weiß es nicht, vielleicht erfahren wir das nie mehr.« Ihr Schluchzen kam plötzlich und laut und von ganz tief drinnen. Niemand außer Stahnke konnte es hören.

»Und wie sieht das nun aus?«, hakte der Hauptkommissar nach.

»Als ob ich ihn getötet hätte«, sagte Tinka, äußerlich ganz ruhig. »Kam ja sonst keiner in Frage. Der Maskierte war weg. Und als ich den alten Mann hab rufen hören, diesen Reershemius, von dem ich wusste, dass er ein alter Freund von Karl war – da hab ich mich weggeschlichen, auch über die Backbordseite, als der Alte den Steuerbord-Niedergang hochstieg, und als er oben war, bin ich unten schnell weg.«

»Hast du den Fremden noch gesehen?«

Sie schüttelte den Kopf. »Nee, da nicht.« Kurze Pause. »Aber hier.«

»Hier?« Stahnkes Blick wanderte durch den Raum und zu ihr zurück. »Du meinst, hier drin?«

»Nein, nicht hier drin.« Sie lächelte, aber nur für einen kurzen Moment. »Auf der Düne. Ich bin nämlich gleich mit der Fähre rüber, weil ich dachte, drüben auf dem Felsen laufe ich ihm sonst über den Weg. Aber dann ist mir das genau hier passiert!« Sie erschauerte. »Da bin ich weggerannt, zum Strand auf der anderen Seite, und hab mich flach in die Dünen gelegt. Ein paar Stunden lang war ich da, aber dann kamen die Wolken. Deswegen bin ich hier.« Ihre Augen hatten sich gerundet: »Sucht der mich noch?«

Der Hauptkommissar wollte beruhigend den Kopf schütteln, überlegte es sich aber anders. Klar, der unbekannte Flieger hatte inzwischen Helgoland verlassen, das stand fest. Unmittelbare Gefahr für die Zeugin bestand also nicht. Falls überhaupt, denn direkt nach der Tat hatte er Tinka ja auch unbehelligt gelassen, wenn man ihrer eigenen Erzählung Glauben schenkte. Aber manchmal änderten Leute ihre Meinung. Durchaus möglich, dass der mutmaßliche Täter inzwischen bedauerte, Tinka am Leben gelassen zu haben. Vielleicht kehrte er ja zurück. Wenn auch wohl nicht heute.

Trotzdem sagte Stahnke: »Durchaus möglich. Besser, du bleibst in meiner Nähe, dann passiert dir nichts.«

Ihr dankbarer Blick flößte ihm beinahe ein schlechtes Gewissen ein. Aber nur beinahe.

»Wenn ich daran denke, wie der mit Kante umgesprungen ist.« Wieder schüttelte sich die junge Frau; eine weitere Gruppe nassgeregneter Ausflügler, die auf die nächste Fähre wartete und gerade den Saal betreten hatte, schaute mitfühlend herüber. Anscheinend hatte es einen Temperatursturz gegeben.

»War der größer als er? Oder breiter? Massiger, muskulöser?«, fragte Stahnke.

»Eigentlich nicht«, erwiderte Tinka. »Also nicht größer oder breiter. Eher im Gegenteil. Muskulös war der bestimmt, aber das konnte ich unter den Klamotten nicht genau erkennen. Jedenfalls dürfte der mit Robin leichtes Spiel gehabt haben. Und auch Tammo hätte gegen den keine Chance.«

»Welcher Tammo?«, fragte Stahnke.

»Tammo Bruhns. Der Partner von Robin. Geschäftlich. Und von Karl.« Tinka Mertens schaute den Hauptkommissar an, als müsste das jeder wissen.

Stahnke kramte in seinem Gedächtnis. War der Name schon einmal gefallen? Auf jeden Fall hatte er nicht vor, sich eine Blöße zu geben. »Erzähl mir von diesem Geschäft«, forderte er die junge Frau auf.

»Na ja, Online-Handel halt«, sagte Tinka. »Robin hat doch diese Treibholzobjekte gebaut. Ganz unterschiedliche Sachen. Teilweise konnte man die benutzen, wie Stühle oder kleine Tische, teilweise waren die nur zum Angucken. Kunst. Er hat immer Objekte dazu gesagt. Karl nannte sie Staubfänger. Oder gleich Schrott.«

»Karl Antes? War der an diesem Handel beteiligt?«

»Nee, erst nicht. Das waren ja quasi die Anfänge«, erzählte die junge Frau. »Erst war das nur Robin allein. Er hat sich den ersten Online-Shop aufgebaut, um seine Objekte besser verkaufen zu können. Hat Bilder davon ins Netz gestellt. So hat er nach und nach mehr Kunden erreicht als vorher. Und dann kam Tammo ins Spiel.«

»Tammo Bruhns.« Stahnke hatte aufgepasst.

»Genau. Tammo hatte die Idee, den Shop zu erweitern. Weitere Produktgruppen, wie er das nannte. Zuerst lauter Sachen, die auch irgendwie Kunst waren. Dann kam er mit *Lifestyle*.« Sie sprach was Wort so, als würde sie es mit spitzen Fingern anfassen. »Besondere Weine, speziellen Kaffee, exotische Süßigkeiten. Hauptsache, es waren Sachen, die es nicht im Laden zu kaufen gab. Oder halt nicht überall. Und es musste natürlich ordentlich Gewinn drin sein.«

Der Hauptkommissar nickte. Genau so stellte er sich Online-Handel vor. Darum ließ er meistens die Finger davon. Aber Augenblick, stimmte das denn? Tja, so dachte er zwar, aber dass er auch so handelte, konnte man leider nicht sagen. Immer wieder suchte er Dinge vergeblich in den heimischen Geschäften. Oder er fand, was er suchte, aber es war ihm zu teuer. Dann bestellte er eben doch online – beziehungsweise ließ Sina das tun, denn die besaß eine Kreditkarte, im Gegensatz zu ihm. So sieht es aus, dachte er, da will man gesellschaftlich korrekt sein und den heimischen Handel stärken, aber die Verhältnisse, die sind nicht so. War das nun seine Schuld oder die des heimischen Handels?

Er versuchte, sich auf Tinka Mertens' Bericht zu konzentrieren. Irgendetwas vermisste er darin. Ach ja: »Also Robin Seefeld und dieser Tammo Bruhns. Wie kam denn Karl Antes ins Spiel?«

»Na ja, irgendwer musste ja die Lagerhaltung und den Versand erledigen, nicht wahr? Mit zunehmenden Verkäufen wurde das immer mehr. Eine Insel ist dafür kein idealer Ort. Alles muss mit dem Schiff dorthin gebracht werden – und dann zurück aufs Festland, als Päckchen und so. Sehr umständlich. Karl wohnte in Leer und wusste, wo es günstig eine alte Lagerhalle zu mieten gab. Das passte gut.«

»Karl Antes hat den Versand erledigt? Als Seemann?«

»Ach, die meiste Zeit liegt die ›Prinz Heinrich‹ doch im Hafen von Leer, als Touristenattraktion. Karl war selten länger als ein paar Tage am Stück weg. Und wenn sich die Bestellungen angehäuft hatten, habe ich ihm beim Abarbeiten geholfen. Ich war damals schon mit ihm zusammen.« Sie lächelte traurig: »Man kann sagen, so kamen wir beide ins Spiel.«

Stahnke nickte. Wobei aus dem Spiel ein Liebesspiel wurde. Ein doppeltes. »Du hast also mitgemischt«, sagte er und war froh, dass die Doppeldeutigkeit seiner Worte sein Geheimnis blieb.

»Klar, das ergab sich automatisch. Karl war nie der Organisierteste. In seinem Lager ging es chaotisch zu. Die Paletten, die neu geliefert wurden, wurden einfach vor die alten gestellt, bis man nicht mehr nach hinten durchkam und keiner mehr den Überblick über den Bestand hatte. Ich musste erst für Ordnung und System sorgen. Vor allem, als das Geschäft mit den billigen Dampfen so richtig durch die Decke ging. Karl alleine wäre völlig abgesoffen.«

Abgesoffen war Karl Antes nicht, aber er wurde erstickt. Ebenso wie Robin Seefeld. Lag der Zusammenhang im gemeinsamen Geschäft? Und welche Rolle spielte dabei Partner Nummer drei?

»Und als es diesen Stress mit Tammo gab, musste ich mich auch einschalten«, fuhr Tinka Mertens fort.

Aha, dachte Stahnke und lauschte gespannt.

»Bisher war Robin der einzige von den dreien gewesen, der sich politisch engagierte. Karl kümmerte sich überhaupt nicht um Politik, für den war das alles Zeitverschwendung. Und Tammo schwätzte immer nur kraus daher. Hauptsache, überall dagegen. Und natürlich Verschwörungstheorien, da stand er drauf. Ziemlich kindisch alles in allem. Aber das änderte sich.«

»Inwiefern?«

Tinka zuckte mit den Schultern. »Wie soll ich sagen – er hat seine eigene Filterblase gefunden, verstehen Sie? Sein Weltbild hat sich geschlossen. Bis dahin hatte er Robin nachgeplappert. Oder diesen Langeooger Leuten, denen, die geklagt haben, weil durch den Klimawandel irgendwann die Insel überflutet wird und daher ihre Existenz gefährdet ist. Hauptsache, es ging gegen Staat und Regierung und überhaupt gegen alles und jeden. Aber dann hat Tammo sich von den Rechten einfangen lassen. Vor allem, nachdem Sven Petersen auf Langeoog aufgetaucht war. Den fand er klasse! Das ist eben einer von diesen neuen Rechten. Die haben nämlich inzwischen ihr Erscheinungsbild verändert. Aufmärsche mit braunen Uniformen und

Trommeln, das wäre nichts für Tammo Bruhns gewesen. Aber stylisch in schwarz, mit Wikingerfrisur und eigener, völlig neuer Flagge, das fand er gut. Und gegen Fremde sein und für Heimat, damit rennt man bei vielen Insulanern offene Türen ein.«

Eigene Flagge! Eine, die man nach vollbrachter Tat hisste? Wie vor 50 Jahren die Astronauten auf dem Mond? Offenbarte sich hier der Zusammenhang? Stahnke unterbrach Tinka Mertens mit erhobener Hand: »Kann dieser Tammo Bruhns fliegen?«

»Was?« Die junge Frau guckte belustigt. »Wie denn? Haben Sie sich den schon mal angeguckt?« Dann schien es ihr zu dämmern. »Ach so, Sie meinen mit einem Flugzeug? Selber? Keine Ahnung. Soll ja ziemlich teuer sein, dieses Hobby, aber inzwischen könnte Tammo genug Geld dafür verdient haben. Ich dachte schon, mit Fliegen meinten Sie das Gleiten mit diesen *Batman*-Anzügen. Also nee, das kann ich mir nicht vorstellen.«

Andere Zeiten, dachte Stahnke. Jetzt musste man schon erläutern, was man mit fliegen können meint. Aber das war ja nicht alles. Auch den Begriff Nazi musste man erklären. Weil die ja nicht mehr wie die Nazis herumliefen, aber trotzdem welche waren. Bis auf die Schädelknochen.

»Ich muss unbedingt mit diesem Tammo Bruhns reden«, sagte Stahnke.

»An sich kein Problem. Aber dafür sind Sie auf der falschen Insel«, sagte Tinka Mertens.

»Er ist momentan auf Langeoog? Weißt du das genau?«

»Na klar. Hab' ihn vorhin erst angerufen, da sagte er, er sei auf dem Reiterhof«, sagte die junge Frau.

»Das heißt, du hast ihn informiert?« Stahnke starrte sie ungläubig an.

»Na klar. Er muss doch Bescheid wissen, was mit Karl passiert ist«, sagte Tinka Mertens.

Stahnkes Smartphone meldete sich. Der Hauptkommissar nahm den Anruf an, ohne die junge Frau aus den Augen zu lassen. »Ja?«

»Lüppo hier«, meldete sich sein Langeooger Kollege. »Ich muss mit dir reden.«

»Ich auch mit dir«, erwiderte Stahnke.

29.

Dieser Hund, dieser verfluchte Hund! Sie konnte machen, was sie wollte, immer wieder hörte sie diese Bestie bellen. Dieser Hund ließ sich einfach nicht abschütteln.

Eigentlich hätte das Tier sie längst einholen müssen, aber Petersen und seine Leute hatten es anscheinend nicht von der Leine gelassen. Es musste Petersen sein, denn dieser Tammo hatte sich bestimmt noch nicht von den Schlägen erholt, die sie ihm verpasst hatte. Und dass es mehrere Personen waren, die ihr nachjagten, hatte sie an den verschiedenen Stimmen gehört, als die Verfolger ihr einmal besonders nahe gekommen waren. Da hätte sie kaum einen verbogenen Cent darauf gegeben, dass sie davonkommen könnte.

Das war, kurz bevor sie den Roller gestohlen hatte.

Das Ding hatte an einem Baum gestanden, einfach so, weit weg von jedem Ferienhaus und Strandzugang. Unabgeschlossen. Vielleicht stand sein Besitzer irgendwo hinter einem Gebüsch und beobachtete Vögel. Oder was auch immer. Zu sehen war niemand, sonst hätte Sina um Hilfe bitten können. So hatte sie sich stattdessen den Roller geschnappt. Seit ihren Kindertagen war sie nicht mehr mit einem Roller gefahren. Rad fahren verlernte man angeblich nicht; Roller fahren eindeutig schon. Dieser war größer als ihr damaliger, trotzdem fand sie die Räder viel zu klein und den Lenker zu niedrig und zu schmal. Sie schlingerte abenteuerlich dahin, mehrere Male wäre sie beinahe gestürzt. Trotzdem kam sie etwas schneller voran als zu Fuß. Das Hundegebell blieb zurück. Aber sie hörte es trotzdem. Die ganze Zeit. Vor allem dann, wenn sie versuchte, näher dorthin zu kommen, wo Häuser standen, wo sich Menschen aufhielten. Immer dann schnitten ihr die Verfolger den Weg ab. Zumindest hatte sie das Gefühl, dass die das taten, und wich lieber aus. So hatten sie sie bis in das Wäldchen getrieben.

Das Wäldchen erstreckte sich zwischen Ortschaft, Bahnstrecke, Flinthörndeich und Hafen. Es war von einer Straße und mehreren Wegen durchzogen. Häufig traf man Spaziergänger und Radler an, oft in Gruppen. Sina jedoch konnte keinen einzigen Menschen erblicken. Typisch, dachte sie und fluchte stumm, denn ihren gesamten Atem benötigte sie zum Keuchen. Dass sich niemand zeigte, lag wohl daran, dass gerade Abendbrotzeit war, mehr oder weniger.

Auf der Straße konnte sie nicht bleiben, da würden die Verfolger sie sofort sehen, gleich nachdem sie eingebogen waren. Sie entschied sich für einen der unbefestigten Seitenwege. Die aber waren für einen Roller nicht sehr geeignet. Die Räder sanken ein, beim Abstoßen rutschte ihr Fuß im Staub weg, und das ganze Gefährt mit dem schmalen Lenker wackelte stärker denn je. Das Schlimmste aber war, dass sie zum Vorwärtskommen immer wieder einen Fuß auf den Boden setzen musste. Anders als bei einem Fahrrad, aber ein Rad hatte an dem Baum ja nicht gestanden. So hinterließ sie nach wie vor eine Fährte, die der Hund wittern und der er folgen konnte. Genau das tat er. Sina konnte ihn bellen hören.

Wurde das Bellen etwa lauter?

Dämlicher Roller! Sina sprang vom Trittbrett und ließ das Vehikel fallen. Lief los, stoppte nach wenigen Schritten ab, kam zurück, hob den Roller auf und versteckte ihn im nächstgelegenen Gebüsch. So, jetzt fiel er ihren Verfolgern zumindest nicht auf den ersten Blick auf. Wenn sie auch mit ihm eine Fährte hinterließ, dann kam sie im Wäldchen ohne ihn wenigstens besser voran.

Sie folgte einem Trampelpfad, dorthin, wo die Bäume dichter standen. Oder war das ein Wildwechsel? Auf Langeoog gab es mehr Rehe, als man denken sollte. Kaninchen sowieso. Deren Wege nannte man allerdings Pässe. Einer ihrer letzten Patienten war Jäger. Momentan fühlte Sina sich weitaus behandlungsbedürftiger als er. Zweige peitschten ihr durchs Gesicht; sie musste ihr Tempo drosseln. Diese Stelle war schön unzugänglich, hier müsste sie sich eigentlich gut verstecken können. Bloß nicht vor diesem Hund! Sie konnte ihn bellen hören. Vermutlich würde er sie sogar schneller aufspüren können als unter anderen Menschen, da es ja keine ähnlichen Gerüche gab, die ihre Fährte hätten überdecken können.

Wieder drückte sie einen Zweig beiseite, der ihr eine schmerzhafte Backpfeife verpasst hatte. Im nächsten Augenblick stieß sie mit der Hüfte gegen ein Hindernis; es schepperte laut, als sie der Länge nach hinschlug. Himmel, was war das? Hatte einer mitten im Wald seinen Sperrmüll entsorgt? Oder sogar Problemmüll? Das Ding, das sie umgerannt hatte, sah nach einem Ölfass aus.

Ihre Hüfte tat weh, ihre Handflächen waren dunkel verfärbt. Blutete sie? Das fehlte noch! Blut roch dieser Hund bestimmt meilenweit.

Aber nein, ihre Hände waren nicht rot, sondern schwarz. Erde war das nicht, auch kein Rost. Sie schnupperte. Das war Ruß! Fackelte tatsächlich jemand Altöl und Schlimmeres ab? Aber dafür rochen ihre Hände eigentlich zu würzig. Geradezu appetitlich.

Sina erhob sich, ausgelaugt und zitternd vor Erschöpfung. Dies war der Rand einer kleinen Lichtung, stellte sie fest. Einer sehr kleinen. Aber die Hütte, die darauf stand, war ebenfalls winzig. Eigentlich bloß ein Geräteschuppen. Und ein paar Meter daneben lag, neben einem ebenfalls umgefallenen Dreibeinständer, eine Räuchertonne. Klar, das war der Geruch: Räucherfisch! Jemand räucherte hier, vermutlich ein Angler, der seinen Fang veredeln wollte. Natürlich illegal, denn im Wäldchen verbot sich das von selbst, auch wenn beim Räuchern kein offenes Feuer entfacht wurde und die Waldbrandgefahr deswegen nicht allzu groß war. Wer machte sowas? Und warum?

Darum. Weil Wohnraum auf Langeoog teuer war. Weil so viel wie möglich an Touristen vermietet wurde und Einheimische wie Angestellte zuweilen recht beengt lebten. Weil nicht jeder über den Luxus eines Gartens verfügte, in dem man solch eine Tonne aufstellen konnte. Und wenn doch, dann konnte es gut angehen, dass Nachbarn sich beschwerten und die Räucherei untersagen ließen. Mit Rücksicht auf die empfindlichen Nasen anspruchsvoller Badegäste. Die dann im Restaurant für Räucherfisch bestimmt gerne saftige Preise zahlten. Es konnte natürlich sein, dass jemand bereits die Kosten für die Fischereierlaubnis sparen wollte. Dann wäre der Fang an und für sich illegal. Und die Räucherei damit auch. Wie auch immer, dachte Sina. Genug spekuliert und Zeit verloren. Sie hatte sich etwas verpustet, sie musste weiter. Wenn sie doch bloß ihre Fährte verwischen könnte!

Noch einmal fiel ihr Blick auf die Räuchertonne. Sie war tatsächlich aus einem alten Ölfass gebaut. Ein Teil der Außenwand diente als Tür und hatte sich beim Sturz geöffnet. Unten musste der Bereich sein, in dem das Holz vor sich hin schwelte, um den gewünschten Rauch zu erzeugen. Oben war der Raum für das Räuchergut. Anders als erwartet war der nicht leer; vier Fische hingen darin. Zwei Aale, unverkennbar. Und die anderen? Der größere konnte eine Makrele sein. Und der kleinere? Ein Hering?

Sina schlug sich gegen die Stirn. Was war heute bloß mit ihrem Kopf, mit ihrem Hirn los. Ständig bot es ihr irgendwelchen Blödsinn an. Gerade war es ein Lied, so ein uralter Gassenhauer, den Stahnke manchmal vor sich hin sang, wenn er gute Laune hatte:

»Ein Hering und eine Makrele, die waren ein Herz und auch Seele …«

Ihr Gehirn musste genauso ausgelaugt sein wie ihr Körper, vermutete Sina, sonst würde es sie nicht mit solchem Mist belästigen, sondern ihr lieber verraten, wie sie diesen Killerköter von ihrer Spur ablenken könnte. Auf einen Baum klettern? Das hatten die Zwerge im »Hobbit« auch gemacht. Aber dann hatten die Orks unten Feuer gelegt …

Moment. Da war noch was. Ganz weit hinten war noch etwas. Ihr Hirn, vielmehr ihr Gedächtnis, schien ihr doch noch ein Angebot zu machen. Keins mit Feuer, sondern eins mit Rauch. Was war das?

Roter Hering?

Wieder schlug Sina sich an die Stirn, aber diesmal mit der flachen Hand. *Red Herring*! Na klar. Und das kam von Marian, nicht von Stahnke. Wie oft hatte sie gestöhnt, wenn der Herr Dr. phil. Godehau ihr literaturwissenschaftliche Vorträge gehalten hatte. Dieser eine war sogar halbwegs interessant gewesen, deshalb hatte sie ihn sich gemerkt. Über falsche Spuren im Kriminalroman. Die Engländer nannten das »Red Herring«, übersetzt Räucherhering. »To throw someone a red herring« hieß sinngemäß »jemanden auf eine falsche Spur locken«.

Jemanden auf eine falsche Spur locken!

Die These war umstritten, aber es gab Leute, die felsenfest behaupteten, mit dem Geruch eines Räucherherings ließen sich Spürhunde von jeder Fährte ablenken. Sina glaubte das sofort. Allein vom Ruß der Räuchertonne verströmten ihre Hände einen intensiven Geruch. Hundenasen waren 40-mal empfindlicher als menschliche – die mussten davon geradezu betäubt werden.

Sie stürzte sich auf die Tonne, ignorierte die beiden Aale, schob die Makrele beiseite. Der Hering musste es sein! Ungeduldig zerrte sie daran, bis der auf einen

Draht gefädelte Kopf abriss. Egal, das Manöver musste auch ohne Kopf klappen! Am besten, sie zog den Fisch auf dem Boden hinter sich her. Aber wie? Jetzt wäre etwas Paketband gut, dachte sie. Aber sie hatte sich nichts davon eingesteckt. Gebückt rennen und dabei den Hering über den Boden schleifen? Das würde sie nicht lange durchhalten.

Der kleine Schuppen! Er war aus Holz, alt, ausgedörrt und verzogen. Riegel und Vorhängeschloss waren vorhanden, aber die Halteschrauben steckten in einer morschen Latte. Sina musste nicht einmal zutreten; ein Griff, ein Ruck, und die Tür war offen. Tatsächlich, Anglerkram! Ruten, Kescher, Netze. Und Reserveleinen auf einem Regal gleich neben der Tür. Praktisch.

Während sie den Räucherfisch am Schwanz festknotete, ging ihr die Diskrepanz durch den Kopf. Aale, ja, die gab es in Binnenseen wie dem Schloppsee auf Langeoog. Aber Heringe und Makrelen waren Hochseefische. Wie kam der illegale Räucherer an die?

Die Antwort lieferte Sinas Gedächtnis. Sonderangebot vom Supermarkt, Makrelen und Heringe, fangfrisch und ausgenommen, eingeschweißte Gebinde, extra günstig! Offenbar las der räuchernde Angler Prospekte.

Fertig. Sina lief los, über die Lichtung, folgte dem Trampelpfad. Der rote Hering hoppste an seiner Angelschnur kopflos hinter ihr her. Wenn sie einer so sah, der ließ sie doch direkt in die Klappse einweisen. Gut, dass sie sowieso in solch einer Einrichtung arbeitete.

Allzu groß war das Langeooger Wäldchen nicht. Wenn sie weiterhin geradeaus lief, kam sie irgendwann in der Nähe des Hafens heraus. Warum nicht, das war besser als am Strand, wo man sie sofort sehen und in die Enge treiben würde. Besser aber wäre es, sie käme endlich unter Menschen, dachte Sina. Also wandte sie sich nach links Richtung Flugplatz und Ortschaft.

War der Hund noch zu hören? Ja. Aber entfernter, gedämpfter. Hatte ihr Manöver Erfolg gehabt, war der Hund olfaktorisch verwirrt und abgelenkt? Oder hatten sich die Verfolger aufgeteilt, um ihr von zwei oder mehr Seiten den Fluchtweg abzuschneiden?

Sie kämpfte sich weiter in die Richtung, von der sie hoffte, dass es die richtige sein möge. Baumwurzeln angelten nach ihren Füßen, Brombeerranken nach ihren Waden, Äste und Zweige zerkratzten ihr die Arme. Als sie sich irgendwann umdrehte, stellte sie fest, dass der Räucherfisch verschwunden war und sie nur noch die Angelschnur mit dem leeren Knoten am Ende hinter sich her zog. Ein hysterisches Lachen stieg ihr die Kehle hoch, und sie hatte Mühe, es zu unterdrücken.

Unwillkürlich war sie stehen geblieben. Trotzdem glaubte sie weiterhin das Rascheln von Laub und das Knacken von Zweigen zu hören. Kamen sie näher, hatten sie sie gleich? Sina kämpfte mit wachsender Panik. Vielleicht ist es jemand anderes, redete sie sich ein. Vielleicht sucht ja einer nach mir, der es gut mit mir meint. Lüppo Buss zum Beispiel. War das nicht sogar sein Beruf? Oder Marian. Mensch, wäre das schön, wenn Marian auftauchen würde. Aber wahrscheinlich war da überhaupt niemand, und sie hatte sich bloß etwas eingebildet. Sie versuchte, den Atem anzuhalten, aber der ging keuchend und hatte seinen eigenen Willen. Erst nach mehreren Versuchen gelang es ihr.

Knacken. Rascheln. Ratschende Dornen. Ein unterdrückter Fluch. Okay, sie hatte keine Gespenster gehört.

Soweit die gute Nachricht. Was sie nicht hörte, war der Hund. Auch das war gut.

Plötzlicher Schwindel ergriff sie. Hatte sie die Luft zu lange angehalten? Ihre Hände suchten nach Halt, sie machte einen Ausfallschritt. Das Krachen eines trockenen Zweiges schien durch das ganze Wäldchen zu hallen. Sekunden später stand die tätowierte Frau vor ihr. Mit eisernem Griff packte sie Sina am Arm. »Na endlich, du Zecke!«, zischte sie. »Hast uns lange genug an der Nase herumgeführt. Das machst du nicht noch einmal mit uns.«

Sina zog, sie riss, sie versuchte, ihren Arm zu drehen – nichts half. Die Frau mit dem halb rasierten Kopf hatte Muskeln wie ein Mann. Mit der freien Hand schlug sie ihr hart ins Gesicht, einmal, zweimal. Und als Sina den Arm zur Abwehr erhob, traf sie gleich ein dritter Schlag. »Versuch's gar nicht erst«, sagte die Frau. »Oder ich hau dir direkt die Rübe vom Hals.«

»Was willst du?«, keuchte Sina. »Was habt ihr mit mir vor?«

Die Frau lachte rau. »Jetzt ist es Plan B«, sagte sie höhnisch. »Gegen Plan A hattest du ja was. Glaub aber nicht, dass dir das, was kommt, besser gefällt.«

Da kam tatsächlich etwas, registrierte Sina. Anscheinend der Rest vom Suchtrupp. Obwohl, einen Hund konnte sie nicht hören.

Die Frau wandte ihren Kopf zur Seite, triumphierend, setzte zum Reden an. Einen Sekundenbruchteil später wechselte ihr Gesichtsdruck, zeigte Entsetzen. Dann klatschte es kurz und trocken, und ihr Gesicht verschwand aus Sinas Blickfeld, ebenso wie der eben noch eiserne Druck der Hand von ihrem Arm. Stattdessen erschien vor ihr ein anderes Gesicht. Höher. Männlicher. Und grauenhaft entstellt.

»Komm«, sagte Marco Heidergott. »Komm schnell. Dort hinten sind mehr von denen. Vorwärts, ich weiß, wie wir hier rauskommen.«

Wie betäubt taumelte Sina hinter ihrem Patienten her.

30

Zuerst war er beim »Dwarslooper« vorbeigefahren. Konnte ja sein, dass Sina dort Freunde getroffen hatte und dabei war, genüsslich zu versacken. Beziehungsweise Freundinnen natürlich – Marian war da sehr korrekt. Das aber war eine vergebliche Hoffnung gewesen. Sina war nicht dort, war an diesem Abend auch nicht gesehen worden.

Also dann, hatte Marian gedacht. Packen wir den Stier bei den Hörnern.

Inzwischen war die Dämmerung angebrochen. Der Wasserturm, das achteckige Wahrzeichen Langeoogs, war ins Licht der Bodenscheinwerfer getaucht. Wie ein schweigsamer Wächter stand er oben auf seiner Düne, der auf alles acht gab und dem nichts entging. Schön wär's, dachte Marian. Schließlich war in den letzten Jahren so manches Verbrechen auf dieser Insel geschehen, ohne dass der alte Wasserkopf schützend eingeschritten wäre. »Soll er doch lieber seinen Job als Hintergrund für Touristenfotos machen«, murmelte Marian vor sich hin. »Davon versteht er mehr.«

Und er, Marian, sollte endlich aufhören, bei jeder Gelegenheit metaphernhaltigen Schmus abzusondern. »Komm endlich mit deinem Leben klar, Alter«, sagte er halblaut.

Ein angetrunkener Teenager, der vorüberschlurfte, glotzte ihn derart ungläubig an, als hätte man ihm gerade völlig unerwartet einen Spiegel vorgehalten.

Marian schwang sich auf sein Rad. Als er beim Tor zum Reiterhof ankam, war es dunkel. Der Vorplatz des Hauptgebäudes war hell erleuchtet. Dorthin radelte er. Den Stier, dachte er. Bei den Hörnern.

Wie sich jedoch herausstellte, war der Stier nicht da. Sven Petersen sei fortgegangen, erfuhr Marian von einigen Reitsportlern, die ihre Pferde in Mietboxen eingestellt hatten. Auch sonst sei niemand von denen, die gewöhnlich Bescheid wüssten, momentan anwesend. Vielleicht in der Schmiede fragen? Und tschüss. Reiter, schlussfolgerte Marian, interessierten sich für ihre Pferde und sonst für gar nichts.

Der Schmied hatte bereits zusammengepackt. Wie sich herausstellte, gehörte er ebenfalls nicht zur Stammbesetzung des Hofes, sondern war nur für einzelne Workshops gebucht worden. Pferde beschlug er übrigens nicht; er war Kunstschmied.

Ob er eine Frau mit rotbraunen Haaren gesehen hätte, fragte Marian und versuchte Sina so gut wie möglich zu beschreiben. Er tat das nicht nur sehr bildhaft, sondern auch in glühenden Farben.

Der Schmied grinste: »Ihre Freundin, was? Herzlichen Glückwunsch! Aber nee, in meinem Kurs war sie nicht. Fragen Sie mal drüben in der Käserei, da war heute etwas im Angebot. Da müsste noch jemand sein.«

Marians Blick folgte dem ausgestreckten Arm des Schmiedes. Und fiel mitten in das Gesicht von Lüppo Buss.

Der Inselpolizist schaute verlegen drein. Zweimal setzte er zum Sprechen an, dann zuckte er stumm mit den Schultern.

»Gut, dass du hier bist«, sagte Marian.

»Ich habe mit Stahnke telefoniert«, sagte Lüppo Buss, als sei das Erklärung genug.

»Sven Petersen und seine Leute sind ausgeflogen.« Marian berichtete kurz, was er in Erfahrung gebracht hatte. »Da drüben in der Käserei sollen noch Leute sein.«

Der Inselpolizist nickte, drehte sich um und setzte sich in Bewegung.

»Brauchst du denn keinen Durchsuchungsbeschluss?«, fragte Marian leise, als sie außer Hörweite des Schmieds waren.

»Nicht bei Gefahr im Verzug«, erwiderte Lüppo Buss knapp.

»Ach ja«, sagte Marian. Dabei lief es ihm kalt den Rücken herunter.

Der flache Bau an der Grenze des Hofgeländes gab durch sein Äußeres rein gar nichts über seinen Verwendungszweck preis. An der vorderen Längswand befanden sich zwei Eingangstüren. Die rechte wurde gerade geöffnet. Eine Frau mittleren Alters in langem Kleid und Holzschuhen, die gerade dabei war, eine Schürze zusammenzufalten, schaute die beiden fragend an. »Für heute sind wir aber schon durch«, sagte sie, nicht unfreundlich, aber trotzdem abweisend. »Oder möchten Sie sich für nächste Woche anmelden?«

Danach erst schien ihr die Uniform des Inselpolizisten aufzufallen. »Ach, dann sind Sie wohl nicht hier, um Käse zu machen«, stellte sie fest.

Lüppo Buss warf Marian einen Seitenblick zu. Der blieb ernst und war deswegen ziemlich stolz auf sich.

Der Inselpolizist tippte grüßend an seinen Mützenschirm. »Wir gehen einer Vermisstenmeldung nach«, sagte er. *Wir*, als sei Marian ein Kollege von ihm. »Eine Frau wird gesucht. Mittelgroß, rotbraune Haare, braune Augen, relativ schlank. Keine besonderen Kennzeichen.«

Okay, dachte Marian. So geht es natürlich auch.

Die Frau im langen Kleid bekam große Augen. »Oh ja, die war hier!«, rief sie aus. »Machte einen total verwirrten Eindruck. Hat sogar die Frau Petersen angegriffen. Mit dem großen Rührlöffel! Die war wirklich irre.«

»Angegriffen?«, fuhr Marian auf. »Wieso?«

Lüppo Buss legte ihm die Hand auf den Arm. »Schildern Sie uns bitte die Umstände dieses Vorfalls«, forderte er die Frau auf. »So genau wie möglich.«

»Ja, also …« Die Angesprochene knetete die zusammengelegte Schürze und klemmte sie sich unter den Arm. »Diese Frau, die mit den rotbraunen Haaren, kam von hinten, aus dem anderen Gebäudeteil.« Sie machte eine vage Handbewegung in die Richtung. »Dort sollte sich um diese Zeit eigentlich niemand aufhalten. Ich unterhielt mich gerade mit zwei Workshopteilnehmerinnen; die anderen machten zu der Zeit Pause. Frau Petersen war auch da.« Die Frau lächelte, aber das sah unnatürlich aus. Irgendwo zwischen ängstlich und unterwürfig, fand Marian. »Hildburg heißt sie, wir duzen uns. Sie führt sozusagen die Oberaufsicht bei unseren Aktivitäten. Ich gehöre ja gar nicht zum Hof, bin nur Honorarkraft. Mein Name ist Döring, Käthe Döring. Ich kümmere mich um die Käseproduktion und die Kurse in Käseherstellung und Bierbrauen.«

»Was geschah dann?«, fragte der Inselpolizist.

»Diese Frau platzte also rein, sagte kein Wort und blickte sich um. So ganz komisch.« Sie machte es vor; es sah gehetzt aus, dachte Marian. Verdammt, was ging hier vor?

»Frau Petersen hat sich ihr in den Weg gestellt. Logisch, nicht wahr? Die Fremde hatte hier eindeutig nichts zu suchen. Und in den Räumen da hinten schon gar nicht«, sagte die Frau voller Empörung. »Daraufhin hat die Person das große Maischepaddel genommen, das dort stand, und hat der Frau Petersen mit voller Wucht auf die Hand gehauen. Aber echt, total rücksichtslos. Das Messer ist meterweit geflogen.«

Sina sollte zugeschlagen haben? Mit einem Paddel? Marian schüttelte ungläubig den Kopf. Er versuchte, sich das bildlich vorzustellen. Zu seiner großen Überraschung gelang ihm das recht gut.

»Wieso Messer?«, fragte Lüppo Buss. »Was für ein Messer?«

Käthe Döring schnappte nach Luft und errötete. »Ja, das … Frau Petersen musste sich doch verteidigen, oder? Es ist schließlich ihr Haus! Also ihrs und das von ihrem

Mann Sven. Ich meine, die beiden haben das alles gepachtet.« Sie ruderte mit beiden Händen in der Luft herum. Die Schürze fiel zu Boden.

»Und deswegen hat sie das Recht, mit dem Messer auf Sina …« Marian schäumte. »Das ist durch den Notwehrparagrafen aber nicht abgedeckt. Damit kommt sie vor Gericht nicht durch!«

Wieder brachte Lüppo Buss ihn zum Schweigen. »Wo hat das Ganze stattgefunden?«, fragte er in ruhigem Tonfall.

»Da.« Die Frau ging voraus, gestikulierte zuvorkommend, geradezu unterwürfig. Marians Bemerkung schien ihr Respekt eingeflößt zu haben.

»Dort hinten steht unser Braukessel«, erläuterte die Frau. »Und gleich hier ist unsere Käserei. Wir produzieren Weichkäse in verschiedenen Geschmacksrichtungen. Am beliebtesten …«

»Wo genau war es?«, unterbrach Lüppo Buss.

»Hier. Hildburg Petersen stand genau hier.« Frau Döring zeigte auf den Boden, auf eine Stelle zwischen zwei Arbeitstischen. »Und diese Person, die Sie suchen, kam von dort.« Mit der anderen Hand wies sie auf eine geschlossene Tür.

Der Inselpolizist ging in die Knie, musterte den Boden. »Das Messer liegt hier nicht mehr«, stellte er fest.

»Nein, selbstverständlich nicht. Frau Petersen hat es aufgehoben, sowie sie ihre Hand wieder bewegen konnte. Dann ist sie hinterher.«

»Hinterher?«, fragte Marian. »Hinter der Frau mit den rotbraunen Haaren? Mit einem Messer?«

»Ach Gott! So, wie Sie das sagen, klingt das ja …« Käthe Dörings Empörung klang echt. »Frau Petersen war doch im Recht! Sie ist doch die Geschädigte! Wenn Leute meinen, die könnten die Gesetze mit Füßen treten, dann ist es doch normal, wenn man das selber in die Hand nimmt. Der Staat tut ja doch nichts, da kann man lange warten. Der lässt doch bloß immer noch mehr von solchem Gesocks ins Land. Und die Polizei, die traut sich ja gar nicht mehr, irgendwas zu unternehmen, weil dann regelmäßig Trupps von Anwälten aufmarschieren. Da muss man doch ...« Die Frau unterbrach sich; anscheinend hatte sie vergessen, mit wem sie redete.

»Wer sagt das?«, fragte Lüppo Buss in einem Ton, als säßen sie nebeneinander beim Friseur.

»Hildburg Petersen«, sagte die Frau etwas kleinlaut. »Und ihr Mann auch.«

Was für ein Papagei, dachte Marian. Umgang bildet, da sieht man's mal wieder.

Der Inselpolizist ging zu der Tür, auf die die Frau gezeigt hatte. Sie war verschlossen. Er drehte sich um und streckte wortlos die flache Hand aus.

»Die Schlüssel? Die hab ich nicht«, rief die Frau im langen Kleid. Es klang schrill.

»Natürlich haben Sie die«, widersprach Lüppo Buss. »Sie leiten die Produktion, Sie geben Workshops, Sie verlassen als Letzte das Gebäude. Natürlich haben Sie die Schlüssel. Geben Sie sie mir.«

»Zeigen Sie mir zuerst Ihren Durchsuchungsbefehl!«, sagte Frau Döring. Dann schlug sie sich die flache Hand vor den Mund, weil sie merkte, dass sie sich verraten hatte.

»Brauche ich nicht«, behauptete der Inselpolizist fest. »Gefahr im Verzug. So, und jetzt her mit dem Schlüsselbund! Andernfalls geben Sie mir Ihre Personalien. Dann rufe ich nämlich den Schlüsseldienst, und der muss ja wissen, an wen er die Rechnung schicken soll.«

Zwei Sekunden später hielt Lüppo Buss das Schlüsselbund in der Hand. Käthe Döring mochte ihren Arbeitgebern gegenüber loyal sein und auch empfänglich für deren Einstellung. Beim Geld jedoch schien all das aufzuhören.

Der Inselpolizist musterte die Schlüssel routiniert durch, dann hielt er einen davon in die Höhe: »Hauptschlüssel!«

Er öffnete die metallene Tür. Marian blickte in einen längeren Gang mit Türen an beiden Seiten. Und einer ganz hinten. Sieht aus wie ein Gefängnisflur, dachte er. Ihm wurde mulmig zumute.

»Wo fangen wir an?«, fragte Lüppo Buss.

»Ganz hinten.« Marians Stimme klang heiser.

Der Oberkommissar schaute ihn fragend an, sagte aber nichts. Sie setzten sich in Bewegung.

Als er sah, dass sich hinter der fraglichen Tür kein finsteres Nazi-Verlies, sondern eine recht weitläufige Mischung aus Büro und Pausenraum verbarg, verspürte Marian Erleichterung. Obwohl, vielleicht war es ja nur das falsche Zimmer?

Er wollte hinein, sich umschauen, aber Lüppo Buss hielt ihn zurück. »Da, guck!« Wieder ging der Inselpolizist in die Hocke. »Das ist Blut«, stellte er fest.

Blut. Sina! Marian musste sich am Türrahmen abstützen.

»Das ist bestimmt von dem armen Herrn Bruhns«, rief Frau Döring von hinten. »Den hat die Verrückte ja als Erstes niedergeschlagen. Mit einem Tischbein, das muss man sich mal vorstellen! Und gucken Sie sich bloß mal an, was für einen Schaden die angerichtet hat!«

Jetzt bemerkte auch Marian die PC-Trümmer auf dem Laminatboden; von der Tür aus waren sie nicht sofort zu sehen, der massive Billardtisch stand davor. Ein Stützbein der langen Arbeitsplatte an der Fensterfront schien abgeknickt zu sein. Oder hatte es jemand abgebrochen? Und falls ja, konnte dieser jemand Sina gewesen sein? Aber warum?

»Schau mal«, sagte Lüppo Buss. »Da. Und da.«

Beim ersten *Da* wies der Inselpolizist auf das metallene Tischbein, das dicht an der Fußleiste lag. Das Ende, das einmal angeschraubt gewesen war, wies tatsächlich Blutspuren auf. Beim zweiten *Da* zeigte er auf den Boden neben dem Billardtisch. Da war etwas, aber was war das?

»Kabelbinder«, sagte der Inselpolizist. »Durchtrennte Kabelbinder. Hier ist jemand gefesselt gewesen und hat sich befreit. Sicherlich nicht der arme Herr Bruhns. Sonst wären Hildburg Petersen und Konsorten nicht mit dem Messer hinter Sina her. Und wer weiß, womit sonst noch.«

Er wandte sich um: »Frau Döring, ich will es genau wissen. Und kein Gesabbel mehr, verstanden?«

Die Frau im langen Kleid begann zu weinen.

31.

Irgendwann hatte er ihre Hand ergriffen, und sie hatte sich das gefallen lassen. Aus praktischen Gründen. Sie konnte längst nicht mehr rennen, nur stolpern, und wenn sie dabei auf den Weg hätte achten müssen, wäre sie wohl stehen geblieben. Er hatte das registriert, daher führte er sie. Genau genommen zog er sie mit.

Eine große, kräftige Hand war das, stellte Sina fest, ohne hinzuschauen. Größer und härter als die von Marian, mit festerem Griff. Nicht fester als der von Stahnke, oh nein, aber ganz anders. Die Finger waren länger. Die Hand umschloss die ihre wie eine Schutzweste. Stahnke hatte kurze Finger, richtige Fummelstummel, die sich nach vorne hin kaum verjüngten. Stark durchaus, aber alles andere als elegant.

Marco Heidergott dagegen war durch und durch elegant. Seine Beine waren lang im Verhältnis zum Oberkörper, seine Schritte weit ausholend und federnd, richtig tänzerisch. Na ja, ein Tänzer war er ja auch. Jedenfalls gewesen.

»Alles klar? Kannst du noch?« Besorgt drehte er sich nach ihr um. Sie nickte, hob den Blick, wollte ihm ein tapferes Lächeln zeigen. Sein Anblick traf sie wie ein Schlag ins Gesicht. Dieser arme Mann! Die bisherigen kosmetischen Operationen schienen seine Entstellung schlimmer gemacht zu haben. Wie hatte er sich diese Gesichtsverletzung wohl zugezogen? Bisher hatte er jede Frage, jede kleine Andeutung in diese Richtung abgewehrt.

Sie stolperte wieder, verlor diesmal das Gleichgewicht komplett. Marco Heidergott fing sie auf, stellte sie zurück auf die Füße, als wäre sie leicht wie eine Puppe. Sein Lächeln zerriss ihr beinahe das Herz. Noch ein paar Schritte, dann waren sie heraus aus dem Wäldchen. Ein üppiger Sternenhimmel wölbte sich über ihnen; auch ohne Mond hätte man ein Buch lesen können. Sina zuckte zusammen; für ihre Verfolger standen sie wie auf dem Präsentierteller.

»Keine Angst«, beruhigte sie ihr Patient. »Ich habe seit Minuten nichts mehr gehört hinter uns. Ich schätze, sie kümmern sich um dieses Brachialweib. Oder sie suchen noch nach ihr.«

Sina glaubte ihm, weil sie es wollte. Und weil sie sowieso kaum einen Fuß vor den anderen setzen konnte.

Sie gingen nebeneinander, sein muskulöser Arm lag unter ihrem, stützte sie, hielt sie aufrecht, half ihr voran. Ein Gebäude kam in Sicht, groß und langgestreckt. Die Reithalle? Die hatte zum Glück mit dem Reiterhof der Petersens nichts zu tun, sagte sich Sina. Trotzdem schaute sie sich misstrauisch um.

Marco Heidergott führte sie an der Halle vorbei. Danach ging es über den Reitplatz, dann über die Hafenstraße und die Inselbahnschienen. Und immer weiter. Bis sie schließlich vor einem eckigen, fensterlosen Gebäude Halt machten. Wenn Sina es nicht besser gewusst hätte, hätte sie es für eine Doppelgarage gehalten. War Langeoog nicht autofrei? Sicher, im Prinzip schon, aber es gab Ausnahmen. Die Feuerwehr zum Beispiel hatte Autos, logisch. Und Krankenwagen gab es auch. Waren nicht erst kürzlich Sanitäter von Kurgästen angepöbelt worden, weil die sich über die Benzinkutsche geärgert hatten? Ja, allerdings.

Die konnten froh sein, dass Lüppo Buss nicht in der Nähe gewesen war, sonst hätten die selbst einen Krankenwagen gut gebrauchen können.

Dies war aber weder die Feuerwehr noch die Sanitätsstation. Trotzdem roch es nach Benzin.

Marco Heidergott öffnete eine Tür, die in einen kleinen, vollgerümpelten Raum führte. Eine Mischung zwischen Werkstatt und Büro. Da stand ein Stuhl! Innerlich jubelnd, ließ Sina sich darauf fallen. Das tat gut, das tat ja so gut! Ihre Füße taten höllisch weh, ihre Beine hätten sie keinen einzigen Meter weiter getragen, ihr ganzer Körper fühlte sich an wie durch den Wolf gedreht. Ihr Herz raste, ihre Augen brannten, ihre Lider ließen sich kaum noch heben. Sie war todmüde und adrenalingesättigt zugleich. Vor allem aber war sie glücklich. Und dankbar. Sie hätte ihren Retter küssen können, mitten in sein zerstörtes Gesicht, ganz egal! Sobald er sich zu ihr herunterbeugte, würde sie es tun.

Marco Heidergott beugte sich aber nicht zu ihr herunter. Er nahm sich den zweiten Stuhl, der in der Ecke an einem kleinen Arbeitstisch stand, setzte sich und schaute sie nachdenklich an. Sinas dankbares Lächeln blieb ohne Resonanz. Sie erkannte, dass er nicht zu ihr blickte, sondern durch sie hindurch.

»Danke«, sagte sie. »Vielen, vielen Dank! Ich weiß gar nicht …«

»Ach.« Heidergott tauchte aus seiner Abwesenheit auf und machte eine wegwerfende Handbewegung. »Ist doch selbstverständlich. Ich hatte etwas gehört und bin gekommen. Klare Sache.«

»Für mich war das die Rettung.« Für einige Sekunden schloss sie die Augen. Sie sah ihr Gefängnis, roch den

Sack über ihrem Kopf, fühlte die Fesseln. Sah Tammo Bruhns vor sich. Und die tätowierte Frau. Schnell riss sie die Lider hoch. »Die wollten mir wirklich ans Leben. Mördergesindel!«

Heidergott nickte, das entstellte Gesicht starr. »Das schien mir auch so. Warum eigentlich? Wie kam es dazu?«

»Tja, Neugier bringt die Katze um.« Sie schüttelte den Kopf über ihre eigene Unvorsichtigkeit. »Ich hatte einen Verdacht, ich hab' spioniert, ich wurde erwischt. Der eine wollte mich gleich töten lassen, der andere wollte es mit Drogen versuchen, die mein Gedächtnis löschen sollten. Als ich geflohen bin, war Plan A damit erledigt. Ab dann wollten sie mich alle tot haben.« In Kurzform klang das alles so banal. Ihr erhitzter Körper zitterte.

»Was für ein Verdacht denn?«, fragte Marco Heidergott.

»Dass Sven Petersen und seine Identitären-Bande Robin Seefeld ermordet haben«, antwortete Sina.

Heidergotts Gesicht zuckte; offenbar schmerzten seine Gesichtsnarben. »Also die waren das«, sagte er.

»Es spricht alles dafür«, bestätigte Sina. »Auf der Liste der Verdächtigen stand Petersen sowieso schon, neben anderen. Aber so, wie er und seine Leute sich verhalten haben, gibt es für mich keinen Zweifel.«

»Hast du eigentlich von dieser Sache auf Helgoland gehört?«, fragte Heidergott. »Dort ist heute Karl Antes ermordet worden. Der Freund von Tinka Mertens; beide haben auf diesem Traditionsdampfer gearbeitet, der ›Prinz Heinrich‹.«

»Kante? Umgebracht?« Sina fiel aus allen Wolken. In ihrem Gefängnis hatte sie davon natürlich nichts mitbekommen.

»Ja. Auf dieselbe Art wie Robin. Direkt auf dem Schiff.«

Marco Heidergott nickte ernst. »Und anschließend hat man am Mast der ›Prinz Heinrich‹ eine Identitären-Flagge vorgefunden. Da muss also ein Zusammenhang bestehen. Eindeutiger geht es doch kaum, oder?«

Sina schwirrte der Kopf, mehr als zuvor. »Na klar, das muss einer von denen gewesen sein. Jetzt brüsten die sich auch noch öffentlich mit ihren Morden!« Sie stellte sich vor, wie Sven Petersen und dieser Tammo Bruhns über Karl Antes herfielen, ihn zu Boden rangen, vielleicht unterstützt von dieser tätowierten Frau, ihn fesselten und ihm diesen grässlichen Schwedentrunk einflößten, um ihn zu ersticken. Schon bei dem Gedanken stieg Übelkeit in ihr auf. Sie schluckte krampfhaft und trocken.

Marco Heidergott reichte ihr eine Wasserflasche. Sie nickte dankbar und trank. Dabei merkte sie erst, wie durstig sie war. Und noch etwas anderes.

»Gibt es hier eine Toilette?«, fragte sie.

»Ja, schon.« Heidergott breitete entschuldigend die Hände aus. »Aber ich sag' dir gleich, sauber ist etwas anderes.«

»Völlig egal. Ist ein dringender Fall.«

Er zeigte ihr einen in der Tat ziemlich verlotterten, engen WC-Raum, in dem es stärker als nebenan nach Benzin und Öl roch. Die Brille aber war sauber. Nicht, dass ihr das wichtig gewesen wäre.

Mit der Erleichterung kamen Zweifel. Zweifel an den Bildern, die in ihrer Vorstellung so gut gepasst hatten. Der Mord an Karl Antes war auf Helgoland geschehen, das war nicht gerade nebenan. Sven Petersen, seine Frau und Tammo Bruhns aber waren den ganzen Nachmittag über auf Langeoog gewesen. Wie konnten sie dann auf Helgoland einen Mord begehen?

Andererseits: Waren sie durchgehend auf der Insel gewesen? Alle drei? Sina rekapitulierte, während sie sich die Hose hochzog. Tammo Bruhns hatte sie niedergeschlagen, kurz vor Mittag. Sie war eine Weile ohnmächtig gewesen. Wie lange, wusste sie nicht. Danach waren Sven Petersen und Tammo Bruhns bei ihr im Raum gewesen. Dann wieder eine Weile nicht. Als sie sich befreit hatte, war Bruhns erschienen, und sie hatte ihn niedergeschlagen. Ha, herrlich! Dann war sie auf die tätowierte Frau getroffen. Bäng! Die Frau hatte sie anschließend verfolgt, zusammen mit mehreren anderen. Mit wem genau, wusste sie nicht. Es gehörten bestimmt mehrere weitere Identitäre zu der Bande, die sich auf dem Reiterhof breitgemacht hatte. Das war sogar mehr als wahrscheinlich. Fazit: Sven Petersen hätte durchaus Zeit gehabt, am Nachmittag auf Helgoland einen Mord zu begehen. Vorausgesetzt, er hatte die Möglichkeit, relativ schnell hinzukommen.

»Hat Sven Petersen einen Flugschein?«, fragte Sina, als sie aus der Klokabine kam.

Marco Heidergott zuckte mit den Achseln. »Keine Ahnung. Ich kenne den Mann kaum.«

»Na ja, ich dachte …« Sie ließ ihren Blick durch den Raum wandern. »Wir sind dicht am Flugplatz, oder? So wie es hier riecht, gehört das Gebäude sicher dazu. Und wenn du hier Zugang hast, dachte ich, dass du dort vielleicht arbeitest. Oder sonstwie den Überblick hast.«

Heidergott schüttelte den Kopf. »Nein, so ist das nicht. Ein Freund hat mir den Schlüssel überlassen. Ich bastle gerne, Motoren und Mechanik und so, und tue ihm manchmal einen Gefallen. Dafür darf ich das Werkzeug benutzen. Wo ich wohne, geht das nicht. Ist ziemlich beengt.«

Sina nickte verständnisvoll. Ja, das Leben auf einer Ferieninsel hatte nicht nur Vorteile.

»Apropos«, sagte Marco Heidergott, klatschte seine Handflächen auf die Oberschenkel und sprang auf. »Ich bringe dich am besten nach Hause. Dann muss ich auch in die Falle. War ein langer Tag, morgen gibt es viel zu tun.«

Er reichte ihr seine Hand, um ihr beim Aufstehen zu helfen. Eine Zumutung, ich bin doch keine alte Frau, dachte sie zunächst, bis sie die Signale registrierte, die ihre Beine aussandten. Dankbar nahm sie die Hilfe an und griff zu. Als sie seine Hand berührte, ging eine Vibration durch ihren ganzen Körper. Ein Gefühl, das sie nicht kannte und das sie verunsicherte. Was hatte das zu bedeuten? Die Vibration wiederholte sich. Sie ging von ihrem Oberschenkel aus, genauer gesagt von ihrer Hosentasche. Töne kamen dazu. Eine vage bekannte Melodie, hart, schnell und aggressiv.

»Dein Handy klingelt«, sagte Heidergott.

Sina schüttelte den Kopf. »Das ist nicht meins«, rief sie aus, vollkommen perplex.

»Wessen dann?«

»Keine Ahnung. Oder vielmehr – eigentlich doch.« Sie zog das Smartphone aus ihrer Hosentasche, ohne den Ruf anzunehmen. »Das muss von Tammo Bruhns sein! Er hatte meins, und als ich dann fliehen wollte und ihn niedergeschlagen habe, da ist es aus seiner Tasche gefallen. Ich hielt es für meins und habe es mitgenommen.« Sina schaute ihren Retter hilflos an: »Und was mache ich jetzt?«

»Gib mal her«, sagte Marco Heidergott und streckte seine Hand aus. Sie legte das Mobiltelefon hinein, ausnahmsweise froh, nicht alles selbst entscheiden zu müssen.

Heidergott wischte über das Display und hob das Handy an sein Ohr. »Ja?«, meldete er sich. Mit der anderen Hand öffnete er die Ausgangstür und trat hinaus in die Nacht. Die Tür fiel hinter ihm ins Schloss.

32.

»Sonnenaufgang ist morgen früh um halb sechs«, sagte Battermann. »Bis dahin wirst du dich gedulden müssen.«

»Gedulden!« Stahnke stampfte in der Polizeistation auf und ab. »Gedulden! Du hast vielleicht Nerven.« Sein innerer Vulkan stand kurz vor dem Ausbruch. Kein Wunder bei den Neuigkeiten, die Lüppo Buss ihm vorhin durchtelefoniert hatte. »Verstehst du nicht? Meine Freundin ist verschwunden! Zuletzt gesehen wurde sie bei dem Reiterhof derselben Leute, deren Flagge wir am Mast der ›Prinz Heinrich‹ vorgefunden haben. Oder vielmehr am Tatort ›Prinz Heinrich‹!«

»Und dein Kollege vor Ort ermittelt«, ergänzte Battermann. Er musste sich die Eruptionen seines Kollegen nicht zum ersten Mal anhören.

»Ja, klar. Lüppo will nachgucken gehen. Endlich!« Stahnke schnaufte. »Aber seit Sinas Verschwinden sind Stunden vergangen. Da kann alles Mögliche passiert sein. Ich muss nach Langeoog, unbedingt, so schnell wie möglich. Ich muss mich selbst kümmern.«

»So schnell wie möglich. Sicher, da bin ich ganz bei dir. Betonung auf möglich«, erwiderte Battermann mit der unerschütterlichen Ruhe eines erfahrenen Therapeuten. »Aber wie du weißt, sind wir auf Deutschlands einziger Hochseeinsel. Wattwanderung zum Festland bei Fackelschein fällt also auf. Die Fähren sind längst weg und kommen erst morgen Vormittag zurück. Fliegen wird dich auch keiner mehr. Und ob du morgen früh gleich eine Maschine bekommst, steht in den Sternen.« Bedauernd breitete er die Arme aus. »Es hilft alles nichts, du wirst die Nacht hier verbringen müssen. Auf Helgoland, meine ich. Die Couch in meinem Wohnzimmer hatte ich dir bereits angeboten.«

»Verdammt nochmal, was soll ich auf deiner Couch!« Stahnke wurde laut. »Ich muss nach Langeoog!«

Von nebenan kam ein deutliches Murren. Dann ein raschelndes Geräusch. Da warf sich jemand auf einer Matratze herum.

»Pscht!«, machte Battermann. »Deine Zeugin möchte schlafen. Und ich kann dir nur raten, das auch zu tun.«

Stahnke schüttelte den Kopf, aber wenigstens setzte er sich hin. Das Gemurre aus der einzigen Zelle, über die Helgolands Polizeistation verfügte, verstummte.

»Es muss doch möglich sein, nachts aufs Festland zu

kommen«, beharrte der Hauptkommissar mit gedämpfter Stimme. »Ihr habt doch einen Polizeikreuzer. Hab ich heute Nachmittag im Hafen liegen sehen. Kann ich den nicht nehmen? Oder hat der Nachtfahrverbot? Sicher nicht, mit Radar und allem, was der so hat, oder?«

»Klar gibt es ein Polizeiboot im Revier«, bestätigte Battermann. »Aber weißt du auch, wie groß das Revier ist, für das dieser Kreuzer zuständig ist? Das reicht von hier bis Brunsbüttel. Das Boot ist längst weg. Liegt die Nacht über in Husum. Tut mir leid.«

»Wie, tut mir leid? Dann funk die Crew an, dass sie herkommen sollen!«

»Pscht!« Der Helgoländer Inselpolizist schüttelte den Kopf. »Mit welcher Begründung? Dass auf Langeoog, also ziemlich weit weg, eine erwachsene Frau vermisst wird, und das seit weniger als zwölf Stunden? Dass die örtliche Polizei die Suche aufgenommen hat, aber ein Kollege aus Leer, der gar nicht zuständig ist, unbedingt nach Langeoog will, um sich in die Suche einzumischen? Na, da werden die Kollegen vom Wasserschutz aber sofort herkommen. Mit Höchstfahrt!«

Stahnke warf die Arme in die Luft. So hilflos hatte er sich lange nicht gefühlt. »Was ist mit den Seenotrettern? Von denen habt ihr auch ein Schiff hier liegen. Könnten die mir nicht helfen?«

»Ja, allerdings, ein DGzRS-Kreuzer ist hier stationiert.« Battermann nickte. »Sogar einer der 46-Meter-Klasse, also einer der größten überhaupt. Ob die dir helfen würden, ist jedoch fraglich – mit der gleichen Begründung wie eben. Aber die Frage stellt sich gar nicht. Die ›Hermann Marwede‹ ist nämlich heute Abend ausgelaufen, nach Cuxhaven. Krankentransport, eine Frau mit Schwangerschaftskomplikationen. Vor morgen Vormittag werden die nicht zurück sein.«

Stahnke knirschte mit den Zähnen. Hatte sich alles gegen ihn verschworen?

Sein Smartphone meldete sich. Seine Hoffnung ebenfalls. Auch wenn die Nummer auf dem Display nicht die erhoffte war. Das falsche Handy. »Lüppo? Erzähl!«

»Ja, Lüppo hier. Moin.« So viel Zeit musste immer sein. »Gute Nachrichten. Sina hat sich gemeldet. Sie sagt, dass es ihr gut geht.«

»Gott sei Dank.« Stahnke glaubte nicht an Gott, aber wenn er nicht auf der Hut war, dann benutzte er diese Worte doch. Erziehung war eben etwas Nachhaltiges. »Was war los? Wo hat sie gesteckt? Hat sie alles gut überstanden? Ach was, gib sie mir!«

Als Lüppo Buss zögerte, merkte Stahnke sofort, dass irgendetwas nicht stimmte. »Was ist? Kann sie nicht sprechen? Hat sie sich schwer verletzt? Ist sie … Mensch, nun rede doch!«

»Sina ist nicht hier«, sagte der Langeooger Inselpolizist. »Also nicht bei mir, meine ich. Sie hat mich eben angerufen. Ich wiederhole, sie hat gesagt, es geht ihr gut. Sie klang auch so.«

»Ja, was denn, zum Teufel!« An den Teufel glaubte Stahnke auch nicht. Aber wenn schon Gott, dann auch Teufel. Die beiden traten immer zusammen auf. »Wo ist sie denn? Und warum gehst du nicht zu ihr?«

»Weil ich das nicht weiß«, antwortete Lüppo Buss. »Und weil sie das nicht will.«

»Was soll das heißen?« Stahnkes Freude und Erleichterung wichen Unverständnis und Ärger. »Weil sie was nicht will? Wo ist sie? Und bei wem?« Er erinnerte sich gut an Lüppo Buss' letzten Anruf. An sein gedrechseltes Getue, an seine verschwurbelten Andeutungen, Sina könnte bei einem anderen Mann sein. Was für ein Blödsinn! Da kannte er sie doch viel besser.

Kannte er sie wirklich so gut?

»Bei wem sie ist? Keine Ahnung. Bei irgendeinem Mann, so viel habe ich herausgehört«, antwortete Lüppo Buss.

Bäng. Stahnke schnappte nach Luft.

»Er hat ihr wohl geholfen, aus dem Wäldchen rauszukommen. Bei Dunkelheit. Sie sagte sogar, er hätte sie *gerettet*.« Das letzte Wort sprach der Inselpolizist abfällig aus.

Ach so. Puh. »Gerettet? Wovor denn?«, fragte Stahnke.

»Die Typen vom Reiterhof waren hinter ihr her«, sagte Lüppo Buss. »Angeblich hatten die sie festgehalten. Aber sie ist rausgekommen. Daraufhin hätten die sie verfolgt, meinte sie.«

»Lüppo! Sag mal, spinnst du? Sagst das so einfach, als ob das nichts wäre? Oder normal? Mensch, sieh endlich zu, dass Sina in Sicherheit kommt! Lauf los. Oder schick jemanden.«

»Nun hör mal zu.« Lüppo Buss klang, als würde auch der Vulkan in seinem Inneren zu brodeln beginnen. Oder zumindest ein Geysir. »Als Sina anrief, war sie ziemlich aufgeregt. Da leg ich doch nicht jedes Wort auf die Goldwaage. Hauptsache ist doch, dass es ihr gut geht. Und das konnte man deutlich hören. Kapiert?«

Stahnke wollte scharf erwidern, stellte jedoch fest, dass ihm dazu der Dampf fehlte. Sina ging es gut, das stand fest, hatte Lüppo Buss gesagt. War das nicht die Hauptsache?

»Außerdem, vergiss nicht, dass ich auf Langeoog sitze und nicht in deiner supergroßen Polizeiinspektion in Leer. Da laufen anscheinend immer reichlich Kolleginnen und Kollegen rum und warten auf Beschäftigung. Aber hier? Wen sollte ich denn schicken, wie du es ausdrückst? Marian vielleicht?«

»Hey, hey!«, ertönte Marians Stimme aus dem Off. »Nun tu mal nicht so, als ob du mich nicht vorhin zum Hilfssheriff ernannt hättest.«

»Lüppo, was ist bei dir los?« Stahnke verstand gar nichts mehr. »Bist du mit Marian unterwegs? Wieso? Seid ihr betrunken?«

»Das erklär ich dir später«, sagte der Inselpolizist. Im Hintergrund lachte Marian. »Ich mach jetzt Schluss, wir müssen weitermachen. Du weißt erstmal Bescheid.«

»Gar nichts weiß ich, du Inselsheriff! Ich ruf bei Sina an, vielleicht kann die sich ja verständlich ausdrücken.«

»Lass das lieber«, warnte Lüppo Buss. »Ich habe dir doch gesagt, sie hat ihr Handy verloren. Schon vergessen? Wenn du ihre Nummer wählst, weißt du nicht, wen du drankriegst.«

»Na und?«, gab der Hauptkommissar bockig zurück. »Ich kann von jedem Beliebigen mehr erfahren als von dir.«

»Kollege Stahnke.« Der Inselpolizist wurde dienstlich. »Ich will nicht, dass du Sinas Handy anrufst, kapiert? Das könnte unsere Arbeit behindern. Und vielleicht Menschen in Gefahr bringen. Verstanden?« Damit beendete er das Gespräch.

»Hoppala«, sagte Stahnke und musterte ungläubig sein Smartphone.

»Hey, hören Sie mal«, ertönte eine verschlafene Stimme.

Der Hauptkommissar schreckte hoch. Tinka Mertens stand im Durchgang zur Arrestzelle, nur in T-Shirt und Schlüpfer, die Augen halb geschlossen. »Hören Sie mal«, wiederholte sie. »Ich weiß, wie Sie morgen ganz früh zum Festland kommen. Vielmehr wir. Auf dem schnellsten Weg. Ich kenne jemanden.«

»Ach ja? Wen denn? Und wie soll das gehen?«, fragte Stahnke.

»Ja, wie denn?«, echote Battermann.

»Ich verrate es Ihnen«, sagte Tinka Mertens, »wenn Sie mich dafür endlich schlafen lassen.«

33.

»Das habe ich doch alles nicht gewusst«, schluchzte die Frau im langen Kleid.

»Was meinen Sie, Frau Döring?«, fragte Lüppo Buss. »Dass die Petersens zusammen mit Tammo Bruhns und ein paar anderen von ihren Leuten losgegangen sind, um Frau Gersema zu jagen? Natürlich haben Sie das gewusst.«

Käthe Döring schluchzte erneut. »Aber dass sie ihr etwas antun wollten, wie Sie behaupten, das habe ich nicht gewusst.«

»Ach ja? Warum jagt man einen Menschen mit einem scharfen Spürhund durch die Dunkelheit, wenn man ihm nichts antun will?«, fragte Marian scharf. »Vielmehr ihr.« Diesen Nachklapp konnte er sich nicht verkneifen; er wusste, Sina wäre das wichtig gewesen.

Frau Döring schnäuzte sich umständlich. Dicke Tränen rollten über ihre Wangen. »Das konnte ich doch nicht wissen«, jammerte sie. »Woher soll ich das gewusst haben?«

»Vielleicht daher, dass Petersen und Bruhns Frau Gersema vorher eingesperrt hatten«, sagte Lüppo Buss mit einer Götterruhe, die Marian in Erstaunen versetzte. »Gefesselt mit Kabelbindern. Und wozu dieser Hundefuttersack gedient haben könnte, wird uns die Kriminaltechnik sagen.« Er nickte in Richtung seines Smartphones, das er in der Hand hielt. »Allerdings erst morgen.«

Sie hatten in der gemütlichen Sitzecke unweit der Teeküche Platz genommen. Sie war einige Meter vom Billardtisch und der waidwunden Arbeitsplatte mit den noch intakten PCs und den Elektroniktrümmern auf dem Boden entfernt und von der Eingangstür aus gut zu erreichen; daher hatte Lüppo Buss nach einigem Überlegen sich und den anderen gestattet, die Sessel zu benutzen. Nicht ohne Marian und Frau Döring nachdrücklich einzuschärfen, ja nichts anzufassen.

Die Tränen tropften von Käthe Dörings Wangen und versickerten im Stoff ihres Kleides. Nachschub gab es keinen; der Strom war schnell versiegt.

»Wussten Sie, dass dieser sogenannte Herr Petersen in Wahrheit Tjark Dubbert heißt?«, fragte der Inselpolizist weiter. »Jedenfalls hat er unter diesem Namen in Mecklenburg-Vorpommern einen anderen Reiterhof in die Pleite geführt und sich dann vom Acker gemacht. Vielmehr von der Weide.«

Frau Döring schlug die Augen nieder. »Woher soll ich das gewusst haben?«, murmelte sie bockig.

»Gewöhnlich weiß man doch, bei wem man angestellt ist«, warf Marian ein.

»Angestellt? Ich bin nicht angestellt!« Jetzt keifte die Frau angriffslustig und funkelte Marian an. »Wir haben einen mündlichen Vertrag, per Handschlag besiegelt, wie sich das gehört. Alles auf Treu und Glauben.«

»Wie es sich gehört, ja?« Lüppo Buss hatte sich Handschuhe übergezogen; er bückte sich, hob die durchtrennten Plastikfesseln auf und ließ sie in einen Beweissicherungsbeutel fallen. »Und das hier, gehört sich das auch?«

»Davon habe ich nichts gewusst.«

Was für ein Chamäleon, dachte Marian. Ein Wetterfähnchen. Ein widerliches Lügenmaul. Sahen so die urdeutschen Werte dieser Identitären aus? Immerhin stand diese Frau Döring mit ihrer Attitüde nicht alleine, im Gegenteil, sie verkörperte eine alte deutsche Tradition. »Wir haben von all dem nichts gewusst.« – hatten das nach den Gräueln der Nazi-Diktatur nicht Millionen von Deutschen behauptet?

Lüppo Buss schaute auf seine Armbanduhr. »Warum ist die Bande noch nicht zurück?«, fragte er, ohne einen der Anwesenden anzusehen. »Sina hat sich schon vor einer halben Stunde gemeldet. Suchen die etwa immer noch nach ihr? Ganz schön hartnäckig.«

»Sie haben ihr bestimmt ihre Papiere abgenommen«, sagte Marian. »Dann haben die ihre Adresse. Womöglich sind die dorthin gegangen. Vielleicht brechen sie bei ihr ein. Bist du ganz sicher …«

»Ja, bin ich. Sie wird nicht zu Hause sein. Das hat sie mir jedenfalls gesagt.« Der Inselpolizist runzelte die Stirn. »Ich kann nur hoffen, dass sie nichts tut, was noch gefährlicher ist.«

»Apropos tun.« Marian beugte sich zu Lüppo Buss und dämpfte seine Stimme. »Wie soll es weitergehen? Wollen wir auf die Kidnapper warten? Mitsamt ihrem Hund? Und was hast du mit der da vor?« Er nickte kurz in Richtung der Frau, die vollständig damit beschäftigt zu sein schien, ihr langes Kleid glatt zu streichen. Marian hätte sein Vermögen darauf verwettet, dass sie lauschte. Allerdings besaß er keins.

Der Inselpolizist blies die Backen auf. Glücklich schien er nicht damit zu sein, dass er die Entscheidungen selbst fällen sollte. »Ich bringe sie rüber, ins Haupthaus«, sagte er dann, ebenfalls gedämpft. »Dann warte ich dort auf die Bande. Irgendwann müssen sie zurückkommen.«

»Und dann?«, fragte Marian. »Was machst du dann?«

Lüppo Buss klopfte auf sein Pistolenholster. »Na, was wohl? Einstweilige Festnahme. Gründe dafür gibt es mehr als genug.«

Marian nickte. Ja, Lüppo Buss war absolut kein Feigling, das musste man anerkennen, dachte er. Und ein Optimist außerdem.

»Du kannst dich hier ja solange umschauen«, sagte der Inselpolizist, »du arbeitest doch jeden Tag mit Computern, vielleicht findest du etwas Verwertbares.« Im Aufstehen warf er Marian zwei Paar Latexhandschuhe zu: »Zieh die übereinander an, ehe du etwas anfasst. Sonst kommen deine Fingerabdrücke nach einiger Zeit durch.«

»Ich soll hier bleiben? Allein?«, empörte sich Marian. Frau Döring schaute neugierig herüber. »Und was ist, wenn die Typen zurückkommen und mich hier vorfinden? Was mache ich dann?«

»Vorhänge zuziehen, das Licht im Raum dimmen, alle anderen Lampen ausmachen«, sagte Lüppo Buss wie aus der Pistole geschossen. »Ich schließe vorne zu. Wenn du hörst, dass sich jemand an der Eingangstür zu schaffen macht, rufst du mich augenblicklich an. Dann bin ich sofort zur Stelle.« Er gab Frau Döring einen Wink: »Sie kommen mit mir. Aber auf Zehenspitzen, wenn ich bitten darf. Und nichts anfassen, ehe wir draußen sind.«

Marian hörte die Frau eine Weile lamentieren. Dann fiel die Eingangstür hinter ihr und dem Inselpolizisten ins Schloss. Der Schlüssel wurde umgedreht und abgezogen.

Die Fenster über der langen Arbeitsplatte mit den Computern hatten keine Vorhänge, sondern Jalousien. Wie in der Redaktion, dachte Marian, zog sich die Handschuhe über und verdunkelte die Scheiben mit oft geübten Griffen. Nachdem er die Leuchtstoffröhren an der Decke ausgeschaltet hatte, wurde der große Raum nur vom Deckenfluter in der Sitzecke erhellt, und der ließ sich dimmen. Jetzt sollte wirklich kein Lichtschein mehr nach außen dringen. Marian machte sich daran, die anderen Räume rechts und links des Korridors zu inspizieren. Ein kleiner Putzraum, der scharf nach Reinigungsmitteln roch, ein etwas größerer Lagerraum, der offenbarte, dass bei der Bierherstellung viel mit Halbfertigprodukten gearbeitet wurde, und noch ein kleiner Raum voller gestapelter Stühle. Das waren an die 50, 60 Stück, schätzte Marian. Gab es hier Veranstaltungen mit derart vielen Teilnehmern? Oder war das eine Investition in die großdeutsche Zukunft?

Hinter der nächsten Tür fand er einen Schatz. Petersens Bogensport-Ausrüstung. Gleich fünf verschiedene Bögen hingen in einer Spezialhalterung an der Wand, montiert und entspannt: der Langbogen, den er kannte, ein ähnliches Modell aus hellerem Holz, zwei Recurve-Turnierbögen und ein moderner Compound-Bogen, der wie eine Maschine aus einem Science-Fiction-Film aussah. Dazu diverse Köcher mit Bündeln unterschiedlicher Pfeile, mehrere dicke Zielscheiben samt Ständern und ein ganzes Regal voll sonstiger Ausrüstungsteile. An der gegenüberliegenden Wand hingen außerdem eine Armbrust mit Zubehör und eine ganze Kollektion von Wurfäxten – vom kleinen Beilchen bis zur zweihändigen, doppelschneidigen Franziska. Und ein paar Wurfmesser. Mit dem Inhalt dieses Raumes hätte man eine ganze Folge der TV-Serie »Game of Thrones« ausstatten können, dachte Marian. Typisch für die gewaltbereiten Rechten!

Typisch? Wenn er ehrlich war, musste er zugeben, dass dieser ganze Kram auch auf ihn einen starken Reiz ausübte. Ja, er fand Bögen, Äxte und Messer geil. Weil sie so archaisch waren und der Umgang damit irgendwie romantisch. Ja, das war die eine Seite der Medaille. Die andere: All die Dinge waren mentale Starkmacher. Wichtig für unsichere, ängstliche Charaktere. Mit so etwas in der Hinterhand musste man sich in dieser gefährlichen Welt nicht mehr vor allem fürchten. Auch wenn man gar nicht vorhatte, etwas davon zu benutzen. Dass er selbst ein Schisshase war, wusste Marian. Waren die Nazis auch welche? Das würde einiges erklären.

Als er den verschlossenen Durchgang zur Käserei erreichte, sah er seitlich davon die Korridorabzweigung, die zur eigentlichen Eingangstür führte. Diese Tür hatte

Scheiben aus geriffeltem Glas. Das Flurlicht musste also von draußen zu sehen sein. Leise schimpfend, löschte Marian das Licht, brach seine Inspektion ab und kehrte zurück in den großen Büroraum. Der war ihm mittlerweile so vertraut, dass er sich darin halbwegs sicher fühlte.

Und jetzt? Er stand mitten im Raum, hielt den Atem an und lauschte, um sich zu vergewissern, dass von draußen nichts zu hören war. Alles schien ruhig zu sein. Aber irgendetwas war da. Ein leises Geräusch. Eine Art Summen. Was war das, und wo kam es her? Als er sich darauf konzentrierte, konnte er es deutlich hören. Und er merkte, dass dieses Summen die ganze Zeit da gewesen war. Es musste von einem der Computer kommen. Vermutlich von dem PC ganz außen, in der Ecke, wo die Arbeitsplatte halbwegs stabil stand. Das Ding war eingeschaltet, befand sich aber im Ruhemodus, daher war der Bildschirm dunkel.

Vorsichtig tappte Marian dorthin, achtete darauf, einen Bogen um die Elektroniktrümmer auf dem Boden zu machen. Mit seiner behandschuhten Hand griff er nach der Maus und bewegte sie. Das Summen wurde lauter, der Bildschirm leuchtete auf. Marian war gespannt auf das Startbild. Irgendetwas Martialisches vermutlich. Oder die Identitären-Flagge in Großaufnahme? Mit dem bekannten Login-Kästchen für Benutzername und Passwort. Endstation für Unbefugte. Aber nichts dergleichen. Ein geöffnetes Programm wurde sichtbar. Wie es aussah, hatte jemand mit Administratorstatus daran gewerkelt und die Arbeit unterbrochen, ohne sich auszuloggen. Irgendetwas aber hatte diesen Jemand daran gehindert, an den PC zurückzukehren.

Marian setzte sich. Er war alles andere als ein Computer-Nerd; er war ein User, kein Programmierer und schon gar kein Hacker. Ein paar Basiskenntnisse im Umgang mit gängigen Programmen aber besaß er schon. Zumal, wenn diese Programme so selbsterklärend waren wie dieses: ein Online-Shop. Backoffice-Ebene. Produkte, Bestellungen, Umsätze; alles für ihn zugänglich und einsehbar. Waren das Kunstobjekte? Marian sah sich die Abbildungen an. Ja, das mussten die Treibholz- und Strandgut-Objekte von Robin Seefeld sein. Wurden die von hier aus verwaltet? Unglaublich, aber so war es wohl. Erst seit Robins Tod oder etwa schon länger? Er scrollte mit der Maus hoch und runter, rutschte mit dem Finger ab, klickte versehentlich. Hoppla, mit der Maus ausgerutscht! Hatte er das nicht schon einmal von einer besonders krassen blaubraunen Hassfigur gehört? Lügenfresse, hatte er gedacht. Und jetzt das! Was hatte er da angeklickt? »Übersicht über Ihre Shops.« Eine Liste baute sich auf. Ach, von hier aus wurden gleich mehrere Shops verwaltet. Neben Robins Kunstobjekten gab es den Shop mit allerlei Dampfen, Zubehör und anderen Lifestyle-Artikeln. Er klickte drauf und schaute sich die Umsätze an. Donnerwetter, da ging ja richtig was ab. Marian pfiff durch die Zähne. Dagegen war die Treibholzkunst nur ein lahmes Hobby. Mit Dampfen und Liquids aber wurde richtig Geld verdient. Er klickte zurück, noch einmal auf die Übersicht. Dort waren mehr als zwei Shops aufgelistet; es gab einen dritten. Marian klickte.

Als Erstes sah er: »Craft-Bier. Ein Stück Gegenkultur.« Der kantige Blonde auf dem Flaschenetikett hätte von Arno Breker stammen können. Teures Bier saufen war also nationaler Widerstand? Dann Flugblätter: »Europa verteidigen – Es bleibt unsere Heimat!« Vorformuliertes für den Kampf um die Köpfe. Zum Download gegen Gebühr. Oder da: »Bücher: Wie kann ein Europa der Zukunft, ein Europa der Neuen Rechten aussehen?« Damit die Identitären, die auch lasen, nicht versehentlich aus ihrer Filterblase herausrutschten. Außerdem Aufkleber, CDs und Downloads, Devotionalien und Flaggen – auch welche mit dem griechischen Lambda drauf. Und, und, und.

Marian sah sich auch hier die Umsätze an. Heiliger Odin! Woher hatten die Rechtsradikalen eigentlich so viel Geld?

Draußen bellte ein Hund. Marian zuckte zusammen. Sein Puls begann zu rasen. Jetzt nicht durchdrehen! Das war doch nur ein Hund, irgendeiner. Das musste doch nicht gleich …

Wieder das Bellen. Es kam schnell näher. Jetzt hörte man Stimmen. »Rasmus, bei Fuß!« Und eilige Schritte.

Sie kamen zurück.

34.

Die Kette musste seit Jahrzehnten nicht geölt worden sein, die Schaltung war im höchsten der drei Gänge ausgestiegen, die Schutzbleche flatterten haltlos und der Lenker saß schief. Andauernd war Sina kurz davor, nach rechts vom Weg abzukommen und in irgendeinem Zaun oder einer Hecke zu landen. Schon wieder war sie in Schweiß gebadet. Inzwischen konnte sie sich selber riechen, und zwar deutlich. Nicht gut.

Marco Heidergott drehte sich nach ihr um. Seine Handbewegung drückte Ungeduld aus.

»Ich komme ja«, stieß sie zwischen zusammengebissenen Zähnen hervor. »Mein Gott, ich tu', was ich kann.«

Der Polderweg zog sich nahezu schnurgerade dahin. Wohin sie fuhren, war für Sina kein Geheimnis: Gerk-sin-Spoor. Sie kannte ja Heidergotts Adresse. Sie war gespannt, wo in diesem Haus er tatsächlich wohnte.

Die Fahrradkette knarrte und kreischte erbärmlich. Die beiden Räder hatten neben dem garagenähnlichen Gebäude im Freien gestanden. Unabgeschlossen. Kein Wunder, dachte Sina, wer klaute auch solche Gurken? Aber sie wollte nicht undankbar sein. Auch solch ein Rad war besser als gar keins. Sie war heute genug auf ihren Füßen unterwegs gewesen.

Heidergott hatte schon wieder zu viel Vorsprung. Sina stemmte sich mit vollem Gewicht in die Pedale. Wenigstens konnte es nicht mehr allzu weit sein.

Die Fahrradkette krachte, dann knallte es, und sie war verschwunden. Die Pedale drehten sich widerstandslos. Fast hätte Sina sich selbst über den Lenker katapultiert. Sie brachte das Rad mit der Handbremse mühsam zum Stehen und ließ sich aus dem Sattel rutschen. Als Marco Heidergott gewendet hatte und neben ihr auftauchte, stand sie schwer atmend neben ihrem Fahrradwrack.

»Lass stehen, das Ding«, sagte er. »Wir sind sowieso fast da. Den Rest können wir zu Fuß gehen. Ich wollte nur vermeiden, dass dieser Tammo Bruhns vor uns dort ist.«

»Tammo Bruhns.« Sina schüttelte sich; ihr altes Fahrrad klapperte, als sie es an einen Zaun lehnte. »War er das vorhin? Am Telefon?« Sie waren so überstürzt aufgebrochen, dass Sina gar keine Gelegenheit gehabt hatte zu fragen, wer da dran gewesen war. »Wieso ruft der sein eigenes Handy an?«

»Nein, er ist das nicht gewesen«, korrigierte Marco Heidergott. »Sondern Sven Petersen. Er hatte seine Leute bei deiner Verfolgung aufgeteilt; Tammo Bruhns war beim anderen Trupp. Petersen hatte ihn angerufen, um Abbruch und Rückmarsch anzuordnen.« Heidergott lachte: »Das hat der rausgehauen, bevor er merkte, dass Tammo gar nicht dran war. Ach ja, diese Führernaturen!«

»Und dann? Als er merkte, dass es nicht Tammo war, sondern du?«

»Meinen Namen habe ich natürlich nicht gesagt.« Sina sah seine Zähne im Licht der Sterne blitzen, als er grinste. »Hab' so getan, als hätte ich das Smartphone gefunden und wollte eine Belohnung. Hab' ihm gesagt, wo der Besitzer sich das Ding abholen kann. Und dass er 50 Euro mitbringen soll.«

Sina blieb stehen. »Du hast Tammo Bruhns zu dir nach Hause bestellt? Hör mal, das ist mehr als leichtsinnig! Der kommt bestimmt nicht alleine. Und falls doch, kennt er deine Adresse. Dann bekommst du später noch einmal Besuch. Mit tödlicher Sicherheit!«

Sie spürte seinen Arm um ihre Schultern, fühlte die Stärke seiner Muskeln, die Wärme seiner Haut, den beruhigenden Druck seiner Hand. »Mensch Mädchen, das hab ich doch alles bedacht. Natürlich habe ich ihm nicht meine Adresse genannt, sondern einen Treffpunkt ganz in der Nähe. Guck, gleich da vorne! Wir sind fast da.«

»Das Lale-Andersen-Ferienhaus?« Sina starrte auf die reetgedeckte Ferienvilla, die vor ihnen aus dem Dunkeln aufgetaucht war. »Hältst du das für klug? Da wohnen bestimmt Leute.«

Wieder lachte Heidergott. »Ganz bestimmt! Aber nein, nicht das Haus. Ein paar Schritte weiter.«

Ein paar Schritte weiter gab es eine breite Abzweigung mit einem Gitter und einer Tür darin. Marco Heidergott öffnete sie, zog Sina mit sich. »Na, weißt du jetzt, wo wir sind?«

»Der Dünenfriedhof.« Hier war sie schon einige Male gewesen. Ein ruhiger, geradezu idyllischer Ort, ein kleiner, schön angelegter Park, eine gediegene Ruhestätte. Sina wanderte gerne durch die geschwungenen Reihen der Grabsteine, studierte die Namen und Daten, versuchte sich die dazugehörigen Lebensläufe vor Augen zu rufen. Offenbar war sie empfänglich für den morbiden Charme dieser Anlage. Tagsüber herrschte nicht immer Friedhofsruhe. Das lag am Grab der Sängerin Lale Andersen, das viele Touristen anzog. »Unter der Laterne, vor dem großen Tor …« Mit einem der am gründlichsten missverstandenen Lieder aller Zeiten war die Sängerin berühmt geworden. Ob auch die Nazis von heute darauf standen? Wohl kaum. »Störkraft« und ähnliches Zeug klangen anders.

Nein, die Nazis von heute würden diesen Friedhof wohl kaum besuchen, um Lale Andersen zu huldigen. Eher schon, um das Ehrenmal zu schänden, das an die sowjetischen Kriegsgefangenen erinnerte, die auf Langeoog umgekommen waren. 113 waren hier begraben, abseits der Gräber der Insulaner. Als ob die noch im Tode nichts mit ihnen zu tun haben wollten. Lieber alles verleugnen – und damit neuen Gräueln den Weg freigeben.

So hatte Sina schon vor 24 Stunden gedacht. Seither jedoch hatte diese Besorgnis eine neue Dimension erreicht. Neonazis machten sich breit, anscheinend überall, selbst auf Langeoog, flüchtig getarnt mit modifizierten Symbolen und modernisierten Parolen – aber auf den zweiten, genaueren Blick gut erkennbar. Und man ließ sie gewähren. Man kooperierte sogar und redete ihnen nach dem Mund. Wenn doch jemand Verdacht schöpfte, lag dieser Jemand ganz schnell gefesselt und wehrlos in einem improvisierten Gefängnis – ausgeliefert einem ungewissen Schicksal. Hatte es nicht schon einmal so angefangen in Deutschland? Nur, dass es Sina diesmal persönlich betraf. Jetzt hatte sie auch vor, das persönlich zu nehmen. Sie hatte ihre Hände wieder frei, das sollte so bleiben, das würde sie nutzen.

Marco zog sie hinter ein Gebüsch, bedeutete ihr, sich hinzulegen. Zwischen den unteren Zweigen konnte man gut hindurchgucken. Der Friedhofsweg schimmerte im Schein der Sterne. Oder war inzwischen der Mond aufgegangen? Wie auch immer, jedenfalls konnten sie gut genug sehen, ohne selbst entdeckt zu werden. Was aber würden sie zu sehen bekommen? Wirklich einen allein kommenden Tammo Bruhns? Oder die ganze Identitären-Corona? In vielen Medien wurden Rechtsradikale zwar gerne als Einzeltäter dargestellt, nach Sinas Einschätzung jedoch traten solche Typen gerne in Horden auf. Dann fühlten sie sich stark wie die Fußballchaoten. Alleine waren sie häufig eher schüchtern und zogen schnell den Schwanz ein. Überhaupt, was für ein Unsinn: Einzeltäter! Die NSDAP hatte Millionen Mitglieder gehabt, schon vor der Machtübergabe durch die Deutschnationalen. Allein die SA zählte nach Millionen. Wie würden die konservativen Blätter das wohl heute nennen? »Millionen von Einzeltätern«?

»Warum lachst du?«, fragte Marco Heidergott leise.

»Ach, nichts.« Sina stellte fest, dass sie sich in seiner Gegenwart allzu sicher fühlte. »Ich hatte nur überlegt, ob Tammo Bruhns alleine kommen wird oder mit Verstärkung.«

»Ich glaube, er kommt allein«, flüsterte Heidergott. »Du hättest Sven Petersen hören sollen, als ich von dem verlorenen Handy erzählt habe. Der war gar nicht gut auf seinen Helfershelfer zu sprechen. Nee, der kommt sicher allein. Soll seine Dummheit selbst ausbügeln.«

»Bin gespannt«, sagte Sina.

»Sehen wir ja gleich«, sagte Marco Heidergott. »Schau mal, da kommt er.«

Ja, das war er. Unverkennbar die Silhouette, der breite Torso, die bloßen Waden über schwarzen Schuhen, die Weste, der baumelnde Zopf. Seine Stirn war verpflastert, dort, wo Sina ihn voll erwischt hatte. In flottem Spazierschritt trampelte er heran, ohne jede Vorsichtsmaßnahme. Wenn er sich doch abgesichert und Verstärkung mitgebracht haben sollte, dann war er ein begnadeter Schauspieler, dachte Sina. Trotzdem behielt sie den Weg hinter ihm im Auge. Aber es folgte ihm niemand.

»Bleib du hier«, raunte Marco Heidergott ihr ins Ohr. »Ich hole ihn mir.«

Beim Aufstehen drückte er sich leicht mit den Fingern seiner linken Hand auf Sinas rechter Schulter ab, als wollte er sie am Boden halten. Das fand sie deutlich übertrieben. Sie wäre auf jeden Fall liegen geblieben.

Eine leichte Böe ließ die Blätter der umstehenden Bäume und Sträucher rascheln. Jetzt werde ich nie erfahren, ob Marco sich wirklich so tänzerisch lautlos bewegen kann, dachte Sina. So lautlos wie … na, wie sie es sich eben vorstellte. Seine Kraft, seine Beweglichkeit, seine körperliche Eleganz waren wirklich bemerkenswert. Ein wahrhaft schöner Mann.

Es war so schade drum, dachte sie. Und verachtete sich für diesen Gedanken.

»Hallo?«

Sina zuckte zusammen. Wer blökte da so laut über den nächtlichen Friedhof? Ach ja, dumme Frage.

»Hallo? Bist du hier? Ey, der Typ mit dem Handy? Du weißt schon, dass das meins ist, oder? Und du willst echt 50 Eier dafür?«

Sollte das eine Drohung werden oder wollte Tammo Bruhns nur feilschen? Auch das werde ich nie erfahren, dachte Sina, denn im selben Moment schien hinter Bruhns ein zweiter Umriss aus dem Boden zu wachsen. Es klatschte, als hätte ein Fleischer eine Speckseite auf den Hackklotz geworfen. Tammo Bruhns knickte in den Knien ein und sackte stumm zu Boden, Bauch und Gesicht nach unten.

Sina hatte den Hieb überhaupt nicht gesehen. Karateschlag gegen die Halsschlagader, vermutete sie. Während sie aus ihrem Versteck herauskroch, machte Marco Heidergott sich über den Bewusstlosen her, und als Sina die beiden erreicht hatte, waren Tammo Bruhns' Hände bereits auf dem Rücken gefesselt. Mit Kabelbindern. Sina lief es kalt über den Rücken. Böse Erinnerungen. Aber der Kerl hatte es verdient. Gleiches mit Gleichem vergelten, fanden die Rechten das nicht gut?

Ratsch. Marco Heidergott hatte einen Streifen Lassoband abgerissen, zog den Liegenden am Kragen hoch und verklebte ihm dem Mund. Etwas übertrieben, fand Sina; offenkundig waren seine Kumpane nicht in der Nähe. Aber man wusste ja nie, Vorsicht konnte sicher nicht schaden.

»Du bist gut ausgerüstet«, sagte sie zu Marco Heidergott.

»Das lag alles in der Werkstatt herum«, erwiderte der. Sein Atem ging nicht schneller als nach einem gemächlichen Spaziergang.

Der Gefesselte stöhnte leise und begann, sich zu bewegen. Er kam also schon wieder zu sich. Der Schlag an den Hals musste sehr genau dosiert gewesen sein.

Zeit, Lüppo Buss anzurufen. In dieser Nacht war der bestimmt noch nicht schlafen gegangen. Sina fuhr mit der Hand in ihre Hosentasche – und fand nichts. Ach ja, ihr Handy hatte sie ja vertauscht! Es musste noch bei Tammo Bruhns sein.

Als Sina dessen Hosentaschen abklopfte, schüttelte Marco Heidergott den Kopf. »Ich habe schon nachgesehen«, sagte er. »Er hat dein Handy nicht bei sich.«

»Und seins hast du noch«, erinnerte sich Sina. Marco

hatte damit den Anruf von Sven Petersen entgegengenommen. »Rufst du die Polizei an, oder soll ich?« Sie streckte die Hand aus.

»Erstmal bringen wir den Kerl weg«, entschied Marco Heidergott. »Lass uns weg von dem Friedhof. Bis zu mir sind es nur ein paar Schritte.« Scheinbar mühelos drehte er den Liegenden auf den Rücken.»Guck mal, er ist schon wieder fast bei sich.« Das stimmte zwar nicht so ganz, aber ein paar herzhafte Ohrfeigen später traf es zu. Tammo Bruhns riss die Augen auf, dass sie ihm aus dem Kopf zu springen drohten, und gab erregte, halb erstickte Laute von sich.

Marco Heidergott packte den schweren Mann unter den Achseln und half ihm auf die Füße. Dann stellte er ihn sich zurecht und gab ihm einen Stoß in den Rücken. Tammo Bruhns taumelte in Richtung Ausgang. Dort drehte Heidergott ihn nach rechts.

Jetzt bin ich mal gespannt, dachte Sina. Wo genau in Ocko Onkens Haus wohnt Marco wohl? Unterm Dach oder im Keller? Oder hat er ein möbliertes Zimmer mit Zugang durch den Garten? Hoffentlich mussten sie den alten Mann um diese Zeit nicht wecken. Mittlerweile war es nach Mitternacht, da schlief Onken bestimmt schon. Neue Kraft tanken für weitere Aufträge von Inselredakteur Marian.

Marian. Lüppo Buss hatte ihr am Telefon kurz berichtet, dass Marian sich Sorgen um sie gemacht hatte. Er hatte angeregt, nach ihr zu suchen, woraus ohne Stahnkes Machtwort allerdings nichts geworden wäre. Tja, und gefunden hatte sie dann ein anderer. Marco.

Sina war verwirrt. Von sich selbst. Gewöhnlich wusste sie, was sie wollte, sie war es gewohnt, zu entscheiden und ihre Entscheidungen durchzuziehen. Egal, was andere davon hielten. In diesem Augenblick jedoch war sie sich überhaupt nicht mehr sicher, wohin es sie eigentlich zog. Bei Stahnke bleiben? Eine stabile, immer wieder herausfordernde Beziehung, allerdings mit deutlichen Abnutzungsspuren. Oder Marian noch eine Chance geben? Der war witzig und lieb und Wachs in ihren Händen. Aber war es das wirklich, wonach ihr der Sinn stand? Und dann war hier diese Alabasterstatue von einem Mann! Ein Kerl mit zerstörtem Gesicht, der so stark war und dennoch ihre Hilfe brauchte. Und auch wollte. Zeigte ihr Kompass auf ihn? Sie wusste es nicht. Noch trudelte die Kompassnadel um sich selbst. Das aber würde nicht ewig so bleiben.

Schon hatten sie das Gartentörchen von Onkens Haus erreicht. Marco Heidergott stieß es auf, schubste Tammo Bruhns hindurch und am Haus vorbei. Aha, dachte Sina, also tatsächlich durch den Garten. Anbau oder Hintertür?

Hinter dem Haus stand ein alter, vierrädriger Bauwagen, von Büschen weitgehend verdeckt und von wildem Wein überwuchert. Marco Heidergott zeigte auf dessen Tür: »Hier wohne ich.«

»In einem Bauwagen?« Damit hatte Sina nicht gerechnet. »Wieso das? Das ist bestimmt nicht legal!«

»Glaubst du, ich hätte danach gefragt?« Marco Heidergott grinste. »Du weißt doch, wie schwer es ist, auf Langeoog überhaupt eine Wohnung zu finden. Noch dazu eine preisgünstige. Ich bin zwar nicht gerade mittellos, aber meine Einkommenssituation ist, sagen wir mal, bis auf Weiteres ungeklärt. Und dann habe ich ein Hobby, das allerhand Geld verschlingt. Da musste ich Prioritäten setzen. Hier kann ich sogar einen Teil der Miete im Garten abarbeiten.« Er zog ein Schlüsselbund aus der

Tasche und stieg die dreistufige Holztreppe zum Eingang hoch. »Der Wagen ist als Wohnung nicht schlecht. Ocko Onken hat ihn extra ausgebaut. Und vorher sogar außen neu beplankt.«

»Teures Hobby? Was denn für eins?«, fragte Sina. »Segeln?«

Heidergott winkte ab. »Gesegelt bin ich früher, ist ja normal für einen Insulaner«, sagte er und schob den Schlüssel ins Türschloss des Bauwagens. »Was ich meine, zeige ich dir ein anderes Mal. Wenn du willst, nehme ich dich gerne mal mit.«

Natürlich redet er vom Segeln, dachte Sina, wetten? Segeln konnte ein sehr teurer Sport sein, je nachdem, wie und mit welcher Art Boot man ihn betrieb. Eine Jacht war ein schön lackiertes Loch im Wasser, in das man immerfort Geld hineinwerfen musste. Aber okay, wenn Marco sie zu einer Segelpartie einladen wollte, warum nicht?

»Du kannst dir meine Behausung anschauen, wenn du möchtest«, schlug Marco Heidergott vor. »Ist natürlich nicht aufgeräumt, aber alles in allem lässt es sich aushalten.«

Sina zögerte. »Im Augenblick wäre ich an etwas anderem interessiert«, sagte sie. »Es ist zwar nicht lange her, dass ich auf dem Klo war, aber ich stehe schon wieder unter Druck.«

»Ach, verstehe. Wenn die Blase überdehnt war, muss man anschließend mehrmals«, sagte Marco Heidergott verständnisvoll. »Ist aber kein Problem, ich habe ein Badezimmer mit Toilette im Wagen. Die Tür gleich dort hinten.«

»Na, das ist ja komfortabel!« Sina ließ sich nicht zweimal bitten, obwohl sie an Tammo Bruhns vorbei musste, der am Fuß der Treppe stand und keine Anstalten machte zu fliehen, nachdem Heidergott ihn losgelassen hatte. Seine Augen waren weit aufgerissen, und er versuchte zu sprechen. Seine Worte waren durch den Klebebandknebel unmöglich zu verstehen, aber sie klangen angsterfüllt.

»An deiner Stelle hätte ich auch Angst«, sagte Sina. »Hoffentlich verschwindest du für lange Zeit hinter Gittern.«

Sie stieg die Treppe hoch, durchquerte den Wohnraum und öffnete die Tür, die Marco Heidergott ihr gezeigt hatte. Tatsächlich, dachte sie, was für ein schnuckeliges kleines Bad.

Hinter ihr klappte die Eingangstür zu. Ein Schlüssel drehte sich im Schloss.

»Sorry«, hörte sie Marco Heidergotts Stimme durch das Holz der Tür. »Aber das erledige ich besser allein.«

35.

Lüppo Buss hatte Käthe Döring in einem Zimmer unter dem Dach des Reiterhofs eingeschlossen. Das Dachflächenfenster war zwar nicht verschließbar, aber die Käsefrau machte nicht den Eindruck, als sei sie auf Klettertouren aus. Dazu fehlten ihr nicht nur Sportlichkeit und geeignete Kleidung, sondern vor allem das nötige Schuldbewusstsein. Warum, fragte sich der Inselpolizist, fühlten sich Rechte eigentlich immer im Recht? Lag es schlicht an der Bezeichnung? Dabei war die doch nur zufällig entstanden, nämlich im Revolutionsjahr 1789, als in der französischen Nationalversammlung die Progressiven links und die Konservativen rechts gesessen hatten. Hätte auch andersherum sein können.

Als die Petersens und ihre Leute von ihrer erfolglosen Jagd zurückkehrten und die lichtschrankengesteuerte Hofbeleuchtung aktivierten, war Lüppo Buss auf dem Posten. Und er hatte sich einen Plan zurechtgelegt. Einen schlichten Plan, wie er ihm entsprach.

Fünf Personen konnte er durch den Türspion erkennen. Waren das alle? Petersen und seine Frau, dazu zwei weitere Männer und eine Frau mit Schneckenfrisur, alle schwarz gekleidet. Der eine der Männer war normal gebaut, der andere war eine Gestalt wie aus dem Neonazi-Bilderbuch: 1,90 Meter groß, geschätzte zweieinhalb Zentner schwer, Schmerbauch, Stiernacken, Schädel kahl rasiert. Der Inselpolizist stellte sich vor, wie dieser Kerl durch das Wäldchen gewalzt sein mochte; eine Vorstellung, die ihn amüsierte.

Als die fünf bis auf wenige Meter heran waren, öffnete der Inselpolizist die Tür. Seine Dienstpistole steckte griffbereit im offenen Holster. »Stehenbleiben«, sagte er in scharfem Ton – nicht allzu laut, aber mit einer guten Prise Eisen in der Stimme, wie er es gelernt hatte. »Sie sind alle hiermit vorläufig festgenommen. Es besteht dringender Tatverdacht der Freiheitsberaubung und der gemeinschaftlich begangenen Körperverletzung beziehungsweise des entsprechenden Versuchs. Sven Petersen, treten Sie vor und drehen Sie sich mit dem Rücken zu mir, Hände hinter dem Rücken.« Er zückte seine Handschellen.

Alle fünf waren stehen geblieben. Keiner sagte ein Wort. Niemand machte den Versuch zu fliehen, aber es trat auch keiner vor. Auch nicht Sven Petersen.

Damit hatte der Inselpolizist gerechnet. Okay, dachte er, nächste Stufe. Er steckte die Handschellen ein, griff nach seiner Dienstwaffe, zog sie aus dem Holster und brachte sie in Anschlag, die linke Hand unter das Gelenk der rechten gelegt, den linken Daumen sorgfältig neben dem rechten platziert, damit er nicht bei einem Schuss vom zurückschnellenden Schlitten der Pistole getroffen und verletzt werden konnte. Noch aber hielt Lüppo Buss die Pistolenmündung auf den Boden gerichtet. »Herr Petersen, ich fordere Sie dringend auf, meiner Anordnung Folge zu leisten. Andernfalls …«

»Rasmus!«, rief eine Stimme rechts von ihm. »Rasmus, fass!«

Rasmus, der Hund, schoss es Lüppo Buss durch den Kopf, schneller, als er reagieren konnte. Und schnell wie der Wind flog etwas von rechts heran, schwarz wie die

Nacht. Hagelweiße Zähne blitzten. Eine gewaltige Zange packte seinen Unterarm, presste und quetschte ihn, dass seine Finger sich widerstandslos öffneten und die Pistole zu Boden fiel. Der Schmerz kam mit Verzögerung. Er kam mit aller Macht.

»Rasmus, lass!« Das war Petersens Stimme. Der Hund gehorchte sofort, löste den Druck seiner Kiefer, zog sich zurück. »Brav, Rasmus!«, sagte Petersen liebevoll.

Der Inselpolizist sank in die Knie, presste seine linke Hand auf die Bisswunde. Blut strömte zwischen seinen Fingern hindurch, und er spürte, wie sein Bewusstsein zusammen mit dem Blut aus ihm herauszufließen drohte. Das durfte nicht passieren, er durfte nicht einfach umkippen! Was immer die Bande vorhatte, was Petersen und seine Leute auch mit ihm machen würden, er wollte es sehen. Und wenn es das Letzte war, dachte er. Wach bleiben muss ich. Wenigstens das.

Sven Petersen trat näher heran, bückte sich, ohne ihn aus den Augen zu lassen, hob seine Dienstpistole auf und steckte sie sich in den Hosenbund. Dann wandte er sich seinen Leuten zu. »Dämlicher Systembulle«, sagte er höhnisch. »Kann nicht mal bis sechs zählen.«

»Dabei sind wir eigentlich sieben«, sagte der Specknacken. »Aber Tammo hast du ja weggeschickt.«

Sven Petersen schickte ihm einen bösen Blick. »Nenn doch gleich alle unsere Namen, du Schwachmat!«, schnauzte er ihn an.

»Unseren kennt er sowieso«, sagte Hildburg, seine Frau. Sie trat auf ihn zu und streckte einen muskulösen, tätowierten Arm aus. »Gib mir seine Knarre. Wir machen es so, dass es aussieht, als hätte er es selbst getan.«

Der Inselpolizist presste seinen blutenden Arm stärker

als nötig. Der Schmerz war bösartig, aber Lüppo Buss konnte nur hoffen, ihn noch eine Weile spüren zu dürfen.

»Meinst du, die fressen das?«, fragte Sven Petersen skeptisch. »Denk an seinen Kollegen, der soll ihn seit Jahren kennen, heißt es. Warum sollte der sowas tun?«

Die Frau zuckte mit den Schultern. »Was weiß ich? Weil seine Stelle karrieremäßig ein Abstellgleis ist? Weil sie ihn trotzdem überfordert? Weil ihm seine Freundin weggelaufen ist? Such' dir was aus! Das mit der Freundin ist zwar eine Weile her, aber der Schnellste ist er ja nicht, das haben wir gerade eben gesehen.«

Der Specknacken lachte.

Sven Petersen fixierte den Inselpolizisten einige Sekunden lang. Dann griff er nach der Waffe, zog sie aus seinem Hosenbund und reichte sie seiner Frau. »Gleich hier?«, fragte er.

»Klar«, sagte sie. »Den Boden vollgeblutet hat er eh. Das müssen wir alles zusammen wegmachen.« Sie wandte sich an den Mann, der den Hund inzwischen an die Leine gelegt hatte: »Bring Rasmus ins Haus. Und bleib bei ihm. Er ist noch nicht ganz schussfest. Ich will nicht, dass er uns durchdreht.«

Sie trat neben Lüppo Buss und richtete die Waffe auf seine rechte Schläfe. »Schön dicht, wegen der Schmauchspuren«, murmelte sie vor sich hin.

»Genau deswegen sollten Sie Handschuhe tragen«, sagte der Inselpolizist. »Wegen der Schmauchspuren. Sonst kriegt man Sie deswegen dran.«

Die Frau stutzte. Dann lachte sie gehässig. »Nett von dir, mein Lieber!«, höhnte sie. »Bist scharf auf eine Galgenfrist, was? Aber Pustekuchen! Guck mal, ich hab' welche dabei.«

Ihre Handschuhe waren aus Leder und sehr eng, trotzdem dauerte es keine Minute, sie anzuziehen. Bisschen wenig, dachte Lüppo Buss. Aber man nimmt, was man kriegt.

»So, still halten!«, kommandierte die Frau, als sie die Waffe erneut hob.

Hinter ihr ertönte ein Zischen, gleichzeitig mit einem Laut, der sich wie eine Entladung anhörte. Im selben Moment gab es einen dumpfen Schlag. Frau Petersen schrie auf. Die Pistole fiel zu Boden, zum zweiten Mal in dieser Nacht. In der fleischigen Schulter der Frau steckte ein langer, schwarzer Pfeil. Die Federn an seinem Ende waren schwarz, weiß und rot.

Schritte näherten sich; Marian trat ins Licht. Den Bogen hatte er abgelegt, nur ein Köcher baumelte an seinem Gürtel. In seinen Händen hielt er eine Armbrust, gespannt und mit einem kurzen, dicken Pfeil auf der Mittelsäule. Er zielte über Kimme und Korn, mal auf Sven Petersen, mal auf den Specknacken, mal auf den anderen Mann, der noch keinen Ton von sich gegeben hatte.

»So, ihr Arschlöcher«, brüllte Marian. »Der Erste, der sich rührt, kriegt einen Pfeil durch den Schädel genagelt, verstanden? Na? Wer will es versuchen?«

Unglaublich, wie blutrünstig er klingt, dachte Lüppo Buss. Bloß gut, dass die Typen ihn nicht so gut kennen wie ich. Er löste seine blutverschmierte linke Hand von seinem rechten Arm und angelte nach seiner Pistole. Gut, dass er kniete. Und gut auch, dass die Nazifrau einen Nahschuss hatte anbringen wollen. So lag die Waffe jetzt für ihn griffbereit. Seine Hand war glitschig, fast wäre ihm die Pistole entglitten. Aber nur fast. Er hob sie und richtete sie drohend in die Runde. Treffen würde er im Falle des Falles sicher nur zufällig, aber das wusste ja keiner.

Die Nazifrau versuchte, mit der linken Hand den Pfeil aus ihrer rechten Schulter zu ziehen, und drehte sich dabei jammernd im Kreis. Es sah aus wie in einem Slapstickfilm, fand Lüppo Buss. Oder Zeichentrick. Wenn das jemand aufzeichnen würde, würde er sich das wieder und wieder anschauen. Ohne einen Funken Mitleid.

Marian ließ die Armbrust neben dem Inselpolizisten zu Boden fallen, nahm die Handschellen und legte sie Sven Petersen an. Dann blickte er sich suchend um.

»Hier«, sagte Lüppo Buss und zeigte auf eine der Taschen an seinem Gürtel. »Ich habe Plastikhandfesseln dabei. Genug für die ganze Truppe.« Er deutete mit seiner Waffe auf Sven Petersen: »Und Sie rufen Ihren Hundeführer raus. Aber ohne Hund! Den soll der drinnen einsperren. Verstanden?«

Petersen nickte. Für den Moment schien er jeden Widerstand eingestellt zu haben. »Und was wird mit meiner Frau?«, fragte er besorgt. »Jemand muss ihr doch helfen.«

Lüppo Buss verkniff sich die Antwort, die ihm auf der Zunge lag. Auge um Auge, Blut um Blut? Nach dem Kodex lag er um Längen vorne, da konnte Frau Petersen eine ganze Weile weiterbluten. Aber nein. »Das kann Frau Döring machen«, sagte er stattdessen. »Sagen Sie Ihrem Hundeführer, er soll sie aus ihrem Dachzimmer herauslassen. Sie soll gleich Verbandszeug mitbringen.«

Sven Petersen tat, was ihm befohlen wurde. Als er und alle seine Männer Handfesseln trugen, als Käthe Döring den Pfeil aus Hildburg Petersens Arm gezogen und damit begonnen hatte, die Pfeilwunde zu versorgen, da konnte

Lüppo Buss gerade noch Marian herbeiwinken und ihm seine Pistole in die Hand drücken. Dann gingen bei ihm die Lichter aus.

36.

Sina schlug die Augen auf. Sie waren verklebt und taten weh. Ihre Füße schmerzten. Was war los, was war passiert? Wo war sie?

Sie streckte die Beine aus, um sie über die Kante des Bettes zu schwingen, auf dem sie lag. Sofort verkrampfte sich ihre rechte Wade. Aua, verdammt! Sie angelte mit der einen Hand nach ihrer Fußspitze, mit der anderen drückte sie ihr Knie durch. Als der wütende Schmerz endlich nachließ, war sie wenigstens wach. Und sie wusste wieder, wo sie war.

Gab es hier vielleicht Magnesium? Sie stemmte sich hoch, riss den Küchenschrank auf, wühlte darin herum, zerstörte mit bewusster Rücksichtslosigkeit die penible Ordnung darin. Ah, *Magnesium akut*. Hatte sie es sich doch gedacht. Diese narzisstischen Körperfanatiker hatten immer alles da, was man so brauchte, und vieles darüber hinaus. Sie riss gleich zwei Tütchen auf und schüttete sich das Granulat in den Mund. Die leeren Tüten warf sie auf den Boden.

Ihr Mund war staubtrocken, die Zunge wie aus Pergament. Aber es gab einen Kühlschrank und darin Mineralwasser edelster Provenienz. Sie trank gierig. Sollte sie den Kühlschrank offen lassen und die Flasche auf dem Fußboden zerschmettern? Nein, das sollte und konnte sie nicht. Aus Prinzip. Außerdem wusste sie nicht, wie lange sie hier noch hocken musste. Sie stellte die Wasserflasche ordentlich zurück und drückte die Kühlschranktür zu.

In der Nacht hatte sie alles versucht, um aus diesem Bauwagen herauszukommen. Aber die Tür war zu stabil, die Verriegelung zu massiv und die Fenster viel zu klein. Und die neue Außenbeplankung, von der Marco Heidergott beiläufig erzählt hatte, schien dazu gedacht zu sein, Eisbären draußen zu halten. Keine Chance, eine dieser Planken zu lockern oder gar zu zerbrechen. Den halben Inhalt der Besteckschublade hatte Sina demoliert, ehe sie das eingesehen hatte. Richtiges Werkzeug war nicht zu finden gewesen. Dieser Heidergott schien ein gründlicher Planer zu sein. Auch Lärm hatte nichts geholfen. Sina hatte gerufen, geschrien und mit den Fäusten getrommelt, ohne Rücksicht auf die Bilderrahmen, die von der Wand gefallen waren, bis sie heiser gewesen war und ihre Hände schmerzten. Keine Reaktion. Nicht einmal Ocko Onken in dem gar nicht so weit entfernten Haus, zu dem dieser Garten gehörte, hatte sich gerührt. Irgendwann hatte Sina aufgegeben. Todmüde und erschöpft wie sie war, musste sie danach eingeschlafen sein.

Wie spät war es? Halb sechs vielleicht. Morgenlicht fiel durch die schmalen Fenster des Bauwagens. Draußen mussten Leute unterwegs sein, Frühharbeiter, die auf die letzten Nachtschwärmer trafen. Aber hier, in dieser abgelegenen Straße und dicht am Dünenfriedhof, war bestimmt nichts los. Sinnlos, gleich wieder mit der Schreierei anzufangen, dachte Sina resigniert.

Warum hatte Marco Heidergott das bloß gemacht? Warum hatte er sie eingeschlossen? Weil er es gut mit ihr meinte, ihr noch mehr Stress ersparen wollte – nach all dem, was sie gestern hatte durchmachen müssen?

Sina ging zum Kühlschrank, die Wasserflasche holen. Diesmal stellte sie sie nicht wieder weg, sondern leerte sie zügig. Gestern musste sie ziemlich dehydriert gewesen sein, da gab es einiges aufzufüllen.

Prompt meldete sich ihre Blase. Na klar, die bekam auch ihren Teil ab. Seufzend öffnete Sina die Tür zum Bad. Sie war vorgewarnt; drinnen war es so eng, dass sie sich letzte Nacht den Ellenbogen derbe angestoßen hatte. Es war eben wie in einer Puppenstube, so hübsch und niedlich, aber auch so klein und eng.

Als sie die Klobrille hochgeklappt hatte und sich hinsetzte, spürte sie einen Luftzug. Von unten, am blanken Gesäß. Fühlte sich merkwürdig an. Zog es etwa durch die Bodenplanken? Eher nicht; der Fußboden war mit plüschigen Matten bedeckt. Wenn sie sich das nicht nur einbildete, dann zog es durch die auffallend kleine Schüssel. Hoffentlich war nichts undicht. So schnell wie möglich beendete sie ihr kleines Geschäft und drückte auf den Spülknopf. Es rauschte nicht wie gewohnt, sondern summte elektrisch. Und plätscherte. Na ja, dachte Sina, Puppenstube eben.

Die beiden heruntergefallenen Bilderrahmen lagen auf dem Boden. Sina hob sie auf und sah sie sich an. Das eine zeigte eine kleine Gruppe Menschen, aufgereiht vor einem Sportflugzeug. Waren das die »Steamboat-Boys«? Nein, die Gruppe war gemischt und vollständig bekleidet. Das Foto schien auch älter zu sein. Das andere Bild zeigte ebenfalls ein Sportflugzeug, in der Luft fotografiert. War das das teure Hobby, das Marco Heidergott angedeutet hatte? Sina machte sich nicht viel aus Fliegen. Segeln war ihr lieber. Sie legte die beiden Rahmen auf den kleinen Esstisch.

Nach Kaffee suchte sie vergebens im Küchenschrank. Es gab nur Tee – und nicht einmal Ostfriesenmischung. Gesundheitsfanatiker verpassten echt ihr halbes Leben, dachte Sina, während sie die Gasflamme anzündete und den halbvollen Kessel aufsetzte. Sie nahm sich einen Becher und hängte einen Teebeutel hinein. Earl Grey, heiß, wie Captain Picard. Besser als nichts.

Der Becher war mit dem Werbefoto und dem Logo der »Steamboat-Boys« bedruckt. Unglaublich, dass sowas produziert wurde. Wer kaufte denn das? Sie schaute genauer hin: die alte Version des Fotos. Sechs Tänzer, mit Marco Heidergott in der Mitte, die strahlende Verlockung in Person, jeder Muskel an seinem Körper definiert und geölt. Auf dem Plakatfoto im Schaukasten hatte er gefehlt. Es musste mehr als nur ein harter Schlag gewesen sein, dass er auf all das verzichten musste. Karriere, Geld, Selbstbestätigung. Kaum Aussichten, dass sich daran etwas ändern würde, ganz egal, wie vielen Operationen er sich unterzog. Sina versuchte, sich vorzustellen, wie sie sich an seiner Stelle fühlen würde. Sie würde verzweifeln. Oder vor Wut ausrasten. Wenn es jemanden gäbe, den man dafür verantwortlich machen könnte, den würde sie …

Draußen am Bauwagen klapperte etwas. Machte sich da jemand zu schaffen? Ratsch! Ein Riegel wurde geöffnet. Eine Klappe schlug von außen gegen die Seitenwand.

»Hallo?«, rief Sina. »Hallo? Ist da wer?«

Es rappelte kräftiger. Das Geräusch kam von draußen – und zugleich aus dem kleinen Badezimmer.

»Hallo!«, schrie Sina, so laut sie konnte. »Wer ist da? Ich bin hier drin!«

»Ja?« Das war Ocko Onkens Stimme. »Marco? Bist du schon wach? Hör eben, mien Jung, du musst den Schieber zurücksetzen, hörst du? Sonst krieg ich das Ding hier nicht raus.«

»Ocko!« Sina trommelte mit beiden Fäusten gegen die Seitenwand. »Ocko, ich bin's, Sina! Ich bin eingesperrt! Hol mich raus!«

Keine Antwort. Stattdessen wurde das Rappeln und Rütteln lauter und heftiger. »Marco, schieb den Verschluss zurück! Sonst krieg ich das Ding nicht raus. Dann kannst du es selbst ausleeren, hörst du?«

Verdammt, dachte Sina, was soll das? Ist der Mann schwerhörig?

Schwerhörig! Na klar.

Sina riss die Badtür auf und beugte sich über die Kloschüssel. »Ocko, hörst du mich? Ich bin es, Sina. Ich bin hier drin eingeschlossen. Ocko, mach die Tür auf, hol mich hier raus!«

»Sina?« Jetzt schien der Alte etwas vernommen zu haben. »Wie kommst du denn da rein? Ich kann dich nicht richtig verstehen, ich hab' nämlich mein Hörgerät nicht drin. Komm doch besser mal raus.«

Sina stöhnte. »Ich bin eingesperrt! Eingesperrt! Ocko, mach die Tür auf!«

»Was bist du? Moment.«

Sina eilte zur Eingangstür, aber es dauert noch zwei Minuten, bis Ocko Onken endlich aufschloss. »Ich musste erst den Schlüssel holen«, sagte er, als Sina vor ihm stand. »Und wie kommst du hierher? Ist Marco auch da?«

Hatte der Alte bei diesen Worten etwa gezwinkert? Sina traute ihren Augen nicht. »Marco hat mich eingeschlossen«, sagte sie laut. »Keine Ahnung, wo er momentan ist.«

»Mädchen, nun schrei doch nicht so!« Onken presste beide Hände auf seine Ohren. »Ich bin doch nicht schwerhörig.«

»Nicht? Gerade eben hatte ich einen anderen Eindruck.«

»Na ja«, korrigierte sich der Mann mit der Schifferkrause, »jedenfalls nicht, wenn ich mein Hörgerät drin habe. Und, Sina« – Onkens Stimme sank zu einem Flüstern herab – »sag Marian nichts davon, dass ich ein Hörgerät brauche, ja?«

»Marian? Wieso?« Etwas verspätet ging Sina auf, dass auch alte Männer eitel sein konnten. Und dass sie leiser sprechen konnte.

»Was ist mit mir?«, ertönte eine Stimme vom Gartenweg her. Gleich darauf kam der Sprecher in Sicht. Lockige Haare, struppiger Bart, etwas über mittelgroß, nicht wirklich schlank – Inselredakteur Marian Godehau. Mit schnellen Schritten kam er heran. »Wovon soll ich nichts wissen?«, fragte er.

Ocko Onken kratzte sich verlegen die Bartkrause. Sina hob die Arme und fiel Marian um den Hals. Dann küsste sie ihn.

Der Kuss dauerte bereits eine Weile, als auch Marian seine Arme hob und sie um Sinas Körper schlang. Danach ging der Kuss erst so richtig los. Onkens Kratzen wurde verlegener. Schließlich drehte er sich weg. Was es da zu sehen gab, das kannte er ja nun.

Irgendwann lösten sich die Münder voneinander. Marian keuchte. »Und davon sollte ich nichts wissen?«, fragte er.

Sina lachte und ließ ihn los. »Schön, dass du hier bist«, sagte sie. »Aber warum eigentlich?«

»Ja, genau«, sekundierte Onken. »Was machst du hier um diese Zeit? Was macht ihr beide hier?«

»Lange Geschichte«, erwiderten Sina und Marian wie aus einem Mund. Verwundert schauten sie sich an, dann lachten sie und machten Anstalten, den nächsten Dauerkuss vom Stapel zu lassen.

»Ja, ja, schon gut«, sagte Ocko Onken hastig. »Dann lasst mich erstmal diese Sache erledigen. Der Schieber muss zu, sonst krieg' ich das Ding nicht raus.«

Sina und Marian beließen es bei einem kurzen Kuss und einem langen, neu verliebten Blick. »Was für ein Ding eigentlich?«, fragte Sina beiläufig.

»Na, die Kassette hier.« Aus dem Bauwagen ertönte das Geräusch einer zuschnappenden Verriegelung. »So, jetzt ist es dicht. Jetzt kann ich es von draußen rausziehen und ausleeren.« Ocko Onken tauchte in der Bauwagentür auf.

»Kassette?« Marian ließ seine Arme sinken. »Was für eine Kassette denn?«

»Na, die von der Campingtoilette. Oder glaubst du etwa, mein Bauwagen wäre an die Kanalisation angeschlossen?« Hinter seiner Bartkrause grinste der Alte breit. »Nee, nee, das geht hier zu wie auf dem Campingplatz. Frischwasser auffüllen mit dem Gartenschlauch und Honig schleudern manuell. Tja, was tut man nicht alles als Vermieter, wenn man unter der Hand ein paar Kröten extra machen will.« Er legte den Zeigefinger an seine Lippen: »Aber erzählt das bloß nicht weiter! Geht ja keinen was an. Ich verdiene ein bisschen Geld, Marco spart ein bisschen Geld, mein Garten wird gemacht, alle sind zufrieden.«

»Campingtoilette?«, wiederholte Marian. »Da drin ist eine Campingtoilette?«

»Wie ich schon sagte.« Ocko Onken schaute misstrauisch. »Was passt dir daran nicht? Ist alles ganz hygienisch, ich nehme extra dieses blaue Zeugs, das tötet alle Keime ab. Eine Entlüftung hab' ich auch eingebaut, mit Absaugung, damit es im Wagen nicht mieft. Und das Ausleeren mache ich, das gehört zum Service.« Onken zog sich einen Gummihandschuh über, griff in die offen stehende Klappe an der Außenseite des Bauwagens und löste eine Arretierung. »Seht ihr, jetzt geht's«, triumphierte er und zog einen olivgrünen Sammeltank heraus.

»Halt!«, rief Marian. »Stell das Ding hin! Und fass es nicht mehr an.«

»Wieso?«, fragte Onken verständnislos, tat jedoch, wie ihm geheißen. »Ist was mit dem Ding? Du tust ja so, als wäre das eine Bombe.«

»Das kann gut sein, dass das eine Bombe ist«, sagte Marian.

Erschrocken trat Onken drei Schritte zurück. »Im Ernst? Glaubst du, der fliegt uns gleich um die Ohren, der, äh … der Scheiß?«

»Im übertragenen Sinne«, ergänzte Marian. »Journalistisch gesehen. Sofern das die Quelle des sogenannten Schwedentrunks ist.«

In Sinas Kopf wirbelte alles herum und herum. Sie schob es auf ihre Erschöpfung, die nach wenigen Stunden Schlaf bestenfalls gelindert war. »Marco Heidergott?«, stieß sie hervor. »Aber warum? Weißt du etwas? Bist du deswegen hier?«

»Eigentlich bin ich hier, weil Ocko gestern erzählte, dass er dich getroffen hat und ihr ein Stück zusammen in Richtung Petersens Reiterhof geradelt seid«, sagte Marian. »Gestern hab' ich am anderen Ende angefangen – und bin erstmal nicht weggekommen. Heute wollte ich an diesem Ende anfangen.«

»Womit anfangen?«, fragte Sina.

»Na, dich zu suchen«, erwiderte Marian.

»Ja, ja, ist ja gut«, intervenierte Ocko Onken, der die Blicke registrierte, die die beiden sich zuwarfen. »Könnt ihr mal zu Ende erzählen, ohne ständig übereinander herzufallen? Wieso bist du nicht weggekommen von Petersens Reiterhof?«

»Weil wir erst auf Dr. Fredermann warten mussten«, erwiderte Marian. »Der ist nachts nicht der Schnellste.«

»Warum? Was wolltest du von Dr. Fredermann?«, fragte Sina.

»Er musste Lüppo zusammenflicken«, sagte Marian ungerührt. »Damit der seine Pistole wieder selbst halten konnte.«

»Zusammenflicken?«, wiederholte Sina. »Pistole?«

»Ach du Schande«, rief Ocko Onken. »Was ist da passiert? Hat dieser Stahnke ihm nicht geholfen?«

»Wie sollte er denn? Stahnke ist doch auf Helgoland, den Mord an Karl Antes untersuchen«, sagte Marian.

»Was? Kante ist tot? Wie ist das passiert?« Onken verlor völlig die Fassung.

»Ich sagte schon, lange Geschichte.« Marian rieb sich die Stirn, auch er sah todmüde aus, ebenso wie Sina. »Aber ehe ich es vergesse: Habt ihr eine Ahnung, wo dieser Tammo Bruhns steckt?«

»Ja, allerdings«, sagte Sina. »Marco Heidergott hat ihn geschnappt. Wollte ihn zu Lüppo bringen, ins Polizeibüro an der Kaapdüne. Davon bin ich jedenfalls ausgegangen.«

»Heidergott hat ihn?« Marian kniff die Augen zu in der frühen Morgenhelligkeit, deren Strahlen gerade einen Weg durch das Gebüsch gefunden hatten. »Na dann gute Nacht.«

37.

Stahnke blinzelte in die helle Morgensonne. Er glaubte nicht richtig zu sehen. »Das Ding da?«, fragte er entgeistert. »Damit sollen wir nach Langeoog? Das dauert doch Stunden. Falls es uns überhaupt trägt.«

»Also mich trägt es bestimmt«, erwiderte Tinka Mertens spitz. »Dabei achte ich nicht einmal auf mein Gewicht. Wenn man bei der Arbeit so viel auf den Beinen ist wie ich, muss man das auch nicht.«

»Als ob das allein davon abhängen würde.« In diesem Punkt war Stahnke empfindlich. »Ich bin auch viel auf den Beinen.«

Tinka lachte. »Ja, das hat man gesehen heute früh, als ich fast über Sie gestolpert wäre.«

Stahnke räusperte sich und schwieg. Letzte Nacht hatte er das Angebot seines Kollegen Battermann, bei ihm zu Hause auf der bequemen Couch zu übernachten, ausgeschlagen; der Gedanke, seine junge Zeugin nachts in der unverschlossenen Arrestzelle allein zu lassen und sie am nächsten Morgen womöglich nicht mehr vorzufinden, war ihm nicht geheuer gewesen. Einschließen wollte und durfte er sie ja nicht. Also hatte er mit zwei Wolldecken und ein paar Sofakissen auf dem Fußboden der Helgoländer Polizeistation geschlafen – mehr schlecht als recht, dafür aber so, dass sein voluminöser Körper den Eingang zur Zelle wirksam blockierte. Wodurch er heute früh prompt unsanft geweckt worden war.

Ein kräftiger Wind wehte ihm um den stoppelhaarigen Kopf und verscheuchte nach und nach die morgendliche Tranigkeit. West-Nordwest, registrierte der Hauptkommissar automatisch. Von der Ostkaje des Südhafens blickte er auf die Marina. Ein paar stolze, seegängig aussehende Jachten lagen dort vertäut. Und sie beide sollten also ausgerechnet mit diesem … mit diesem *Ding* …

»Moin, Herr Hauptkommissar! Sie sind es also, der es so eilig hat.« Ein Mann traf auf die beiden zu. Dass es ein Mann war, erkannte man vor allem an der Stimme. Das Gesicht war von langen, vom Wind verwirbelten braunen

Haaren verborgen, und die Statur war durch einen weiten Segleroverall praktisch unkenntlich gemacht. Trotzdem wusste Stahnke sofort, wen er vor sich hatte.

»Michael Gödecke! Moin, Sie sind das also, der diese Rennziege da reitet?«

Gödecke lachte, strich sich mit sämtlichen Fingern seine prachtvollen Haare aus dem Gesicht und band sie zu einem Pferdeschwanz zusammen. Früher war er der Hafenmeister von Langeoog gewesen; über seine aktuelle Tätigkeit gab es auf der Insel widersprüchliche Gerüchte. Er sei Profisegler geworden und arbeite für wechselnde Milliardäre, sagten die einen; er fische mit einem Spezialschiff Plastik aus den Weltmeeren, sagten die anderen. Davon, dass er mit einem Rennkatamaran die Gewässer um Helgoland befuhr, hatte noch keiner zu berichten gewusst.

»Rennziege ist gut.« Gödecke umarmte Tinka zur Begrüßung, dann ging er voraus auf den Steg. »Gepäck habt ihr keins, das ist gut«, sagte er. »Dann kriegen wir das mit der Gewichtsverteilung hin. In dieser Hinsicht ist meine ›Libelle‹ nämlich etwas heikel.«

Gödeckes »Libelle« war mit gut siebeneinhalb Metern Länge aus der Nähe betrachtet ein ganz schöner Brummer, fand Stahnke. Die Breite war mit fast vier Metern ebenfalls stattlich, die Masthöhe betrug ganz sicher mehr als elf Meter. Der Doppelrumpfer schien komplett aus Carbon gebaut zu sein. Leichter und stabiler ging es nicht – teurer wohl auch nicht. Hatte der ehemalige Hafenmeister im Lotto gewonnen?

»Ein bisschen früh ist es«, sagte Gödecke, während er die Segel anschlug, »aber eigentlich passt mir der Trip nach Langeoog ganz gut. Wollte heute sowieso einen Langstreckentest machen. Dafür werde ich schließlich bezahlt. Bei ordentlich Wind und mit Extralast.« Er winkte Stahnke zu: »Okay, dann rauf aufs Trampolin! Keine Sorge, das hält schon.«

Mit gemischten Gefühlen sah Stahnke, wie Tinka Mertens ebenfalls einen wasserdichten Overall bekam und überzog. Gödecke hatte unter seinem sogar einen Neoprenanzug an. Der Hauptkommissar dagegen verfügte nur über eine alte Regenjacke, die Battermann ihm geliehen hatte und die viel zu eng war, um sich schließen zu lassen, ohne den Reißverschluss zu sprengen.

Gödecke warf ihm eine Schwimmweste mit integriertem Sicherheitsgurt zu. Diesen Lifebelt konnte er in eine Laufleine einhaken, die von vorn nach achtern übers federnde Trampolindeck führte und ihm wenigstens eine relative Beweglichkeit ermöglichte, ohne dass die Gefahr bestand, über Bord zu gehen. Die beiden anderen Besatzungsmitglieder legten Trapezgurte an, die mit der Mastspitze verbunden waren und dazu dienten, das Boot später durch Gewichtsverlagerung so waagerecht wie möglich zu halten.

Stahnke kam sich vor wie ein sperriges Gepäckstück auf einem Formel-1-Rennwagen und war entsprechend genervt. Da hatte er sich ja auf etwas eingelassen! Unbequem würde das werden, nass und kalt. Und würde Stunden dauern. In dieser Zeit konnte alles Mögliche passieren, während er nur hilflos herumhocken konnte.

Gödecke machte die Festmacher von den Stegpollern los und warf einem wartenden Hummerfischer eine Schleppleine zu. Der Fischer ließ sofort seinen Diesel losbullern und schleppte den Katamaran aus dem Hafen, denn der Segler verfügte über keinen eigenen Motor. Na klar, Rennziege eben. Bestimmt hatte Gödecke dem

Fischer vorher einen mittleren Schein zugesteckt. Insulaner taten niemals etwas umsonst, das war auf Helgoland sicher nicht anders als auf Langeoog.

Kaum war freies Wasser erreicht und die Schleppverbindung gelöst, ließen Gödecke und Tinka die Segel am Mast emporsausen. Sofort nahm der Katamaran flotte Fahrt auf. »So, Herr Hauptkommissar, festhalten!«, rief der ehemalige Hafenmeister. »Sie bewegen sich bitte nur, wenn ich es sage, und dann genau so, wie es sage. Alles klar? Okay, Tinka, dann runter mit den Dingern!«

Der spielt sich ganz schön auf, dachte Stahnke. Als ob ich noch nie gesegelt wäre. Der soll mal nicht glauben, dass …

Im nächsten Moment geschah etwas, das Stahnke niemals für möglich gehalten hätte.

38.

Ocko Onken hatte Redebedarf. Verschärften sogar, und nachdem Sina und Marian fluchtartig seinen Garten verlassen hatten, fehlten ihm die Ansprechpartner. Er brauchte dringend Ersatz. Für die Bank am Inselbahnhof war es zu früh. Also nahm er sein Rad und fuhr zum Schloppsee. Vielleicht war Harm Bengen beim Angeln, Nachschub für seine Räuchertonne besorgen, und Bodo Schmidt stand bei ihm und deckte ihn mit guten Ratschlägen ein. Zwei verwandte Seelen, das war es, was er brauchte. Die Nummer drei ihrer Viererbande, Klaas Reershemius, hing ja leider auf Helgoland fest.

Am Schloppsee steuerte er Harm Bengens üblichen Angelplatz am Schilfgürtel an – und siehe da, die kurzen Aalruten standen tatsächlich einsatzbereit in ihren Haltern. Auch Campingstuhl, Köderbox und ein leerer Eimer waren aufgestellt. Nur von Harm fehlte jede Spur. Auch der dicke Bodo Schmidt war nirgendwo zu sehen.

Ocken schob sein Rad zurück zum Reit- und Wanderweg. Seine beiden Kumpane waren hier gewesen, überlegte er, auf jeden Fall Harm, aber vermutlich auch Bodo. Wohin konnten sie gegangen sein? Und warum hatte Harm seine Ausrüstung zurückgelassen? So sehr Ocko Onken sich das Hirn zermarterte, er fand keine Erklärung. Außer der, dass Harm langsam tüdelig wurde. Und das war nun nichts Neues.

Am Wanderweg angekommen, hatte Ocko Onken die Wahl zwischen zwei Richtungen: zur Ortschaft oder zum Strand. Er entschied sich für den Strand, stieg auf sein Rad und fuhr los. Nach wenigen Minuten hatte er die Randdünen erreicht. Hinter dem großen Fahrradstand führte ein Sandweg durch die Dünen zum Strand, genau dort, wo Sand aufgespült wurde. Onken stellte sein Rad ab und stapfte in Richtung Wasser.

Zwei Männer standen im Dünenschart, ein kleiner dürrer und ein großer dicker. Harm Bengen und Bodo

Schmidt. Bengen drehte sich zu Onken um. »Na, ook all hier?«, krächzte er statt einer Begrüßung.

»Was steht ihr da rum?«, fragte Onken zurück. »Habt ihr Sehnsucht nach Klaas? Wollt ihr ihn herbeigucken? Aber das wird dauern. Vor heute Mittag kommt die ›Prinz Heinrich‹ sicher nicht in Sicht.«

»Nee«, sagte Bodo Schmidt.

»Was nee? Meinst du, der Dampfer kommt eher wieder?«, fragte Onken.

»Nee!«, wehrte Schmidt ab. »Das doch nicht! Ich meinte: Nee, wir gucken doch nicht nach Klaas.«

»Wonach dann?«, fragte Onken und schob sich zwischen die beiden. Sie standen da wie drei Orgelpfeifen.

Unten erstreckte sich die Strandbaustelle mit den dicken Spülrohren und den bizarren Baumaschinen. Alles war weiträumig mit Flatterband abgesperrt. Irgendwo innerhalb der Absperrung war vor wenigen Tagen die Leiche von Robin Seefeld gefunden worden. Wo genau, konnte Onken nicht mehr erkennen. Der Tatort war nach ausgiebiger Untersuchung freigegeben, der Sand planiert worden.

Weit und breit war kein Mensch zu sehen; selbst für Jogger schien es zu früh zu sein, und für Hundehalter gab es einen eigenen Strandabschnitt. Zum Baden war es eindeutig zu kühl. Der Wind hatte aufgefrischt und die gefühlte Temperatur um einige Grade gesenkt. Gut für die Surfer in ihren Neoprenpellen, dachte Onken. Aber auch am benachbarten Surfstrand war keine Aktivität zu erkennen.

»Siehst du es?«, fragte Harm Bengen.

Onken warf einen zweifelnden Seitenblick auf die flaschenbodendicken Brillengläser und den beständig wackelnden Kopf seines Nebenmannes. »Gar nichts sehe ich«, knurrte er. »Was soll ich denn sehen?«

»Da unten liegt ein Seehund«, behauptete Bodo Schmidt.

»Sagst du!«, krähte Harm Bengen. »Ich sage, das ist eine Kegelrobbe.«

»Watt?« Onken kniff die Augen zusammen. Wo wollten die beiden solch ein Tier gesehen haben? Er hob eine Hand über die Augen und suchte die Strandlinie ab. Nichts zu sehen, nicht einmal ein badendes Reh, das im Seewasser Abkühlung suchte. Sowas kam hin und wieder vor, das wusste Onken – nicht erst, seit er das Video auf Facebook gesehen hatte. Rehe querten bei Niedrigwasser gerne das Watt und trieben sich auf den Ostfriesischen Inseln herum. Aber momentan sah er keins. Ocko Onken schüttelte den Kopf.

»Du guckst falsch«, behauptete Bodo Schmidt. »Nicht am Wasser, sondern auf der Baustelle. Da, hinter dem großen Bulldozer.«

Auf der Baustelle? Dort, wo der frisch aufgespülte Sand noch weich war? Möglich war das natürlich, dachte Onken. Es hatte Robben gegeben, die Sonnenliegen geentert hatten, um es sich darauf bequem zu machen. Wer wollte sie auch daran hindern? Schon eine Babyrobbe hatte ein Gebiss wie ein ausgewachsener Schäferhund.

Wie es aussah, hatten Bengen und Schmidt recht. Da lag wirklich etwas im Baustellenbereich, teilweise durch die große Maschine verdeckt. Der Form nach konnte es durchaus ein Seehund sein: länglich, um die Mitte herum etwas füllig, die Schwanzflossen abgespreizt. Auch die Bewegungen kamen hin. Das Ding da unten wälzte und wand sich im Sand, ohne wirklich von der Stelle zu kommen.

»Ein Seehund«, sagte Onken. »Für eine Kegelrobbe ist es zu klein.«

»Na eben!«, triumphierte Schmidt.

»Eine junge Kegelrobbe!«, beharrte Bengen.

Onken beschattete seine Augen mit beiden Händen. Irgendetwas kam ihm merkwürdig vor. War es die längliche Kuhle gleich neben diesem Wesen? Hatte dort vielleicht ein größeres Tier gelegen? Das würde für Bengens These sprechen.

»Wir sollten etwas näher herangehen«, schlug er vor. »Dann sehen wir es genau.«

»Runter an den Strand? Durch den Sand hier?« Bodo Schmidt schüttelte den Kopf. »Ihr wisst doch, wie mühsam das ist, nachher wieder hochzukommen. Nee, vielen Dank, ohne mich.« Schon bei dem Gedanken an die körperliche Anstrengung lief der dicke Schmidt rot an. Seine sportlichen Ambitionen vom Vortag waren wohl nur ein Strohfeuer gewesen.

»Ich muss zurück zu meinem Angelzeug«, sagte Harm Bengen. »Nachher nimmt das noch einer mit. Oder es beißt etwas an, und ich bin nicht da.«

»Wer soll dir denn deine Angeln klauen?«, versuchte Onken, ihn zu beruhigen. »Da kommt um diese Zeit bestimmt keiner vorbei.«

»Und ob! Natürlich kommt da wer vorbei«, krähte Bengen. »Heute Morgen sogar zweimal.«

»Sag bloß.« Onken war verwundert. »Wer soll das gewesen sein?«

»Na, der Marco«, trumpfte Bengen auf. »Der Sohn vom Heidergott. Der mit der kaputten Visage. Der kam schon zweimal am Schloppsee vorbei.«

»Viermal sogar, wenn man hin und zurück extra zählt«,

bestätigte Schmidt. »Darum stehen wir überhaupt hier. Wollten gucken, was der am Strand so treibt.«

»Ach so.« Onken nickte. Anderen Leuten nachspionieren, das klang glaubwürdig. »Und? Was treibt er am Strand?«

Schmidt zuckte mit den Schultern. »Haben wir nicht gesehen. Als wir angekommen waren, war er wieder weg mit seinem Fahrrad.«

»Und mit seinem Anhänger«, ergänzte Bengen.

»Anhänger?«, fragte Onken.

»Fahrradanhänger«, präzisierte Schmidt. »Ein ziemlich großer.«

»Wozu das?«

»Genau das ist die Frage«, sagte Schmidt.

»Vielleicht hatte er Hanteln dabei. Muskeltraining am Strand.« Der kleine Harm Bengen hob seine Arme, so hoch es ging, und zeigte eine Bodybuilderpose. Unter seinem Oberhemd regte sich nichts.

»Sieht man ja immer wieder.« Bodo Schmidt nickte.

»Auf Langeoog? Seit wann?« Ocko Onken schüttelte ungläubig den Kopf.

»Nicht, nicht hier. In Kalifornien. Da machen die Muskelbubis das öffentlich«, sagte Schmidt. »Weiß ich vom Fernsehen.«

Auch Harm Bengen nickte. »Hoher Ölverbrauch da drüben.«

»Und? Seht ihr am Strand irgendwelche Hanteln?«, fragte Onken.

»Nee«, sagte Schmidt. »Nur einen Seehund.«

»Eine junge Kegelrobbe«, beharrte Bengen.

Onken schnaubte. »Düwel nochmal, wenn ihr keine Ruhe gebt, geht doch nachgucken, ihr alten Rechthaber«, rief er aus.

Die beiden schauten ihn völlig verständnislos an. Onken konnte ihnen das nicht verübeln, denn grundlose Rechthaberei war schließlich das tägliche Geschäft der Viererbande. Auch ohne Klaas Reershemius.

»So wichtig ist mir das auch nicht, dass ich dafür durch den tiefen Sand stapfe«, sagte Bodo Schmidt.

»Ich muss zurück zu meinen Angelruten«, sagte Harm Bengen.

Wie auf Kommando drehten sich die beiden um und ließen Ocko Onken stehen. Der starrte ihnen fassungslos nach. Niemals hätte er gedacht, dass er Klaas Reershemius mal so vermissen würde.

Das dunkle Ding da unten bewegte sich wieder. Wie eine Raupe. Beziehungsweise wie ein Seehund. Oder doch wie eine Kegelrobbe? Genug, dachte Onken, das schaue ich mir aus der Nähe an. Dann weiß ich Bescheid. Aber sagen werde ich es den beiden Dickköpfen noch lange nicht.

Der Abstieg von der Randdüne durch den feinen, pudrigen, ständig nachgebenden Sand war nicht leicht und ließ erahnen, wie schwierig der Wiederaufstieg werden würde. Jedenfalls für einen alten Mann. Ocko Onken war jedoch bereit, diesen Preis zu zahlen, damit dieser Floh, den ihm die beiden anderen ins Ohr gesetzt hatten, endlich aufhörte zu jucken.

Für zwei oder drei Minuten verschwand das Robbending aus seinem Blickfeld, verborgen vom Bulldozer. Dann tauchte es wieder auf, größer und deutlich zu erkennen. Ocko Onken schnappte nach Luft. Ein Seehund war das nicht. Aber auch keine Kegelrobbe, nicht einmal eine kleine. Das da war ein Mensch. Ein kräftiger, etwas korpulenter, dunkel gekleideter, liegender Mensch.

Ein Mensch, der an Händen und Füßen gefesselt war. Und mit Klebeband geknebelt.

Inzwischen hatte Onken das Baustellengelände erreicht. Er tauchte unter dem rot-weißen Flatterband hindurch und umrundete einen Stapel dicker, rostiger Röhren. Es war nicht mehr weit. Jetzt konnte er sehen, dass dieser Mensch ein junger Mann war, mit blonden Haaren und einem geflochtenen Zopf. Onken kannte ihn; das war Tammo Bruhns, Geschäftspartner von Robin Seefeld. Und von Karl Antes.

Robin war tot, gestorben mit gefesselten Händen. Wie Karl Antes gestorben war, hatte Marian zwar nicht erzählt, aber das konnte doch kein Zufall sein, dachte Ocko Onken. Da musste es einen Zusammenhang gegen. Und dieser Zusammenhang …

Aus den Augenwinkeln bemerkte er eine Bewegung. Recht weit entfernt, beim Strandzugang am Fuß der Randdünen, dort, wo er vor ein paar Minuten entlang gestapft war. Von dort kam jemand, der etwas in seiner Hand trug, und er bewegte sich weit schneller, als Onken das jemals gekonnt hätte. Ganz zu schweigen von Harm Bengen. Oder Bodo Schmidt. Onken nahm Deckung hinter dem Stapel rostiger Röhren. Er wusste, wer sich da näherte. Dem wollte er nicht in die Quere kommen.

39.

Gewöhnlich strotzte Lüppo Buss nur so vor Gesundheit. Jetzt war er weiß wie eine Wand, seine Augen lagen tief in den Höhlen und waren dunkel umrandet. Der Mann sah hinfällig aus, dachte Sina, eigentlich gehört er ins Bett. Aber so sind die Zeiten gerade nicht.

»Pass auf, Lüppo«, sagte sie. »Ich weiß es jetzt.«

»Sina.« Der Inselpolizist ließ sich schwer auf seinen Schreibtischstuhl fallen. »Schön, dich zu sehen. Alles gut überstanden?«

»Besser als du.« Sie deutete auf seinen verbundenen rechten Unterarm. »Hat Doc Fredermann dir wenigstens eine Tetanusspritze verpasst?«

»Eine? Frag lieber nicht.« Lüppo Buss stützte seine rechte Hand mit der linken. »Nun sag, was weißt du?«

»Marco Heidergott«, sagte Sina, »ist Flieger. Er besitzt ein eigenes Flugzeug auf Langeoog. Teures Hobby. So kam er gestern nach Helgoland.«

»Stahnke sagt, die fragliche Maschine sei von Cuxhaven gekommen«, wandte der Oberkommissar ein.

»Na klar. Marco ist von hier aus nach Cuxhaven geflogen und dort in ein anderes Flugzeug umgestiegen. Das hatte er vorher unter falschem Namen gemietet. So verwischt man Spuren.«

Lüppo Buss zuckte mit den Schultern; man sah seinem schmerzverzerrten Gesicht an, dass er das umgehend bedauerte. »Na schön. Und warum das Ganze?«

»Um dort Karl Antes umzubringen. Und den Verdacht auf Sven Petersen und seine Identitären zu lenken.«

»Wie kommst du darauf?« Der Inselpolizist kannte Sina schon lange, außerdem war sie Stahnkes Freundin. Also hörte er ihr weiter zu. »Wie soll er das mit dem Schwedentrunk gemacht haben? Und mit der Flagge?«

»Marco wohnt in einem Bauwagen im Garten von Ocko Onken, illegal natürlich. Dieser Bauwagen hat ein Campingklo mit Kassette. Nimm eine Probe, ich wette, die DNA stimmt überein. Für den Transport wird er sich ein unauffälliges Gefäß besorgt haben. Und die Flagge konnte er sich einfach im Onlineshop von Tammo Bruhns bestellen.«

»Tammo Bruhns? Der Kerl, der dich mit Petersen zusammen auf dem Reiterhof festgehalten hat? Wo ist der überhaupt?«

»Ich habe so eine Ahnung«, erwiderte Sina. »Auf jeden Fall ist er der Nächste.«

Eben noch ungläubig, guckte Lüppo Buss jetzt alarmiert. »Du meinst – das nächste Mordopfer? Und warum?«

»Weil Marco Heidergott ihn sich geschnappt hat«, sagte Sina. »Da war ich sogar dabei. Natürlich dachte ich, er bringt ihn zu dir, damit du ihn verhaftest wegen Freiheitsberaubung und so. Stattdessen aber hat Marco mich eingesperrt und dann Tammo Bruhns weggebracht. Gefesselt und geknebelt.«

»Wohin?«

»Zum Strand«, sagte Sina. »Zu der Baustelle, wo der Sand aufgespült wird. Eine bessere Stelle, um jemanden loszuwerden, gibt es nicht. Auch wenn es beim ersten Versuch nicht geklappt hat.«

»Wie kannst du dir da so sicher sein?«

»Frag mich das hinterher«, wehrte Sina ab. »Wir müssen sofort los, sonst ist es zu spät. Marco wird nicht warten, bis der Betrieb am Strand losgeht.«

Lüppo Buss erhob sich ächzend. »Ich weiß wirklich nicht, was in deinem Kopf vorgeht, Sina«, sagte er. »Aber ich will mir hinterher nichts nachsagen lassen. Also von mir aus.« Dann hielt er inne: »Wie sollen wir dorthin kommen? Zu Fuß?«

»Du hast doch ein Dienstfahrrad«, sagte Sina.

»Klar. Aber nur eins.« Er deutete auf seinen verletzten Arm: »Und in diesem Zustand kann ich dich nicht hinten drauf nehmen.«

»Nee, du mich nicht«, bestätigte Sina. »Aber ich dich.«

40.

Ocko Onken war näher dran, als ihm lieb war. Er konnte nicht nur alles sehen, er konnte auch alles hören. Der Wind hatte weiter aufgefrischt und trug ihm jedes Wort zu.

Tammo Bruhns verlegte sich aufs Betteln, kaum dass

Heidergott das mitgebrachte Gefäß abgestellt und ihm den Klebestreifen vom Mund gerissen hatte. »Es war ein Unfall, hör doch, es war ein Unfall«, kreischte der klotzige Mann. »Da konnten wir doch nichts dafür. Wir wussten nicht, dass die Dinger minderwertig waren. Es tut mir leid, es tut mir echt leid!«

Heidergott verpasste ihm eine Ohrfeige, die beiläufig wirkte, den Mann mit dem Wikingerzopf aber umgehend zum Schweigen brachte. »Lügner«, sagte Heidergott ruhig. »Du bist so ein Lügner! Ich habe es recherchiert, leider erst, als es schon passiert war. Derselbe Hersteller, dieselbe Charge. Billigzeug aus China. Vor mehr als einem Jahr sind die ersten davon hochgegangen.« Eine zweite Ohrfeige klatschte. »Das hatte sich in der Szene bereits rumgesprochen, und ich hätte bestimmt die Finger davon gelassen. Aber ihr Schweine habt die Dinger ja umetikettiert. Neuer Name, neue Verpackung, höherer Preis. Aber drin der alte, hochgefährliche Scheiß.«

»Ja, ja, ich geb's ja zu«, heulte Tammo Bruhns. »Wir haben Mist gebaut, alle drei, aber wir haben Tausende von den Dingern verkauft, und es ist immer gut gegangen. Wir konnten doch nicht ahnen …«

Diesmal nahm Heidergott die Faust. »*Ich* konnte es nicht ahnen!«, fauchte er. »Weil ihr mich heimtückisch getäuscht habt. Mit der E-Zigarette wollte ich vom Rauchen loskommen, weil die ›Steamboat-Boys‹ voll durchgestartet sind und ich mir das Qualmen konditionsmäßig nicht mehr leisten konnte. Und dann hat dieses Billigteil, das ihr mir unter falschem Label angedreht habt, einen verdammten Kurzschluss, der die Lithiumbatterie zur Explosion bringt. Mir voll ins Gesicht. Und guck mich jetzt an! Kannst du dir vorstellen, was das für mich bedeutet?«

Tammo Bruhns antwortete nicht, er wimmerte nur leise.

»Außerdem hatte ich gerade daran gezogen«, fuhr Heidergott fort,»deshalb war auch meine Mundhöhle betroffen. Richtig heftig. Weißt du, was das heißt? Für mich schmeckt alles nur noch nach Scheiße und Chemikalien. Verstehst du? Nur noch nach Scheiße und Chemie!«

Ocko Onken schnappte nach Luft. Jetzt verstand er, warum Marian gewollt hatte, dass er die Kassette ungeleert ließ. Und warum Heidergott diese komische Kanne dabei hatte.

»Aber du hast doch schon Robin«, jammerte Tammo Bruhns. »Und jetzt auch Kante. Robin hat sich die Sache mit dem Online-Shop ausgedacht, von dem war die Idee. Und Kante hat immer den Versand gemacht, der hat die Sachen umgepackt. Der war das! Und den hast du doch. Warum mich?«

»Weil du«, sagte Heidergott so leise, dass Ocko Onken ihn kaum verstand, »weil du die größte Drecksau von allen bist. Die Idee mit dem Betrug, mit dem gefälschten Label, die kam von dir. Das weiß ich, weil Kante mir das erzählt hat. Und der war zum Lügen zu doof. Robin war zu naiv. Aber du, du bist ein richtiges Mistschwein. Sina hat mir erzählt, dass du wolltest, dass Petersen sie tötet. Selbst bist du ja zu feige für sowas. Ich aber nicht.« Er griff nach der roten Kanne, die er im Sand abgestellt hatte.

»Was machst du?«, kreischte Tammo Bruhns. »Was ist das?«

»Das? Das Ding ist sehr praktisch für Alleinflieger«, sagte Heidergott mit sadistischem Lächeln. »Darum hatte ich mir gleich zwei davon besorgt. Denke dran, schaff Vorrat an, sagte mein alter Fluglehrer immer. Recht hat er gehabt.«

Ocko Onken wusste, was kommen würde. Die Angst griff brutal nach seinem Unterleib. Trotzdem zwang er sich dazu aufzustehen. »Marco!«, rief er laut gegen den Wind. »Marco, tu das nicht!«

Marco Heidergott schaute überrascht auf. Dann nahm seine Miene einen mitleidigen Ausdruck an. »Ach Mensch, Ocko«, sagte er. »Das hättest du nicht machen sollen.«

»Helfen Sie mir!«, schrie Tammo Bruhns und wand sich aufs Neue in seinen Fesseln wie ein Seehund. »Tun Sie was! Rufen Sie die Polizei an!«

Tja, da sagt er was, dachte Ocko Onken. Hätte ich bestimmt gemacht, wenn ich auf Marian gehört hätte. Dann hätte ich jetzt nämlich so ein Handy dabei. Wollte er mir ja anschnacken, damit er mich immer erreichen kann, wegen eiliger Aufträge und so. Wollte ich aber nicht – immer erreicht werden können. Da sieht man es mal wieder, jedes Ding hat zwei Seiten.

Marco Heidergott war inzwischen aufgestanden. Die Kanne hatte er stehen lassen. Mit geschmeidigen Schritten kam er auf Ocko Onken zu. Dass ein Mensch, ein Mann zumal, sich so bewegen konnte. Der Alte hätte ihn tatsächlich gerne einmal tanzen sehen. Ein Gedanke, der ihn ziemlich verwirrte.

»Marco«, sagte Onken, »mach' dich doch nicht unglücklich.«

»Glaube mir«, erwiderte Heidergott, »das haben andere für mich erledigt.« Er hatte seinen Vermieter fast erreicht. Mit der linken Hand zog er ein paar Plastikstreifen aus seiner Hosentasche. Kabelbinder, stellte Onken fest. Die lange, stabile Sorte.

»Willst du mich auch in diese Grube schmeißen?«, fragte der alte Mann mit bebender Stimme. »Zusammen mit dem da?« Sein Kopf wies hinüber zu Tammo Bruhns, der fortwährend schrie und jammerte.

Heidergott fixierte Onken starr. »Ich sorge dafür, dass du nichts spürst«, sagte er. »So ein menschliches Gehirn ist empfindlich, das lässt sich schnell lahmlegen. Wenn man will.« Er deutete mit dem Kopf über seine Schulter zurück auf Tammo Bruhns: »Der da wird es nicht so gut haben.«

Heidergott hob seine rechte Hand und nahm Maß. Ocko Onken schloss seine Augen. Es knallte laut.

»Marco Heidergott!«, schrie Lüppo Buss. »Nehmen Sie die Hände hoch! Und dann runter auf die Knie. Wird's bald?«

Der Inselpolizist war mehr als 20 Meter entfernt. Sein Gesicht war puterrot und schweißüberströmt. Die Dienstwaffe, aus der er eben einen Warnschuss abgefeuert hatte, hielt er in der linken Hand. Mit der rechten drängte er Sina Gersema, die ihn bis dorthin gestützt hatte, hinter sich. »Marco Heidergott!«, rief er noch einmal. Die Worte schienen ihn seinen restlichen Atem zu kosten.

Heidergott hob seine Arme nicht. Er kniete sich auch nicht hin. Stattdessen schnappte er sich Ocko Onken, riss ihn zu sich heran und hielt dessen Körper wie einen Schutzschild vor seinen eigenen. »Anders herum«, rief er laut. »Waffe weg, Herr Kommissar, oder der alte Mann ist fällig.«

»Du wolltest mich doch sowieso …«, entfuhr es Onken. Blitzschnell legte Heidergott seinen linken Arm um seinen Hals und drückte zu. In seiner rechten Hand hielt er plötzlich ein aufgeklapptes Einhandmesser.

»Schauen Sie mal, Herr Buss«, sagte er. »Sowas gibt es auch in Tammo Bruhns' Onlineshop. Dieses hier ist allerdings sein eigenes. Nett von ihm, dass er mir eins mitgebracht hat.« Sein ironischer Tonfall war wie weggeblasen, als er fortfuhr: »So, Schluss mit den Faxen. Weg mit der Waffe, oder Onken stirbt!«

Lüppo Buss fluchte halblaut vor sich hin. Dann legte er seine Dienstpistole vorsichtig in den Sand.

»Zurück. Zurück, alle beide!«, schrie Heidergott.

In kleinen Schritten tastete sich der Inselpolizist rückwärts, die Arme ausgebreitet, damit Sina nicht auf dumme Gedanken kam.

»Weiter!«, rief Heidergott. »Schneller!«

Als sich Lüppo Buss acht oder zehn Meter von seiner Waffe entfernt hatte, klappte Heidergott das Messer ein und gab Ocko Onken einen Stoß in den Rücken, der ihn zu Boden schleuderte. Dann rannte er los, machte einen Hechtsprung und fischte die Pistole aus dem Sand. Das ging so schnell, dass der Inselpolizist gar keine Chance gehabt hätte, ihm zuvorzukommen. Selbst bei vollen Kräften nicht. In seinem derzeitigen Zustand hatte er es gar nicht erst versucht.

Onken rappelte sich auf und spuckte Sand. Auch das noch. Jetzt hatte Marco Heidergott gleich vier Menschen in seiner Gewalt statt zwei. Wer blieb, um das Blatt doch noch zu wenden? Marian etwa? Um Himmels willen, dachte Ocko Onken, der soll bloß wegbleiben, der reißt uns sonst nur tiefer rein.

Verzweifelt schaute er sich um. Kein anderer Mensch weit und breit, den man um Hilfe hätte bitten können. Auf dem Wasser war auch niemand, jedenfalls nicht in Strandnähe. Weit entfernt, unweit der Kimm, war zwar ein einzelnes Segel zu erkennen, aber das war viel zu weit weg.

Marco Heidergott schien sich als unumschränkter Herr der Lage zu fühlen. Mit kurzen Bewegungen seiner Pistolenhand dirigierte er Lüppo Buss, Sina und Ocko Onken in Richtung Wasser, über den Spülsaum hinaus. »Hinlegen«, befahl er. »Auf den Bauch.« Routiniert spannte er den Hahn der Waffe mit dem Daumen, ließ ihn vernehmlich knacken. Alle drei folgten seiner Anordnung. Lüppo Buss brauchte dazu am längsten. Seine Lippen bewegten sich lautlos, als Heidergott ihm und den anderen die Hände auf dem Rücken zusammenband.

Tammo Bruhns' Schreien und Wehklagen war in ein unartikuliertes Heulen übergegangen. Onken konnte sehen, dass er sich eingenässt hatte. Er glaubte, es riechen zu können, aber das konnte auch der Inhalt der roten Kanne sein.

Immer wieder blickte der alte Mann sich um. Irgendwann und irgendwo musste doch jemand auftauchen, der helfen, der zumindest Hilfe holen konnte. Inzwischen war es seit einer, wenn nicht gar anderthalb Stunden hell. Waren zu dieser Zeit nicht Leute unterwegs? Am Strand jedenfalls nicht. Auf den Dünen auch nicht. Und auf dem Wasser? Onken lag mit dem Kopf landeinwärts. Vorsichtig wälzte er sich auf die Seite, um unter der Achsel hindurch nach hinten schauen zu können.

Da war etwas. Ganz plötzlich war da etwas. Es flog heran, einen Meter über der Wasseroberfläche. Onken sah zuerst nur die Kufen und dachte an ein Wasserflugzeug. Aber dafür waren diese Kufen zu groß, geradezu riesig, das waren keine Kufen, sondern Rümpfe. Und das da drüber war kein Flugzeug, das war … eine Pyramide? Eine schlanke Pyramide? Onken hatte das merkwürdige Gefühl, dass sein Gehirn ihm lauter Erklärungen anbot, ohne selbst davon überzeugt zu sein. Bekannte Muster, die aber nicht passten, Muster ohne Wert.

Als der Alte sah, dass diese Kufen-Rümpfe auf Spinnenbeinchen über das Nordseewasser dahin glitten, nahezu schwerelos, glaubte er, vollkommen durchzudrehen. Ein Wunder wäre es nicht, dachte er, bei all dem hier.

Marco Heidergott wandte der See den Rücken zu, genau wie Sina Gersema und Lüppo Buss. Tammo Bruhns hatte ohnehin nur Augen für die rote Kanne. Heidergott hatte sie erneut aufgehoben und öffnete gerade den Verschluss. Die Pistole lag schussbereit neben ihm im Sand.

»Marco, nein, nein, neiiiiin! Ich geb' dir alles, alles, was du willst, wenn du mich nur leben lässt. Alles!«

»Was willst du mir geben?«, fragte Heidergott mit bitterböser Freundlichkeit. »Ein neues Gesicht? Das versuchen die Ärzte schon, aber nach jeder Operation sieht es schlimmer aus als vorher. Ich kann mir nicht vorstellen, dass du ein besserer Chirurg bist.«

Mit einer blitzschnellen Bewegung griff er nach der Nase des Gefesselten, und obwohl der sich wand wie ein fetter Aal, hielt Marco Heidergott sie eisern fest.

»Ich hab' Geld!«, näselte Tammo Bruhns mit schriller Stimme. »Ich hab' eine Menge Geld. Und ich kann noch mehr Geld besorgen. Von Sven Petersen, der hat Geldgeber. Schwarzgeld, nicht versteuert, von Schweizer Konten. Teilweise auch Bargeld, geschmuggelt und gebunkert. Sven kauft Grundstücke damit. Häuser, Höfe, alles Mögliche, unter verschiedenen Namen. Die Papiere kriegt er zusammen mit dem Geld. Ich weiß alles, er wird mich beteiligen, das kannst du alles haben.«

»Ich scheiß' auf dein Geld, du Mistsack«, knurrte Marco Heidergott und rammte Tammo Bruhns den Ausguss der roten Kanne in den Mund. Dessen Jammern und Schreien ging in ein ersticktes Gurgeln über.

Sinas Tritt kam wie aus dem Nichts. Sie hatte die Sekunden genutzt, in denen sich Heidergott auf sein Opfer konzentriert hatte, war trotz ihrer gefesselten Hände aufgesprungen und herbeigeeilt. Ihr Fuß traf die rote Kanne. In hohem Bogen flog sie davon, ihren Inhalt in weitem Bogen über den Strand verspritzend. Zwei von Tammo Bruhns' Schneidezähnen flogen mit. Der Gefesselte schrie, würgte und spuckte.

Heidergott duckte sich unter Sinas zweitem Tritt weg und tauchte nach der Pistole. Als Lüppo Buss ebenfalls heran war, kniete Heidergott im Sand und erwartete ihn mit angelegter Waffe. In dieser Position erstarrte er. Denn jetzt hatte auch er gesehen, was kam.

Lüppo Buss nicht, er schaute nur nach vorn, auf Marco Heidergott. Und auf seine eigene Pistole, die auf ihn gerichtet war. Er biss die Zähne zusammen, erwartete den Schuss und die Kugel, während er mit dem Fuß ausholte. Heidergott reagierte, aber zu spät. Der Tritt saß, das Geschoss flog über Lüppo Buss hinweg in den blauen Himmel über Langeoog. Die Pistole überschlug sich mehrmals und flog in den Sand. Wieder einmal.

Der Inselpolizist hätte sie gerne aufgehoben. Nur wie? Seine Hände waren ebenso unbenutzbar wie die der anderen. Also immer noch Vorteil Heidergott, dachte Lüppo Buss und versuchte, den Geiselnehmer mit einem weiteren Tritt ans Kinn außer Gefecht zu setzen. Im weichen Sand kam er dabei ins Straucheln, verfehlte sein Ziel, vollführte eine halbe Pirouette und plumpste auf den Hosenboden, das Gesicht zur Brandung.

Sein Unterkiefer sackte herab.

Ein Katamaran auf Stelzen flog heran, bestimmt mit 50 oder 60 Stundenkilometern, rasend schnell für ein Wasserfahrzeug und für einen Segler sowieso. Die drei Stützen, die von den Rümpfen und der Ruderflosse bis ins Wasser hineinragten, sahen von vorne aus wie dünne Striche. Oder Fäden. Eine umgekehrte Marionette, dachte Lüppo Buss. Wo ist der Riese, der an diesen Fäden spielt? Jetzt verkürzten sich diese Fäden; die Stelzen wurden eingeholt. Mit immer noch enormer Geschwindigkeit näherte sich der Katamaran der Brandung. Erst kurz vor dem Strand tauchten die Rümpfe ins Wasser ein. Die Segel blieben gesetzt, die Schoten durchgeholt. Hatte der Steuermann vor, seine Rennjacht auf den Sand zu jagen?

Ja, das hatte er. Knirschend und schleifend schoben sich beide Rümpfe auf den Strand, ehe das Fahrzeug zum Stillstand kam, nur wenige Meter vor Lüppo Buss, Marco Heidergott und den anderen. Ein bulliger Mann, der sich während des Landungsmanövers an Deck der Jacht erhoben hatte und schwankend nach vorne zum Bug gegangen war, verlor dabei den Halt. Kopfüber stürzte er nach vorn, überschlug sich in der Luft, kam mit Schulter, linkem Arm und gerundetem Rücken auf dem Boden auf, machte eine Art Judorolle und stand plötzlich auf den Beinen, eine Pistole in der rechten Hand.

»Hände hoch«, sagte Hauptkommissar Stahnke. »Marco Heidergott, Sie sind festgenommen.«

41.

Minuten später kam die Kavallerie. Zwei Hubschrauber landeten am Strand, peitschten feinsten Sand in jedes Auge und setzten ein Spezialeinsatzkommando ab, bestens ausgebildete Männer, jeder Einzelne topfit und hochgerüstet, dazu zwei Einsatzleiter, die vor Selbstbewusstsein fast aus ihren Uniformen platzten. Die Männer kreisten den Tatort ein, wie sie es tausendfach trainiert hatten, hielten ihre Sturmgewehre in Anschlag und sprenkelten alles und jeden mit roten Laservisierpünktchen.

Lüppo Buss und Stahnke trotteten ihnen entgegen, Marco Heidergott und Tammo Bruhns vor sich her schubsend. »Alles erledigt, Kollegen«, sagte der Inselpolizist mit betonter Lässigkeit. »Trotzdem danke fürs Kommen. Ihr könnt wieder abrücken. Ach ja, die beiden könnt ihr mitnehmen. Dann war der Spritverbrauch wenigstens nicht völlig umsonst.«

Woraufhin sich die SEK-Männer zurückzogen, die Waffen gesenkt und die Gesichter verkniffen. Stahnke und sein Kollege dagegen grinsten um die Wette. Die SEK-Leitung wahrte nur mit Mühe die Contenance. Marian, den Lüppo Buss als Verbindungsmann abgestellt hatte, bekam die schlechte Laune der Lamettaträger ab, und zwar geballt. Wieder einmal verstand der Inselredakteur die Welt nicht mehr und drohte, an ihr zu verzweifeln. Hatte er nicht als Handylotse dafür gesorgt, dass Stahnkes Katamaran exakt an der richtigen Stelle angelandet war? Und hatte er nicht auch die Eingreiftruppe korrekt eingewiesen, nur eben als Reserve, wovon diese nichts ahnte? Und das war nun der Dank!

Es kostete Sina volle 20 Sekunden, um ihn aufzurichten. Mit einem langen, innigen Kuss. Es waren dieselben 20 Sekunden, die Stahnke den Tag und seinen großen Triumph verhagelten.

»Aber warum denn?«, fragte er. »Warum jetzt? Und warum er?«

»Ach Stahnke«, erwiderte Sina seufzend. »Du wusstest doch, dass das mit uns nicht für die Ewigkeit war. Das wusstest du doch, oder?«

Was blieb ihm übrig, als wissend zu nicken? Dafür bekam immerhin auch er einen dicken Kuss. Der schmeckte nach Abschied, was bitter war, aber immer noch verdammt gut.

Danach kümmerte Sina sich um Tinka Mertens; Marian musste in die Redaktion, die Samstagsausgabe mit spannenden Neuigkeiten aus teilweise erster Hand füllen, und Ocko Onken verschwand kommentarlos von der Bildfläche. Lüppo Buss und Stahnke gingen mit Michael Gödecke auf ein frühes Bier zum Café Leiss. Der Hauptkommissar erhob sein Glas zum Toast: »Auf die Foils! Und auf unseren tollkühnen Kapitän. Herzlichen Dank nochmal.«

Der ehemalige Hafenmeister prostete lächelnd zurück: »Kein Ding. Wie ich schon sagte, ich bin mit dem Kat auf Testfahrt, dafür werde ich bezahlt. Kommt alles in meinen Bericht, inklusive des Verhaltens bei Strandung.«

»Ich versteh's immer noch nicht«, sagte Lüppo Buss und wischte sich den Bierschaum von der Oberlippe. »Wie habt ihr dieses Ding bloß zum Fliegen gekriegt?«

»Durch Hydrodynamik«, erklärte Stahnke wichtig. »Statt Schwertern hat das Boot Foils, eine Art dünner Flossen, die unter Wasser gekrümmt sind. Beim richtigen Speed hebt sich der Katamaran dadurch aus dem Wasser und gleitet auf drei winzigen Unterwassertragflächen dahin. Die muss man natürlich rechtzeitig hochkurbeln, wenn das Wasser flacher wird. Tinka hat das super gemacht.«

»Alles in allem eine unglaubliche Technik, aber keine Zauberei«, ergänzte Michael Gödecke. »Dank extrem leichter Baustoffe wie Carbon baut man solche Segelboote in allen Größen.«

»Was es nicht alles gibt.« Lüppo Buss leerte sein Glas mit einem Zug. »Da lobe ich mir doch die althergebrachten Fortbewegungsmittel. Dampfer zum Beispiel. Übrigens, heute ist Open Ship bei den Teilnehmern des Dampfertreffens. Schade, dass die ›Prinz Heinrich‹ nicht dabei sein kann.«

»Doch, kann sie«, widersprach Stahnke. »Kurz nach Mittag soll sie von Helgoland zurück sein. Mit dem alten Reershemius an Bord. Gertrud wird sich freuen.«

»Bist du sicher?« Lüppo Buss grinste. »Gertrud will doch heute Abend zu den ›Steamboat-Boys‹ ins ›Haus der Insel‹! Dabei kann sie ihren Klaas bestimmt nicht gebrauchen.«

»Dafür aber das Parfüm, das Klaas ihr mitbringt«, sagte Stahnke.

»Männer sind heute Abend sowieso nicht zugelassen«, sagte Michael Gödecke. »Das ist doch der Witz bei solchen Events. Da sind die Frauen unter sich und können mal so richtig die Sau rauslassen. Benehmen sich wie die Kerle, lassen richtig Dampf ab. Danach können sie Typen wie uns dann wieder leichter ertragen.«

»Wollen wir's hoffen«, murmelte Lüppo Buss kryptisch. Mit abwesender Miene drehte er sein leeres Bierglas.

Stahnke sagte nichts. Er dachte an Sina. Und an Todesanzeigen. *Nicht trauern, dass es vergangen, sondern freuen, dass es gewesen* – oder so. Auch eine Haltung, dachte er. Vielleicht taugte die eines Tages zum Trost. Momentan tat sie das nicht.

Wenigstens brauchte keiner von beiden vorzuschlagen, doch gute Freunde zu bleiben. Das waren sie sowieso.

Nachmittags schaute sich Stahnke von der überfüllten Höhenpromenade aus das Dampferrennen an; von seinen Mitstreitern war niemand zu sehen, außer Ocko Onken, aber der war dermaßen ins Gespräch mit den anderen drei Mitgliedern der wieder komplettierten Viererbande vertieft, dass er den Hauptkommissar gar nicht bemerkte. Die anderen werden sich ausruhen, dachte Stahnke, oder sie haben zu tun. So wie Marian. Und Sina. Oder etwa Marian mit Sina?

Die historischen Dampfschiffe waren eine willkommene Abwechslung. Natürlich nahmen nur die großen am Rennen draußen vor dem Strand teil, aber das waren immerhin sieben Stück. Ein fantastisches Bild, fand der Hauptkommissar, auch wenn er in den Rauchschwaden, die der nördlich drehende Wind über die Dünen wehte, einige Male husten musste. Sieger wurde der Eisbrecher »Stettin«, mit über 2.000 PS ohnehin klarer Favorit. Die »Prinz Heinrich« landete unter ferner liefen; dafür, dass sie es überhaupt geschafft hatte, rechtzeitig zum Start von Helgoland zurück zu sein, hätte sie jedoch einen Sonderpreis verdient gehabt.

Abends tobte der Bär im »Haus der Insel«. Die »Steamboat-Boys« wirbelten über die Bühne, die perfekt geformten Körper ölglänzend, und mit jedem Kleidungsstück, das fiel, kreischten Hunderte Frauen lauter und enthusiastischer. Gertrud Reershemius und Bea Wulff hatten ebenso ihren Spaß wie Sina und Nicole, die Ex von Lüppo Buss.

Der Inselpolizist betrachtete das Getümmel von draußen, ebenso wie Stahnke. Verstärkung aus Wittmund war angerückt, darunter zwei Beamtinnen. Außerdem hatte der Veranstalter mehrere Securitykräfte aufgeboten. Vor ein paar Jahren noch hätte man darauf verzichten können – aber die Zeiten waren rauer geworden. Das spürte man auch auf Langeoog.

»Guck dir die mal an.« Stahnke zeigte auf zwei schwarz gekleidete Schränke von der Securityfirma, die gerade ein paar Typen hinauskomplimentierten, die sich durch das Männerverbot offenbar besonders angestachelt fühlten. »Die Frisuren! Und beide tragen Thors Hammer an ihren Halsketten. Würde mich interessieren, was die so für Tattoos haben.«

»Mich nicht, nicht heute Abend«, wehrte Lüppo Buss ab. »Heute Abend bin ich mal nicht verantwortlich. Wenn du einen anzeigen willst, wende dich an die Wittmunder.«

Der Hauptkommissar konnte ihn gut verstehen. Trotzdem fühlte er sich durch die Sicherheitsleute unangenehm an die Identitären-Bande erinnert, die inzwischen vollzählig verhaftet worden war und auf dem Festland in Untersuchungshaft saß. Security und Objektschutz gehörten zu den Tätigkeitsfeldern, in denen Nazis ebenso aktiv waren wie Rockergangs. Türsteher, Dealer, Mädchenhändler – die Übergänge waren fließend.

Jetzt wurden die beiden Schränke doch handgreiflich und schubsten die zudringlichen Kerle hinaus. Stahnke und sein Kollege traten einen Schritt beiseite, um von den Abrückenden nicht angerempelt zu werden. Die unflätigen Schimpfkanonaden bekamen sie trotzdem ab.

Der Abend war warm und die beiden Schränke waren nicht gerade schlank; wohl deshalb öffneten sie ihre schwarzen Jacken. Der eine trug ein Helly-Hansen-Shirt darunter, die beiden »Hs« schön groß abgesetzt. Wer wollte wem weismachen, dass sowas Zufall war? Der andere trug eine große 81 auf der Brust. Hoppla, galt das nicht als verfassungsfeindliches Symbol? Ach nein, fiel es Stahnke ein, das war ja die 18. Die Eins stand für A, die Acht für H. Adolf Hitler. 81 bedeutete Hells Angels. Na toll, und das war erlaubt!

»Man kann ja über Deutschland sagen, was man will«, sagte der Hauptkommissar, »aber hier darf man sagen, was man will.«

Lüppo Buss schaute ihn verständnislos an. »Was immer du sagst«, erwiderte er. »Ich sage, wir gehen uns zwei Flaschen Bier holen.«

»Genau«, bestätigte Stahnke. »Wir zwei Flaschen gehen Bier holen.«

Sie besorgten sich ein Sixpack. Stahnke hatte Durst nach diesem Tag, körperlich und auch sonst.

»Ich frage mich, was die wohl kriegen werden«, fragte Lüppo Buss, als sie zum Veranstaltungsort schlenderten.

»Vor Gericht, meinst du?« Ein heikles Thema, dachte Stahnke. Wie oft waren Kolleginnen und Kollegen verzweifelt, weil Straftäter, die sie mit viel Mühe ermittelt, überführt und gefasst hatten, frei und feixend aus dem Gerichtsgebäude spaziert waren. Auch ihm war das mehr als einmal passiert, und der Gedanke daran, das Recht in die eigenen Hände zu nehmen, wie das in Hollywoodfilmen zuweilen geschah, ließ sich dann nicht vermeiden. »Bei Marco Heidergott sehe ich nicht viele Möglichkeiten, um lebenslang herumzukommen«, sagte er. »Mildernde Umstände wegen seines entstellten Gesichts schön und gut – aber bei zwei geplanten, heimtückischen Morden und einem versuchten Mord reicht das nicht. Ich denke eher, dass unser Hobbyflieger Sicherungsverwahrung erhält.«

»Nee, ist klar.« Der Inselpolizist schüttelte den Kopf. »Ich meine Sven Petersen und seine Identitären. Freiheitsberaubung, Körperverletzung, Morddrohung – klingt gewaltig, aber für das meiste davon ist Sina die einzige Zeugin. Dazu Marco Heidergott, ein überführter Mörder. Könnte sein, dass das vor Gericht nicht reicht. Wer weiß, nachher bleibt nur der Handel mit verfassungswidrigen Symbolen in einem minder schweren Fall übrig. Ich habe nämlich gehört, dass Petersen und Co. eine ganze Riege einschlägig bekannter Rechtsanwälte benannt haben. All die Typen, die bei den letzten Naziprozessen als Verteidiger aufgetreten sind. Die arbeiten bestimmt mit allen Tricks.«

»Tja, das tun sie ganz sicher. Wir müssen uns wohl auf einen sehr langen Prozess einstellen. Und auf hohe Kosten für den Steuerzahler. Aber es gibt ja Staatsanwälte. Und Richter. Da mache ich mir keine großen Sorgen.«

»Wirklich nicht?« Lüppo Buss nahm seine Mütze ab und strich sich durch die verschwitzten Haare. »Ich sag mal so: Jura studiert haben die alle. An denselben Unis und Fakultäten. Da kennt man sich, oder? Man ist in denselben Verbindungen. Und allzu verschieden tickt man vielleicht am Ende gar nicht.«

»Lüppo!« Stahnke staunte. »Was ist, bist du etwa ein

Altachtundsechziger? Riechst du den Muff von Tausend Jahren unter den Talaren?«

Der Inselpolizist, der noch keine Universität von innen gesehen hatte, kannte sich trotzdem in jüngerer deutscher Geschichte sehr gut aus. »Wenn du schon den Zitatemeister machst, was hältst du dann davon: Wehret den Anfängen!«

»Viel«, sagte Stahnke. »Sehr viel. Bloß glaube ich, dass wir über die Anfänge längst hinaus sind.«

Vor dem »Haus der Insel« stand alles voller Menschen, genauer Frauen. Anscheinend war gerade Pause, alles schnappte frische Luft, trank etwas Kühles und schwärmte über das bisher Erlebte. Tosender Lärm wogte über der Menge, der so gar nichts Bedrohliches hatte.

Zwei Menschen hatten offenbar genug gesehen. Sina und Marian, der als Berichterstatter Zugang zur Show erhalten hatte, gingen vorbei, ohne auf Stahnke zu achten, Hand in Hand und eng aneinander geschmiegt. Sie küssten sich in kurzen Abständen und hatten es offenkundig eilig. »Nehmt euch ein Zimmer!«, wollte der Hauptkommissar ihnen zurufen. Aber er hatte den deutlichen Eindruck, dass sie darauf schon selbst gekommen waren.

»He, Nicole!« Lüppo Buss winkte einer hochgewachsenen Blondine zu, die sich aus einem Pulk aufgedrehter Frauen löste, zu denen auch Gertrud Reershemius und Bea Wulf gehörten. Nicole strahlte, als sie den Inselpolizisten erkannte, lief auf ihn zu und warf ihre Arme um seinen Hals. Arm in Arm zogen die beiden ab. Lüppo Buss verabschiedete sich nicht einmal bei Stahnke.

Na toll, dachte der. Und was ist mit mir? So langsam werde ich sauer.

Die Pause schien zu Ende zu gehen, denn die euphorisierte Meute strömte nach und nach ins »Haus der Insel« zurück. Der Vorplatz leerte sich, bis Stahnke schließlich alleine zurückblieb, Aug' in Aug' mit den verdächtigen Sicherheitskräften. Die beiden Schränke musterten ihn angriffslustig. Stahnke spürte ein Jucken in seinen Fäusten.

Jemand trampelte von hinten auf ihn zu, streifte im Vorbeigehen seine Schulter. »Was stehste hier rum, Alter?«, grölte ein trunkenes Organ, das Stahnke bekannt vorkam. Er musterte die kräftige, leicht schwankende Gestalt. Richtig, das war Maik Schubert, der Fußballgucker, Dünengriller und Mobilcamper. Klar, der brauchte sich ja nicht mehr zur Verfügung zu halten, nachdem der Mord an Robin Seefeld aufgeklärt war. Das hatten die Wittmunder Kollegen ihm inzwischen mitgeteilt. Und dann tauchte der ausgerechnet auf Langeoog auf?

Und nicht nur Schubert, stellte Stahnke fest. Auch seine fünf Kumpane waren hier, alle mit kräftig geröteten Köpfen.

»Ist das die Show mit den nackten Kerlen?«, schrie Schubert. »Mit den wilden Weibern im Publikum? Da wollen wir rein!« Seine Gefolgsleute johlten zustimmend.

Die beiden Schränke bauten sich vor ihnen auf. »Zutritt nur für Frauen«, knurrte der eine. »Bitte weitergehen!« Der andere signalisierte nach hinten, forderte Verstärkung an.

»Das gibt's ja wohl nicht!«, brüllte Schubert und ballte die Fäuste. Die beiden Schränke nahmen eine Abwehrposition ein.

»Meine Herren!« Mit ausgebreiteten Armen stellte sich

Hauptkommissar Stahnke zwischen die Linien. »Wenn Sie gestatten.« Lächelnd wandte er sich Schubert zu, der überrascht Unterkiefer und Arme sinken ließ.

Stahnke schlug zu. Und gleich noch einmal. Es war für ihn die größte Erleichterung und Wonne, die er sich vorstellen konnte.

ENDE